막장 악역이 되다

크레도 퓨전 판타지 장편소설
WISHBOOKS FUSION FANTASY STORY

 **10**

크레도 퓨전 판타지 장편소설

초판 1쇄 찍은 날 | 2020년 8월 10일
초판 1쇄 펴낸 날 | 2020년 8월 17일

지은이 | 크레도
펴낸이 | 권태완 우천제

기획 | 위시북스
편집책임 | 한준만
편집 | 위시북스

펴낸곳 | ㈜케이더블유북스
등록번호 | 제25100-2015-43호
등록일자 | 2015. 5. 4
KFN | 제2-47호

주소 | 서울시 구로구 디지털로31길 38-9, 401호
전화 | 070-8892-7937 팩스 | 02-866-4627
E-mail | fantasy@kwbooks.co.kr

ⓒ크레도, 2019

ISBN 979-11-293-6124-0 04810
        979-11-293-4389-5 (set)

크레도 퓨전 판타지 장편소설
WISHBOOKS FUSION FANTASY STORY

막장
악역이 되다

10

막장 악역이 되다

✦ CONTENTS ✦

제1지구 저승 시스템은 이제 완전히 자리를 잡았다. 지구의 영혼들이 모두 온전하게 진우가 만든 저승 시스템에 녹아들었다.

　저승 시스템은 모두에게 공평하게 적용되었다. 그게 그 누구이든 상관없었다. 생전에 행한 모든 정보가 전산화되어 기록되어 있었다. 시스템으로도 판단하기 애매한 부분은 담당 저승사자가 개입하여 최대한 영혼들이 이익을 받을 수 있도록 변호해주었다. 물론, 천계, 또는 중간계에 향하는 영혼에 한해서였다.

　진우는 시찰을 나갔다. 저승 시스템이 천계와 마계, 그리고 중간계에 어떤 영향을 미치고 있는지 보기 위함이었다.

　백수처럼 지내고 있던 루나가 모처럼 바쁜 나날들을 보내고 있었다. 루나는 여신이니만큼 저승 시스템에서 핵심적인 인물이었다. 고결한 영혼들을 천계로 인도하여 천사로 만들어주고,

중간계에 문제가 생기면 강한 영혼들을 파견했다.

천계에 도착하니 루나가 열심히 움직이고 있는 게 보였다. 그녀의 뒤로 아직은 어려 보이는 천족들이 졸졸 따라다니며 설명을 듣고 있었다. 천족으로 전생한 지구의 영혼들이었다.

중간계와는 달리, 천족이 되면 루나의 권능으로 기억을 보존할 수 있었다.

루나가 어린 천족들에게 아바타 생산 공장을 보여주었다.

"여기서 아바타를 생산합니다. 천계에서 가장 중요한 일이라고 볼 수 있지요."

"근무시간은 어떻게 됩니까?"

"기, 기본적으로 주 5일 40시간이긴 한데…… 일이 밀리면 어쩔 수 없이…… 근무시간 연장을……."

"수당은 지급되나요?"

"당연하죠! 천계는 야근, 특근 수당이 모두 지급됩니다! 천계는 부유한 편입니다! 열심히 일하시면 집도 사고, 페가수스도 사실 수 있어요."

천계도 의외로 현실적이었다. 천족들이 많이 모여 있는 도시는 집값이 꽤 비싸다고 하는데, 아바타 생산직은 연봉이 높은 편이니 충분히 구매할 수 있었다.

페가수스는 지구로 치면 일종의 외제차 개념이었다.

루나는 설명을 마치고 대천사에게 어린 천사들을 인계했다. 그녀는 그대로 축 늘어졌다.

"윽…… 백수가 좋았는데."

"그러게. 좋은 시절 다 갔군."

"앗! 군주님!"

루나가 진우에게 달려왔다. 그녀의 눈에는 강한 열망이 깃들어 있었다. 그녀가 품을 뒤적거려 봉투 하나를 꺼냈다.

'여신사직서.'

사직서였다. 진우는 루나를 바라보았다. 뉴월드에 참여하기는 했지만, 현재에 이르러서는 할 일이 거의 없어 백수처럼 지냈다. 그 생활을 그리워하는 게 분명했다.

진우는 그녀를 바라보며 웃었다. 루나가 기대하고 따라 웃는 순간, 그 자리에서 사직서를 태워 버렸다.

"으엑?!"

"여신이니 모범을 보여야지. 천계를 유지하고 중간계를 보살피는 게 본래 네 일이잖아."

"윽……."

루나는 할 말이 없었다.

"대군주님의 말씀이 맞습니다."

대천사장이 다가오며 그렇게 말했다. 그도 서류를 잔뜩 들고 있었다. 진우에게 올라올 보고서도 있었다.

'음…….'

중간계로 간 강한 영혼 덕분에 중간계가 더욱 활발해지고 날뛰던 몬스터와 이종족들이 잠잠해졌다고 한다. 낙후된 지역에 강한 영혼들을 보내 발전을 도모하거나, 국가 간의 전쟁을 막으려 하는 등, 잘 컨트롤 되고 있었다.

'하이 트롤과 하이 오우거가 탄생한 건…….'

그것 때문에 조금 문제가 있긴 하지만, 그런 문제를 해결하는 게 루나의 일이었다. 하이 트롤과 하이 오우거에 대한 보고서를 받자 루나의 표정이 급격히 굳어졌다.

"나는 무슨 짓을 저지른 건가……."

루나가 바닥에 쓰러지며 좌절했다. 그녀는 지구의 영혼을 너무 과소평가했다.

진우는 어깨를 으쓱했다. 그가 한 일은 루나의 제안을 거들어준 것밖에 없었다. 좌절한 루나를 바라보다가 바로 마계로 이동했다. 마계로 이동하니 색다른 풍경이 펼쳐졌다. 지구에서 온 더러운 영혼들이 힘든 노동을 하고 있었다.

갈로드가 직접 진우를 안내하며 모든 과정을 보여주었다.

"노동력으로 쓰다가 망가지면 바로 갈아버리고 있습니다. 잠이나 음식도 제공할 필요가 없어 상당히 편리합니다."

"그렇군."

영혼 하나가 거대한 돌을 짊어지고 가다가 쓰러졌다. 마족이 채찍으로 후려치자 비틀거리며 다시 일하기 시작했다. 모두 구제할 방도가 없는 영혼이었으니 불쌍해 보이지는 않았다. 적당히 나쁜 놈들이었다면 중간계로 가서 고생을 시키겠지만, 여기 있는 놈들은 모두 살인은 기본으로 하는 이들이었다. 공짜 노동력이 대량으로 생기니 마족들은 굉장히 좋아했다. 더군다나 그렇게 괴롭히고 싶어 했던 인간이었다. 마족들의 잔혹한 본능을 어느 정도 풀어줘서 차원 간의 사이가 좋아지고 있었다.

"사막도 회복세입니다."

"잘 되었네."

"그런데 대군주님."

"음?"

갈로드가 궁금하다는 듯 진우를 바라보았다.

"중간계에 마왕이 탄생했다는 소문을 들었습니다만…… 저희가 지원을 해도 될는지요. 천족들만 개입하고 있는 건 너무 불공평합니다."

"중간계에 피해가 가지 않는 범위 내에서라면 괜찮겠지."

"감사합니다."

몬스터와 이종족들은 마족들과 더 가까웠다. 적당히 균형을 맞추는 게 중간계의 발전에도 좋을 것이다.

"마왕이라……."

"마왕의 이름은 루나님쿵카쿵카라고 합니다."

"뭐?"

"여신을 능욕하겠다는 각오…… 정말 대단합니다. 마황님조차 여신을 그런 식으로 능욕하지는 못하는데 말입니다."

사라 브리악도 중간계에 나타난 마왕을 높이 평가하고 있다고 한다. 큰일도 아니니 그냥 넘어가기로 했다.

"그러고 보니 세계수 랜드도 거의 완공되었군요."

"조만간 완공 기념식을 할 거야."

"네, 모두 참석하라 지시하겠습니다."

세계수 랜드는 차원 단위의 대규모 합작 작업이었다. 여러 테마에 맞춰서 건설되었다. 진우는 차원 금화를 아예 쏟아부었다. 나사 하나하나까지 다 고급품이었다. 보통 놀이공원이 4계절에 맞춰서 테마를 바꾸고 단장했는데, 세계수 랜드는 미리 다 지어놓았다. 계절이나 입구만 바꾸면 되었다.

'저승에 놀이동산을 세우게 될 줄이야.'

다 목적이 있어서 하는 일이었지만 너무 막장처럼 느껴질 때가 있었다. 그러나 지금까지 그래왔듯이 결과는 좋을 것이다. 조금 시끄럽긴 하겠지만 말이다.

세계수 랜드가 완공되었다. 역시 우주 세계의 기술력은 차원 제일이었다. 우주 세계의 최신 기술뿐만 아니라 아공간을 포함한 마법 도구들이 있었다. 게다가 차원 최고의 기술자들도 잔뜩 몰려왔다. 그러나 작업 속도가 빠를 수밖에 없었다. 차라리 기적이라 부르는 편이 어울릴 정도로 빨랐다.

곧 완공 기념식이 있을 예정이었다. 각 차원의 대표들과 주요 인물들이 오기로 했다. 세계수 랜드는 또 다른 지구라 부르는 제2지구에 먼저 서비스를 하기로 했다.

유나가 진우에게 다가왔다.

"모두 도착하였습니다."

"슬슬 가야겠군."

진우는 기지개를 켜며 일어났다. 바로 세계수 랜드 앞으로 이동했다. 루나를 비롯한 천족들, 그리고 사라 브리악과 마족들, 성소의 여성들이 보였다. 그리고 제2지구의 대표 자격으로 온 리처드와 존, 기업가들도 있었다.

리처드는 표정이 굳어 있었다.

그의 주변에는 피막 날개가 달린 마족이 있었다.

"인간의 영혼 덕분에 마계도 윤택해졌어."

"갈아서 비료로 쓰기에 딱 좋더군."

"고문을 하는 것도 꽤 즐거운 일이야."

마족들이 그런 살벌한 말을 했다. 리처드는 침을 꿀꺽 삼켰다. 마족이 그런 리처드를 물끄러미 바라보았다.

모두 서로 알아볼 수 있게 명찰을 단 상태였다. 리처드는 '지구의 미국 대통령'이라는 명찰을 달고 있었다.

"지구에서 왔어요?"

"그, 그렇습니다."

"이야, 반갑습니다. 지구의 영혼은 참 질이 좋은 것 같습니다. 뭔가 비결이라도 있나요?"

"그, 글쎄요."

리처드뿐만 아니라 기업가들도 식은땀을 흘렸다.

리처드와 기업가들은 이미 저승 투어를 하고 온 상태였다. 검은 바다에 떠 있는 수많은 나룻배를 보았을 때 정신이 아득해졌다. 지옥에서 영혼들이 끔찍한 고통을 받고 있다!

리처드는 자신이 지구의 사람들을 팔아치웠다고 생각하고 있었다. 그가 봐왔던 일련의 과정들이 모두 지옥으로 영혼을 끌고 가기 위해서라고 생각했다.

리처드는 눈치가 빠른 편이었다. 천사로 보이는 인물들도 대악마에게 복종하고 있었다. 그들은 대악마를 대군주로 부르고 있었는데, 이미 천국 정복이 끝난 것 같았다.

리처드와 기업가들은 새파란 얼굴로 서로를 바라보았다.

'주, 줄을 잘 서서 다행이야.'

'그러게 말입니다.'

'대악마, 아니, 대군주님께 더 잘 보여야 합니다.'

모두 그렇게 생각했다.

진우가 도착하자 모두 공손한 태도로 그를 맞이했다. 가볍게 컷팅식을 하고 세계수 랜드 안으로 들어갔다. 모두 진우의 뒤를 따르고 있었는데, 김대진 박사가 진우의 옆에서 설명해 주었다.

세계수 랜드는 굉장히 웅장했다. 지구의 그 어떤 곳과도 비교를 불허했다. 뭔가 굉장해 보이는 놀이기구들이 보였다. 기존의 설계와는 많이 달라진 것 같았다. 유령의 집도 있었는데, 그 규모가 작은 도시 수준이었다.

진우가 규모를 더 키우라고 했긴 했지만, 예상보다 훨씬 더 커져 있었다. 천족과 마족들도 감탄하면서 둘러볼 정도였다. 리처드와 기업가들은 말할 것도 없었다.

[이재미(잼식)의 주말 예배를 보고 온 하데스가 엄청난 규모에 감탄합니다.]

하데스가 기웃거렸는데, 그냥 놔두고 있었다. 어차피 조만간 얼굴을 보러 갈 사이였다. 반항하면 죽일 것이고, 배를 까고 복종하면 살려둘 의향은 있었다.

진우는 김대진 박사를 바라보았다.

"규모가 훨씬 커졌군."

"유령의 집 같은 경우에는 마족들의 도움으로 구현하였습니다."

"구현했다고?"

"네!"

김대진 박사가 손짓하자 음침한 인상의 연구원들이 뜨거운 연기가 나는 기계 박스를 가지고 왔다.

김대진 박사가 리모컨을 꺼내더니 버튼을 눌렀다.

푸시시식!

기계 박스가 열리더니 지구에 있을 법한 온갖 귀신들이 튀어나왔다. 복면을 쓰고 전기톱을 들고 날뛰는 괴물도 있었고, 하얀 가면을 쓴 덩치 큰 친구도 있었다.

미라나 처녀 귀신, 영화 속에서 자주 본 귀신들도 있었다. 모두 다 저작권을 사들인 상태이니 큰 문제는 없었다고 한다. 귀신들이 마구 날뛰었다. 전기톱을 든 괴물이 리처드에게 달려갔다.

지이이이잉!

전기톱이 리처드에게 꽂혔다.

"으, 으아아아악!"

리처드가 비명을 질렀는데, 몸은 멀쩡했다.

김대진 박사는 음침한 미소를 지었다.

"영혼들로 만든 만큼 물리적인 위력은 없습니다. 마구 날뛰어도 상관없습니다."

"그렇군."

유령의 집. 생각했던 것보다 훨씬 강력했다. 귀신들은 인간들을 진심으로 도륙하고 싶어 했다. 아무리 공격해도 통하지 않으니 더욱더 발악했다. 살기가 느껴질 정도였다.

이 정도면 일반인들은 오줌을 지리는 게 정상적인 반응일 것이다. 김대진 박사와 연구원들이 칭찬해 달라는 듯한 표정이 되었다. 진우는 이걸 칭찬해야 하는지 고민이 되었다.

"가장 짧은 코스는 반나절이고 가장 긴 코스는 7박 8일 코스입니다. 죽음과 같은 공포를 체험할 수 있을 것입니다."

7박 8일 동안 저 귀신들에게 쫓긴다면…….

그건 지옥과 마찬가지였다.

김대진 박사와 연구원들은 언제부터 저렇게 미쳐 버린 걸까. 이유를 생각해 봤는데 너무 많아서 하나로 단정 지을 수 없었다. 워낙 벌인 일이 많아서였다.

"그…… 심장마비가 오는 사람이 있을 수도 있으니 의료진을 대기시켜 놓도록."

"알겠습니다."

백 명이 타고도 남을 정도로 큰 회전목마가 보였다. 믹서기 수준으로 돌아갔는데, 마족들이 실험체가 되어 투입되었다. 마족들은 내리자마자 구토를 했다.

사람들을 갈아버릴 생각인 걸까?

진우는 속도 조절을 권고했다. 그리고 다른 놀이기구로 이동했다.

"세계수를 상징화하였습니다."

김대진 박사가 자부심이 가득한 목소리로 말했다. 세계수 형태로 만든 자이로드롭이었다. 서양권에서는 드롭 타워라 불렀다. 문제는 너무 높았고 떨어져 내리는 속도가 빨랐다. 아파트 100층 높이에서, 마력 엔진을 이용해 어마어마하게 가속했다. 이번에는 천족들이 탔는데 천족들의 엔젤링이 사방으로 날아갔다.

진우는 속도를 낮출 것과 의료진 대기를 권고했다.

놀이공원의 꽃은 역시 롤러코스터였다.

"이번에는 지구 대표님들이 타실 차례입니다."

김대진 박사가 리처드와 기업가들에게 권유했다. 그들은 거절할 수 없었다. 정신을 차리고 보니 롤러코스터에 탑승해 있었다. 진우는 롤러코스터가 움직이는 모습을 본 순간 정신이 아득해졌다. 속도가 엄청난 데다가 레일이 여기저기 끊겨 있었다.

"끄, 끄아아악!"

"커헉!"

레일이 끊긴 부분에서 마력 엔진이 작동하며 그대로 엄청난 거리를 도약했다. 아슬아슬하게 멀리 떨어진 레일 위에 안착했다. 하이라이트는 레일에서 발사되어 마치 로켓처럼 90도로 수직 상승을 한 후에 한 바퀴 돌아 다시 레일로 돌아오는 코스였다. 묘기에 가까웠다.

'이거 오픈해도 괜찮을까?'

저승 세계에 어울리는 놀이동산이라 할 수 있었지만, 본래 컨셉은 꿈과 희망 그리고 사랑이 넘치는 세계수 랜드였다. 본래 컨셉에서 아득히 멀어져 있었다.

"실험체…… 크흠! 아니, 지구 분들도 충분히 타실 수 있으니 고치지 않아도 될 것 같습니다만……."

김대진 박사가 두 손을 비비며 그렇게 말했다.

암흑제국의 컨셉이 완전히 몸에 스며들어 있었다.

진우는 잠시 고민에 빠졌다. 지금 와서 고치기에는 조금 그러했다. 리처드와 기업가들이 어떻게든 견딘 것을 보고 김대진 박사가 만족해했다.

진우는 서약서를 배치할 것을 권고했다. 무슨 일이 일어나도 놀이동산 측에 책임을 묻지 않겠다는 서약서였다.

세계수 랜드는 거대했다. 바다를 보는 것 같은 수영장도 있었고, 엄청난 규모의 호텔도 있었다. 세계수의 소설을 바탕으로 한 테마파크도 잘 구성되어 있었다. 각 차원에서 온 상인들도 적절하게 배치되어 있었다.

이런 엄청난 규모의 놀이동산이 미국에 있다는 설정이었는데, 많은 사람이 의문을 품을 만했다.

그 점은 리처드와 기업가들이 알아서 잘 처리했다. 이미 미국에 있는 사막을 재개발한 것으로 설명이 되어 있었다.

유나도 잠시 멍한 표정이 되었다.

"이거 잘 될까?"

"……잘될 겁니다. 아마도. 인간은 늘 자신의 가능성을 시험하는 존재이니까요."

"그렇군."

"죽는다고 해도 되살리면 되지 않습니까?"

"그렇기는 한데……."

제2지구의 쪽도 접수한다면 충분히 되살릴 수 있었다.

고민은 길지 않았다. 결국, 정식 오픈일이 결정되었다.

세계수 랜드가 오픈하였다!

미국에 있는 사막에 입구를 만들어놓았고, 리리스가 대규모 환각 마법을 설치했다. 위성사진으로 보아도 그곳에 세계수 랜드가 있는 것으로 보일 뿐이었다. 진우는 블랙 하운드, 이제는 저승 대기소가 되어버린 빌딩에서 세계수 랜드를 바라보았다. 걱정이 무색할 정도로 엄청나게 많은 인파가 몰렸다. 입장권이 싼 편은 아니었지만, 매표소가 북적북적할 만큼 사람들이 많았다.

진우는 앞에 떠올라 있는 홀로그램을 바라보았다. 세계수 랜드의 모습과 실시간으로 움직이는 사람들의 모습이 모두 구현

되어 있었다. 이곳이 저승이니만큼 모두 저승 시스템에 영향을 받고 있었는데, 그래서 사람들의 상태나 정보를 명확하게 볼 수 있었다. 세연이 구현한 시스템이었다.

'놀이공원을 만드는 게임 같네.'

사람들의 상태를 보니 모두 극한의 상황에 이르러 있었다. 목숨이 간당간당한 사람들도 있었다.

세계수 랜드에서 가장 많이 팔린 상품은 중간계에서 생산된 기저귀였다. 특수한 천을 이용해서 흡수력이 굉장할 뿐만 아니라, 티가 잘 안 났다. 꿈과 희망 그리고 사랑을 상징하는 세계수 랜드는 존재하지 않았다. 공포와 숨이 넘어갈 정도의 비명만이 남아 있을 뿐이었다.

그런데, 기이하게도 사람들은 엄청나게 좋아했다. 세계 각지에서 미튜버들도 몰리고 있었다.

진우는 인터넷을 통해 반응을 살펴보았다.

[제목: 세계수 랜드 미쳤네.]

[글쓴이: 이백수]

미국에 있는 세계수 랜드에 다녀왔음.

2박 3일 일정이었는데 급하게 7박 8일로 변경했다.

일단 진짜 엄청나게 크다. 사막 전체가 놀이공원이 된 것 같아. 오픈식에는 무려 미국 대통령까지 왔다고 하니······.

어째서 천조국이라 하는지 알 거 같더라. 세계 최대라고 하는데, 끝이 안 보임ㅋㅋ

후기 보니까 세계수 랜드에 가면 꼭 프리미엄 골든엔젤 기저귀를 사라고 하길래 뭔가 싶었음.

상점 앞에 대기 줄 겁나 김ㅋ

[프리미엄 골든 엔젤 기저귀 구매 대기줄.jpg]

일반 기저귀랑은 많이 다르다고 함. 미친 무슨 기저귀임 하다가 '세계수 버닝부스터' 앞으로 간 순간 조용히 구매해서 입고 옴.

[세계수 버닝부스터.jpg]

미친…… 저건 롤러코스터가 아님. 롤러코스터의 탈을 쓴 로켓임. 중간중간에 레일이 끊겨 있는데, 급가속해서 날아감.

무서운 점은 날아갈 때마다 궤도가 미묘하게 다름. 진짜 떨어져 죽을 수도 있을 것 같음.

중간에 하늘로 진짜 로켓처럼 치솟더라. 열차 칸이 마구 돌면서 떨어지던데 신기하게 어떻게 레일로 안착하긴 함.

저거 타려면 서약서까지 써야 함. 타봤는데…… 지렸다. 진짜 지리고 말았다. 진짜 죽이려고 만든 것 같아.

회전목마도 있는데, 무슨 원심분리기 수준임.

유령의 집은 웬만하면 자유 투어 말고 가이드를 따라가라. 자유 투어하면 못 나올 수도 있음.

사람들이 구급차에 마구 실려 나오더라.

처음에는 이해 못 했는데, 들어가자마자 바로 이해했음. 아니, 미친 놈이 진짜 전기톱 들고 따라오는데 뒤질 것 같더라. X벌, 가져간 옷 다 버렸음ㅋㅋ

[댓글 1,231]

-쫄보아님: 유령의 집 자유투어로 간 사람입니다. 5일 동안 헤맸습니다. 중간중간에 비상식량 자판기가 있는데 한국 돈으로 3만 원입니다. 근데, 자판기만 보면 눈물 납니다. ㅠㅠ 덜덜 떨면서 먹는 비상식량…… 존맛입니다.

└이백수: ㅋㅋ맞음. 쫄쫄 굶다가 발견하면 진짜 기쁨. 덜덜 떨면서 먹는데, 반도 못 먹음. 얼굴 없는 미친놈이 칼 들고 쫓아다녀ㅋㅋ. 그냥 핸드폰으로 촬영해도 다 영화 같음.

-오이김밥: 중간에 포기할 수 있는 거임?

└이백수: ㅇㅇ. 세이브존 있음. 근데 가다가 기절하거나 하면 구급차에 실려 나옴.

└오이김밥: 그래도 되는 거야? 위험한데.

└이백수: 서약서 쓰고 해야 해. 이번에 미국 법률이 바뀌어서 상관없다는 것 같던데. 안전장치도 있는 것 같고…….

-자연인: 오줌 지리면 부끄러울 줄 알았는데 다 같이 지리니까 괜찮던데. 거기선 당연한 거니까…….

반응이 아주 좋았다. 산 사람들이 대량으로 들어오니 저승의 힘이 급속도로 약해졌다.

'이제 슬슬 괜찮겠지.'

진우가 지배의 권능을 일으키자 바로 제1지구 저승 세계를 접수할 수 있었다.

[제1지구 저승 세계를 정복하였습니다. 하데스가 경악합니다. 온몸의 뼈가 덜덜 떨리고 있습니다!]

제1지구의 저승 세계가 완전히 진우의 손에 떨어졌다. 진우는 케르베로스가 있는 곳으로 향했다. 진우가 쇠창살을 향해 손을 휘젓자 쇠창살이 그대로 가루가 되어 사라졌다.

케르베로스가 구석에 몸을 숨기며 덜덜 떨었다.

진우는 케르베로스를 바라보며 씨익 웃었다.

"머리가 세 개 있으니 두 개는 없어도 되겠지."

케르베로스가 건방진 건 생각이 너무 많아서 일지도 몰랐다. 단순하게 만들어주도록 하자. 그렇게 말하는 진우의 손에는 거대한 나무 방망이가 들려 있었다.

케르베로스가 납작 엎드렸다. 개념 교육은 어렵지 않았다. 일단 적당한 힘으로 패다가 3개의 머리 중 가장 정신을 먼저 차린 놈만 놔두고 나머지 머리들을 반쯤 박살 냈다.

케르베로스는 죽는시늉을 하며 빌고 있었지만 진우는 진심을 느낄 수 없었다.

'조금 부족하군.'

진심을 느낄 수 없었던 이유는 아무래도 부족한 손맛 때문인 것 같았다. 진우는 나무 몽둥이를 보다가 고개를 끄덕였다. 아공간에서 불 속성석을 꺼내 그 자리에서 속성을 부여했다.

휘이익! 화르륵!

나무 몽둥이를 휘두를 때마다 강력한 불길이 치솟았다.

진우는 미소 지으며 케르베로스를 바라보았다.

퍽퍽퍽!

때릴 때마다 불기둥이 치솟으니 타격감이 꽤 좋았다. 윤기가 흐르던 케르베로스의 검은 털이 모조리 타버렸다. 깃털을 모조리 벗겨놓은 닭처럼 보였다. 굉장히 초라해 보였다.

"크, 크허헉. 자, 잘못했습니다. 제, 제발……."

진우는 기분이 상쾌해졌다. 몽둥이질이 질릴 때가 되어서야 진우는 케르베로스의 진심을 느낄 수 있었다. 두 개의 머리는 이미 혀를 내밀고 기절한지 오래였다.

케르베로스는 지옥 같은 시간이 끝나자 간신히 안도할 수 있었다. 하지만 끝이 아니었다.

"그럼……."

진우는 약속을 아주 잘 지키는 대군주였다. 아공간에서 백과사전을 꺼냈다. 케르베로스의 랭크가 많이 다운된 것을 볼 수 있었는데, 덕분에 그리 많은 비용을 지불하지 않아도 되었다.

[케르베로스의 종족을 변경하려 합니다.]

[케르베로스는 티폰과 에키드나가 낳은 자식입니다. 케르베로스의 설정을 바꾸는 것은 신을 향한 도전이라 할 수 있습니다.]

티폰과 에키드나는 신화에 나오는 존재였다. 티폰은 티포에우스라고도 불리며 강력한 힘을 지닌 괴물이다. 인간과 뱀의 모습을 한 반인반수였고, 몸에 불을 뿜어내는 100개의 뱀 머리를 지녔다고 알려져 있다. 에키드나 역시 뱀의 모습을 한 괴물이었다. 라미아와 비슷하다고 보면 되었다.

진우에게는 모두 하찮아 보였다. 괴물이 아무리 끔찍해도 기계 군주를 먹어치운 페로만 하겠는가.

신이든 괴물이든 상관없었다. 진우는 망설임 없이 케르베로스의 설정을 고치기 위해 손을 뻗었다.

"앗! 설정을 바꾸시는 거예요?"

"음, 흥미가 생기는군요."

세연과 유나가 다가왔다. 케르베로스가 진우가 없을 때 시건방을 떤 모양이었다. 둘의 미소에서 사악함이 느껴졌다. 케르베로스의 입이 3개이니만큼 신경을 엄청 긁었던 것이 틀림없었다. 케르베로스의 눈에는 세연과 유나가 나약한 인간으로만 보였으니 말이다.

'음…….'

진우는 세연과 유나를 바라보았다. 아무래도 자신이 하는 것보다 괜찮을 것 같았다. 설정 같은 것은 세연이 가장 잘 아는 분야였다.

"해볼래?"

진우는 둘에게 백과사전과 펜을 넘겨주었다. 세연이 먼저 펜을 잡으며 진우를 바라보았다.

"어디까지 가능한가요?"

"대부분 가능해. 마음껏 해봐."

랭크가 낮아졌으니 상상할 수 있는 모든 것이 가능할 것이다. 권능과 차원 금화를 소모하지만 전혀 부담이 없었다.

세연이 설정을 고치기 시작했다. 진우는 한 발자국 물러나서 그 광경을 바라보았다. 유나는 세연의 옆에서 진지한 표정으로 자신의 의견을 말했다.

"일단 떼어버리는 것이 좋을 것 같습니다."

"그렇죠? 너무 그랬죠."

"그냥 놔두었다가는 위험할 테니까요."

무얼 떼어버린다는 것일까? 세연이 무언가 적으니 케르베로스의 몸이 덜덜 떨렸다.

"크아아악!"

비명을 지르며 바닥을 마구 구르기 시작했다. 엄청난 고통이 담긴 비명이었다. 케르베로스의 영혼이 깨진 것 같은 느낌마저 들었다. 진우에게 맞을 때보다도 더욱 고통스러워 보였다. 두 개의 머리가 가루가 되어 사라졌다.

데구루루.

그리고 두 개의 머리와 함께 케르베로스의 다른 두 개의 무언가도 바닥에 떨어졌다.

"음……."

진우는 두 발자국 물러나며 신음을 흘렸다. 어떤 식으로도 묘사할 수 없는 너무나 끔찍한 광경이었다. 세연도 의외였는지 깜짝 놀란 표정이 되었다.

유나는 고개를 끄덕였다.

"바꾸는 게 아니라 분리라고 적으셨군요."

"그게…… 더 구체적인 표현인 것 같아서……."

"어쨌든, 결과는 변하지 않으니 상관없는 것 같습니다."

"그렇죠?"

케르베로스의 눈에서 한줄기 눈물이 흘렀다. 그 눈물은 많은 감정을 담고 있었다. 그러나 이제 시작이었다.

설정된 세계를 경험한 터라 유나 역시 이쪽 방면에 지식이 꽤 생겼다. 세연과 그럭저럭 괜찮은 이야기를 나눌 수 있는 수준이 되었다. 케르베로스의 모습은 세연의 취향대로 바뀌기 시작했다. 천계에서 내려온 루나도 합류했다.

진우는 실시간으로 바뀌는 케르베로스의 모습에 소름이 돋았다. 차마 보지 못하고 시선을 돌렸다.

"흐흐흐…… 반항하지 마렴."

세연의 눈동자가 완전히 돌아갔다. 육체의 고통 끝에는 정신적인 고통이 기다리고 있었다.

케르베로스는 완전히 농락당해 멘탈이 박살 나버렸다.

[케르베로스가 묘인족으로 변경되었습니다. 끔찍한 고통을 겪어 완전히 굴복하였습니다.]

[올림포스의 신들이 불길함을 감지합니다.]

[모든 과정을 몰래 지켜본 하데스가 경악합니다.]

이제 케르베로스는 더 이상 삼두견이 아니었다. 세연의 취향대로 바뀐 묘인족이었다. 어쨌든, 고양이는 고양이었으니 약속을 지킨 게 맞았다.

[저승 세계의 신화가 수정되었습니다.]
[총지배인이 계시를 받아 대군주 신화를 작성합니다.]

케르베로스가 주저앉아 자신의 잃어버린 무언가를 바라보았다. 그는 해탈한 표정이 되었다. 진우는 케르베로스의 처우를 루나에게 맡기기로 했다.

'죽는 것보다는 낫겠지.'

이 정도면 굉장히 후하게 봐준 것이었다.

천계에 갔다 왔기 때문일까?

요즘 들어 성격이 너무 너그러워진 것 같았다.

'이제……'

진우는 케르베로스 뒤에 있는 커다란 공간을 바라보았다. 하데스의 저승로 이어지는 통로였다. 이제 죽음을 관장하는 군주를 만나볼 차례였다. 어떤 상판대기를 가지고 있는지 참으로 궁금했다.

세계수 랜드는 순조롭게 운영되었다. 또 다른 지구뿐만 아니라 본래 지구에서도 서비스를 하기 위해 준비 중이었다.

제1지구와 제2지구가 서로 같은 곳을 이용하지 않게, 만들어 놓은 테마를 번갈아가며 쓸 예정이라 문제가 될 건 없었다. 케르베로스의 쓰임이 정해졌는데, 놀이기구 테스터였다. 반쯤은 영혼에 가까웠고, 본래 저승에 속한 존재였기 때문에 죽더라도 쉽게 살려낼 수 있었다.

케르베로스의 이름은 베타로 정해졌다. 베타 테스터라는 이름을 줄여서 그냥 베타라 불렀다. 김대진 박사와 연구팀 소속으로 옮겨져서 매일매일 직접 실험체가 되어주었다.

굉장한 희생정신이었다!

실험은 제1지구 저승 세계의 테스트 구역에서 이루어지고 있었다. 의자에 묶여 있는 베타가 불안한 표정으로 눈동자를 굴렸다.

"이번에는 '비교적' 안전할 거야."

"저, 저, 저번에도 그랬던 것 같은데……."

"그때는 '아마' 안전할 거라고 했지. 걱정하지 말게. 아마 괜찮을 것이네."

"바, 방금 아마라고……."

김대진 박사는 녹음기를 들었다.

"피실험자 베타, 상태 매우 긴장. 날씨 맑음. 23번째, '플라잉 로켓 체어'의 테스트 시작한다. 폭발 확률이 있으나 우려할 수준은 아님."

김대진 박사와 연구원들은 마계의 기술자들과 경쟁이 붙은 상태였다. 플라잉 로켓 체어는 김대진 박사의 회심작이었다. 무중력 상태를 경험하게 만들어줄 의도로 만들었다.

"실험을 시작하겠다."

김대진 박사가 버튼을 누르자 베타가 앉아 있는 의자 밑에서 불꽃이 치솟았다. 마치 폭죽처럼 치솟았다. 문제가 있다면 진짜 폭죽이 되어버렸다는 점이다.

피이이이이! 퍼어엉!

화려한 불꽃과 함께 터졌다. 굉장히 강렬한 불꽃이라서 세계수 랜드에서도 볼 수 있었다. 소형 마력 엔진이 계속해서 터지니 마치 진짜 불꽃놀이처럼 보였다. 겉으로 보기에는 꽤 아름다운 불꽃이라 가족, 연인들에게는 최고의 선물이었다.

"우와아아! 엄마 저거 봐요!"

"예쁜 불꽃이네."

관광객들이 불꽃놀이를 보며 환호성을 보냈다. 저 따스한 빛에서 꿈과 희망 그리고 사랑을 느낄 수 있었다.

'불꽃놀이?'

하데스 쪽으로 출발하려던 진우는 스크린에 떠오른 화려한 불꽃을 바라보며 고개를 갸웃했다. 이벤트라도 하는 모양이었다.

진우는 케르베로스가 있었던 통로 안으로 들어갔다.

"오……"

통로를 지나니 다른 세상이 펼쳐졌다. 수많은 차원에서 나온 영혼들이 모두 거대한 탑 아래로 향하고 있었다. 탑 아래에는 거품을 보는 것 같은 수많은 저승과 연결되어 있었다. 마치 세계수의 뿌리를 보는 것 같이 보였다.

저 탑이 바로 저승의 핵심이었다.

[SS+]하데스의 탑.

지하세계의 깊은 곳. 하데스가 기거하며 저승을 관장하는 탑이다. 오래전, 지상과 연결이 되어 있었지만 올림푸스 신들에 의해 강력하게 봉인된 상태이다.

꽤 많은 사연이 있는 듯하다. 하데스의 탑은 엘리시온이라고도 불리며 특별한 영혼만이 머무를 수 있다.

진우는 하데스의 탑으로 다가갔다. 탑이 워낙 커서 문을 찾기 귀찮았다. 문이 없다면 만들면 되었다. 주먹에 마력을 집중시키며 휘두르자 탑에 균열이 생기더니 벽이 우르르 무너졌다. 탑은 굉장히 커서, 이 정도 구멍으로는 무너지거나 하지는 않을 것이다.

안으로 들어가니 넓은 들판과 함께 고대의 그리스를 보는 것 같은 풍경이 펼쳐져 있었다. 대지에는 붉은 장미꽃들이 가득했고, 사과나무에서는 황금빛 열매가 열렸다. 진우가 기르는 황금사과에 비하면 초라하긴 했지만 그럭저럭 봐줄 만했다. 저 멀리에 있는 궁전에서부터 하데스의 기운이 느껴졌다. 진우가 궁전으로 발걸음을 옮길 때였다.

우르르!

칼과 방패를 든 전사들이 우르르 몰려왔다. 하나같이 근육질의 몸에 상체를 드러내고 있었다. 고대 전사의 느낌이 강하게 흘렀다.

"하계의 존재가 엘리시온에 침입하다니 대단하구나! 신과 영웅의 이름을 모욕하는 자여. 나는 라디우스, 신들의 축복을 받은 전사이다. 그대의 이름은 무엇인가."

라디우스가 다소 과장된 억양으로 물었다. 그는 황금빛 투구를 쓰고 있었다. 랭크가 그럭저럭 높았는데, 괜찮은 대장장이가 만든 듯했다.

진우는 잠시 그를 정보의 마안으로 살펴보았다.

[B+]라디우스

신의 총애를 받은 전사. 하데스가 신용하는 영웅이다. 제우스의 피가 흐르는 반신반인으로 신이 내린 과업을 달성하지 못하고 죽음을 맞이했다. 제우스의 피를 이어 받아 색을 밝힌 것이 큰 화가 되었다.

아무래도 제우스 같은 올림포스의 신들이 진짜 존재하는 것 같았다. 라디우스뿐만 아니라 다른 사내들도 꽤 뛰어난 전사였다.

'신의 세계라……'

하데스가 군주인 것은 확실했다. 그를 없애거나 굴복시킨다면 신의 세계로 갈 수 있었다. 신인 만큼 꽤 괜찮은 무기나 보물을 가지고 있을 확률이 컸다. 그걸 가져다가 뉴월드에 레전드 아이템으로 업데이트를 하면 어떨까?

전력 증강도 되고 꽤 괜찮은 반응이 있을 것 같았다.

라디우스는 영웅답게 그럭저럭 참을성이 있었다.

"불길한 자여, 이름을 밝혀라."

"이진우."

진우가 이름을 밝히자 하늘이 검게 물들고 주변에 있던 장미들이 검게 물들었다. 라디우스와 전사들은 긴장하며 무기를 들었다.

"이, 이런 위압감…… 그대는 신인가?"

"여러 차원을 다스리고 있긴 하지. 그것보다 하데스에게 가고 싶은데……."

진우의 존재감에 짓눌려 라디우스가 든 검이 파르르 떨렸다. 그러나 물러나진 않았다. 여기서 영혼이 소멸될지라도 물러나지 않겠다는 기백이 느껴졌다.

진우는 저들이 꽤 마음에 들었다. 그래서 라디우스의 정보를 떠올려 보았다. 정보 속에 설득할 만한 내용이 있긴 했다.

"라디우스, 신이 내린 과업을 달성하고 싶지 않나?"

라디우스의 눈빛이 크게 흔들렸다. 그것이 그가 지닌 유일한 미련이었다. 진우는 대군주이자 신이었다. 라디우스도 진우가 보통 신이 아니라는 것을 이미 깨닫고 있었다.

라디우스의 흔들림이 보이자 쐐기를 박았다. 손을 펼치며 권능을 끌어올렸다. 그 무엇보다도 강대한 기운이 진우의 손에서 회오리쳤다. 라디우스의 다리가 떨리기 시작했다.

"여기 있는 모두에게 줄 수 있어. 전설이 될 기회야."

진우의 목소리는 라디우스와 전사들에게 유난히 달콤하게 들렸다. 라디우스가 검과 방패를 내리자 다른 전사들도 따라 내렸다.

라디우스가 고개를 숙였다. 승낙을 의미했다.

'음, 테스터가 필요하다고 했지.'

김대진 박사의 말이 떠올랐다. 텐션이 너무 올라 조금 위험한 상태이기는 했다. 라디우스와 전사들의 랭크가 상당히 높으니 괜찮을 것이다. 신이 내린 과업이라고 보기에는 부족했지만, 그래도 변명은 될 것 같았다. 죽이지 않고 인재를 얻을 수 있으니 꽤 괜찮은 방법이었다.

진우는 핸드폰을 꺼냈다. 저승 세계에 강력한 와이파이를 깔아놨는데, 거리가 있다 보니 신호가 좀 약했다.

뚫린 구멍에 가까이 가서야 겨우 와이파이가 잡혔다.

진우는 김대진 박사에게 문자를 날렸다.

[테스터, 도착 예정. 적당히 맞춰주기 바람.]
[오오! 감사합니다! 꼭 만족하실 만한 성과를 달성하겠습니다.]
[쉬엄쉬엄 해.]

그리고 다시 라디우스와 전사들을 바라보았다.

휘이이!

진우는 그들의 앞에 테스트 장소로 향하는 포탈을 열었다.

라디우스와 전사들의 눈에는 포털이 너무나 사악해 보였다. 마치 이곳보다 훨씬 더 깊은 곳에 있는 타르타로스로 향하는 문같이 보였다.

"과업을 달성해 보이겠습니다."

라디우스는 그렇게 말하며 전사들과 함께 포탈 안으로 들어 갔다.

[S+]대군주의 시련

'어떻게든 살아남아라.'

'무언가를 얻기 위해선 때로는 희생이 필요하다.'

인간의 몸으로는 극복하기 힘든 시련이 영웅 라디우스와 전사들에게 부여되었다. 김대진 박사는 테스터들을 보며 폭주하기 시작했다. 공포와 두려움을 넘어 고결한 정신을 갈고 닦는다면 시련을 극복할 수 있을지도 모른다. 이는 헤라클레스의 12가지 과업과 비견된다.

성공 시 두 단계 랭크 상승, 저승에서 별자리 생성.

실패 시 완전 소멸.

진우는 떠오른 정보를 보며 눈을 깜빡였다. 그럭저럭 가벼운 시련이라 생각했는데, 무려 S+랭크였다.

그러고 보니 테스트 지역에 가보지 않은 게 떠올랐다.

'뭐…… 괜찮겠지.'

진우는 고개를 끄덕이고는 하데스의 궁전을 향해 빠르게 이동했다. 하데스의 궁전 주변에는 꽤 많은 인파가 있었다. 상대하기 귀찮아 그대로 점프해서 궁전의 위로 뛰어올랐다.

콰가가가가!

궁전을 박살 내며 안으로 들어갔다. 하데스의 기운이 느껴지는 곳까지 벽과 바닥을 박살 내며 나아갔다.

쿠웅!

거대한 문을 부수고 들어가자 시리얼에 우유를 붓고 있는 남자가 보였다. 하데스였다. 그는 해골이라고 생각할 수 있을 정도로 삐쩍 말라 있었다.

"허억……."

하데스는 갑자기 나타난 진우의 모습에 크게 놀랐다.

손에 들린 그릇이 크게 흔들리더니 바닥에 떨어졌다.

"초, 초인종이 있는데……."

"좀 복잡해 보이길래……."

"아……."

하데스가 멍한 표정이 되었다.

라디우스와 전사들은 온몸을 휘감고 있던 벨트가 풀리자마자 바닥에 쓰러졌다.

"크헉, 우웩!"

"커헉!"

모두 피를 토했다. 라디우스의 온몸이 떨렸다. 이것은 엄청난 시련이었다. 신이 내린 과업이라고 평하기에 전혀 부족함이 없었다. 그는 간신히 고개를 들었다.

'킨대르진…… 공포와 절망을 나타내는 신의 사자…….'

신의 사자 킨대르진은 담담하게 일지를 적고 있었다. 그가 킨대르진에 대해 알 수 있었던 것은 선배 덕분이었다.

고양이귀를 가진 전사였다. 자신과 마찬가지로 신이 내린 과업을 수행하고 있는 것으로 보였다. 아마도 굉장한 자의 피가 흐르고 있을 것이다. 동물과 인간이 합쳐진 모습은 굉장한 자의 자손이 아니라면 불가능했으니까.

"서, 선배님께서는 어떻게 이런 고통을 극복하셨습니까? 어떻게 그렇게 담담하실 수 있습니까?"

"극한의 고통을 느꼈지."

"어, 어떤……?"

선배가 라디우스와 전사들을 바라보았다. 눈을 질끈 감고는 자신이 겪은 가장 큰 고통을 말해주었다. 그것은 너무 끔찍한 이야기였다.

"제, 제우스! 맙소사!"

"포, 포세이돈이시여……."

라디우스와 전사들의 얼굴이 새파랗게 질렸다. 차라리 두 눈을, 두 귀를, 두 손을, 두 다리를 잃는 것이 나았다.

"두 개를 잃는다면…… 얻을 수 있을 것이네. 고통의 인내를……."

헤라클레스의 심정이 이랬을까? 신이 내린 과업은 역시 가혹했다.

[하데스가 경악합니다! 그의 뼈가 바들바들 떨립니다.]

진우가 이 사실을 알았더라면 '그게 아니야!'라고 외쳤을지도 몰랐다.

잠시 정적이 내려앉았다. 정적을 깬 것은 하데스였다.

"으, 음료수라도 한 잔……?"

"음."

진우가 다소 어색한 표정으로 고개를 끄덕였다. 그가 소파에 앉자, 하데스가 부엌을 주섬주섬 뒤지더니 컵을 꺼냈다. 컵을 든 하데스의 손이 덜덜 떨렸다.

진우에게 겁을 먹었다기보다는 그냥 힘이 약한 걸로 보였다. 하데스는 냉장고를 겨우 열더니 간신히 오렌지 주스를 컵에 따랐다.

진우는 실내를 살펴보았다.

'……뭔가 평범한데?'

평범한 가정집 같은 분위기였다. 미국 가정집 같은 분위기가 풍겼다. 부엌도 있었고, 평범한 가전제품도 있었다. 하데스가 부들부들 떨리는 손으로 컵을 내려놓았다. 진우는 오렌지 주스를 마셔보았다. 익숙한 지구의 맛이 느껴졌다.

하데스의 얼굴은 거의 가죽만 남은 상태였다. 차라리 언데드라고 부르는 편이 어울렸다. 머리카락도 휑했다. 죽음을 관장하는 신치고는 어딘가 굉장히 익숙한 인상이었다.

"힘들어 보이는군."

"사는 게 다 그렇지요."

진우는 정보의 마안으로 하데스를 살펴보았다.

[SS+]저승의 신 하데스

올림포스의 3대 주신 중 하나. 저승을 다스리고 있다. 그의 성향 때문에 다른 신들과의 관계는 그리 좋지 않다.

현재 그의 아내 페르세포네 덕분에 심각한 고민을 안고 있다. 정신적인 고통이 매우 심해 살이 쪽 빠지고 몸이 극도로 약해졌다. 불사신이 아니었다면 진작에 소멸하고도 남았을 것이다.

[SS+]불사신: 죽음을 맞이해도 다시 부활한다.

하데스의 랭크 자체는 준수한 편이었다.

'아내 때문에 고민이라……'

하데스의 아내 페르세포네는 제우스와 테메테르의 자식이었다. 즉, 하데스에게는 조카였다. 조카를 아내로 삼다니 정말 막장의 극치라 할 수 있었다. 웬만한 막장 아침드라마는 명함도 내밀지 못하는 수준이었다.

하데스는 골골댔다. 그는 대화를 지속할 힘도 없어 보였다. 그런 모습을 보니 진우도 의욕이 없어져 갔다. 일단 대화가 가능한 상태로 만들도록 하자.

"맥주 좋아하나?"

하데스는 힘없이 고개를 끄덕였다.

"부엌 좀 쓰마."

진우는 부엌으로 가서 아공간을 열었다. 신선한 재료들을 가지고 안주를 만들었다. 만들다 보니 재미가 붙어 그럭저럭 많이 만들게 되었다. 안주를 테이블 위에 올려놓고, 맥주를 꺼냈다. 엘프와 오크가 같이 연구해 만든 '오엘 맥주'였다. 얼어붙을 것처럼 차가운 맥주잔에 맥주를 콸콸 부었다.

하데스는 멍하니 맥주를 바라보다가 힘겹게 맥주잔을 들고 맥주를 마셨다. 그리고 안주도 주워 먹었다.

"이, 이게 얼마 만의 음식인지……."

하데스의 퀭한 눈에서 눈물이 흘러내렸다.

진우는 부엌의 구석을 바라보았다.

'지구의 것이로군.'

컵라면이 잔뜩 쌓여 있었다. 다른 인스턴트 식품도 많았다. 그의 주식은 시리얼이나 라면으로 보였다. 하데스는 맥주가 들어가니 조금 기운을 차린 것처럼 보였다. 이제 정상적인 대화를 나눌 수 있을 것 같았다.

진우는 단도직입적으로 용건을 말했다.

"저승을 넘겨줬으면 좋겠는데."

"저도 그러고 싶습니다. 크흐, 정말 지긋지긋합니다. 흐으윽. 그 많은 차원을 다 관리하려면 얼마나 힘든지 아십니까? 흐으윽."

"음…… 들어줄 테니까 울지 말고 말해봐."

하데스의 서러움이 폭발했다. 닭똥 같은 눈물이 뚝뚝 떨어졌다. 진우는 어색한 표정을 지으며 하데스의 등을 두드려주었다.

"크흐흑, 수습하면 또 터지고, 살 만해진 것 같으면 또 죄다 싸워서 멸망하고. 영혼은 미어터지는데 자리는 없고…… 게다가 신이라는 새끼들이 지들 재미있다고 전쟁이나 일으키고, 뒷수습은 제가 다 해야 합니다. 자금도 없어서 확장도 안 되는데……!"

"자금? 지구에서 뜯지 않았나?"

하데스는 고개를 저었다.

"저승은 제가 지배하고 관장하는 곳이 맞지만…… 운영권은 현재 저에게 있지 않습니다."

"음?"

"페르세포네가…… 운영하고 있습니다."

하데스는 몸을 부르르 떨었다.

"제, 제 아내지만 무지막지한 여인입니다. 크흑, 운영권을 가져간 후 사치를 일삼더니 저승의 돈을 탈탈 털어버렸습니다. 부하 놈들도 페르세포네에게 붙어서 흥청망청……."

하데스는 페르세포네를 두려워하고 있었다. 그녀가 저승의 자금을 흥청망청 쓴 덕분에 저승은 심각한 기근에 빠졌다고 한다. 케르베로스가 그나마 페르세포네의 눈을 피해 돈을 몰래 빼돌려 하데스에게 주고 있다고 하는데, 이제 그럴 수도 없게 되었다.

'음······.'

사정이 딱했다.

"그 미친 변태 번개 새끼······ 크흠, 죄송합니다. 제우스에게 지시를 받은 게 분명합니다."

그리스로마 신화에서는 하데스가 페르세포네의 미모에 혹해서 저승로 납치했다고 기록되어 있었다. 그런데 실상은 다른 것 같았다.

"네가 납치한 게 아니었나?"

"제가요? 바빠 죽겠는데 어떻게 그래요? 올림포스에 초대되어서 술 좀 마시고 집으로 가고 있는데······."

하데스가 그 당시 상황을 설명해 주었다. 올림포스에 초대되었을 때 그는 구석에서 혼자 넥타르를 홀짝홀짝 마셨다. 그렇게 혼자 마시다 보니 얼큰하게 취하게 되었다. 조용히 집으로 돌아가려고 저승으로 가는 문을 열었을 때 사건이 발생했다. 갑자기 페르세포네가 나타나더니 몸통박치기를 했다고 한다.

엄청난 힘이었다. 그는 단번에 의식을 잃었다.

정신을 차렸을 때 페르세포네는 저승에 내려와 있었고, 자신이 납치한 게 되어버렸다. 올림포스의 신들이 그를 비난했는데, 제우스가 중재를 했다고 한다. 그 후, 페르세포네가 저승에서 영향력을 차근차근 높여가더니 지금 같은 상황이 되었다고 한다.

'막장이군.'

제우스와 페르세포네의 음모, 저승의 운영권 다툼. 지구식으로 따지면 형제가 그의 회사를 탐내서 여인과 음모를 꾸며 경영권을 가져간 것이었다.

늘 보던 막장 드라마의 단골 소재와 비슷했다. 그래서 더 흥미진진했다. 이야기가 너무 재미있어 아예 자세를 고쳐잡고 하데스를 바라보았다.

"그래서 다 뺏긴 거야?"

"흐흐흑! 기운이 다 빨려서…… 반항할 수 없었습니다."

하데스는 도망쳤다고 한다. 권능으로 지은 궁전에 틀어박혀서 페르세포네가 저지른 일의 뒷수습만 하고 있었다.

페르세포네는 지금 저승의 여왕이라 불리며 저승을 좌지우지하고 있었다. 하데스는 저승를 떠나 지상 세계로 간 다음, 다른 차원으로 이주할 계획까지 세우고 있었다.

"제우스와 올림포스 신들이…… 지하세계를 봉인했습니다. 페르세포네가 열쇠를 가지고 있습니다. 그녀를 이긴다면…… 다시 지상으로 가는 길을 확보할 수 있겠지요."

"이길 수는 있고?"

"크, 크흠, 시, 신들은 서로 다투지 않습니다. 거의 불사신에 가깝기 때문에…… 무의미한 피해만 생성할 뿐입니다. 그, 그래서 대리인을 세워서 승부를 가리곤 하지요."

진우의 귀에는 하데스가 변명하는 것처럼 들렸다. 페르세포네를 무서워하면서도 그나마 남아 있는 잔털같은 자존심을 세우고 있었다.

"대리인?"

"네, 신의 세계에서 온 전사들입니다. 페르세포네는 많은 영웅을 거느리고 있습니다."

하데스는 모처럼 웃었다. 자신 있는 표정이 되었다.

"하지만 저도 오랫동안 공들여 키운 비밀병기가 있습니다. 페르세포네는 방심하고 있을 게 뻔합니다. 그 방심을 노린다면 저에게도 승산이 있습니다."

"어지간히 벗어나고 싶은가 보군."

하데스는 격렬하게 고개를 끄덕였다. 끄덕이는 도중에 턱이 빠졌지만 능숙하게 다시 붙였다.

그 비밀병기란 것이 하데스의 유일한 희망이었다. 비밀병기였으니 역시 로봇 같은 것일까?

진우는 자세히 묻지 않았다.

띠리리리리리!

그때 알람이 마구 울렸다. 하데스는 듣자마자 각혈했다.

"윽…… 업무 시간이……."

"쉬는 게 어때?"

"제가 쉬면…… 차원이 메말라 버립니다. 크흑…… 저승은 돈 먹는 귀신입니다. 기본적으로 망자들은 아무것도 가지고 오지 않거든요. 지하의 광물로 버티는 것도 이제 한계입니다. 돈이든 광물이든 뭐든 있어야 권능을 행하고 이 탑과 시스템을 유지할 수 있습니다. 돈이 없다면 수동으로라도…… 크흐흑."

하데스는 자금을 자신의 노동력으로 대신하고 있었다. 아침에 시리얼이나 라면을 먹는 게 유일한 휴식시간이었다.

"음, 그럼 승부에서 이기면 저승의 운영권을 되찾게 되는 건 가?"

하데스가 진우의 말에 고개를 끄덕였다.

"자금을 대주마. 푹 쉬게 해줄 테니 운영권을 되찾으면 나에게 양도해라."

하데스는 진우를 바라보았다. 저승에 오면서 진우가 벌인 일을 모두 보았다. 하늘의 고래는 충격 그 자체였다.

'저 정도 되는 신이니 그런 영물을 다루는 거겠지.'

하데스가 보기에 진우는 보통 신이 아니었다. 근본부터 완전히 다른 초월자였다. 신의 세계에 있는 근본 없는 신보다 훨씬 신다운 신이었다. 그는 성녀의 예배가 있을 때면 권능을 사용해 지켜보았다. 그에 대해 많은 것을 알 수 있었다.

"그…… 굉장히 많은 돈이 들어갑니다만……."

저승의 유지비는 만만치 않았다. 그러나 진우는 남는 게 돈이었다. 차원 금화를 꺼내 하데스에게 건넸다. 하데스는 차원 금화를 받자 눈이 휘둥그레졌다.

"차원 금화로도 괜찮나?"

"차원 금화……. 이보다 더 완벽한 돈은 없지요. 기적을 만들 수 있는 금화입니다."

하데스는 차원 금화 하나를 소중한 듯 손에 쥐었다. 그러더니 볼에 문지르기까지 했다. 굉장히 행복해 보였다.

진우는 아공간에서 가죽 주머니를 꺼냈다.

쿠웅!

가죽 주머니가 테이블 위에 떨어지며 차원 금화가 튕겨 나왔다.

"허억!"

진우는 가죽 주머니를 계속 꺼냈다. 바닥에 수북하게 쌓이자 하데스의 턱이 바닥에 떨어졌다. 눈동자도 반쯤 튀어나와 있었다.

"선금이다. 일이 끝나면 더 챙겨주도록 하지. 어느 차원에 가든지 호화스럽게 살 수 있게 해주마."

하데스는 멍한 표정이 되었다.

"계약하겠나?"

"하겠습니다! 다 넘기겠습니다!"

덥썩!

하데스가 바로 진우가 내민 손을 두 손으로 잡았다. 그 어떤 고민도 찾아볼 수 없었다.

'잘 해결되었군.'

역시 평화롭게 해결하는 게 제일 좋았다. 진우가 꺼낸 돈은 꽤 많았다. 하데스가 긴 휴가를 떠나도 괜찮을 정도였다.

하데스는 갑자기 주어진 휴식에 방황했다. 쉬는 법을 잊어버려 헤매고 있었다. 무엇을 해야 할지 몰라 버벅거리는 모습을 보니 굉장히 안쓰러웠다.

"잠이라도 자지 그래?"

"저는 저승의 신이기 때문에 눈을 감을 수 없습니다."

"음, 오다 보니 들판이 예쁘더군. 산책이라도 가는 건?"

"페, 페르세포네가 나, 나타나기라도 하면……."

궁전은 일종의 안전가옥 같은 느낌이었다. 하데스는 진우의 시선에 움찔했다.

"아, 하, 하고 싶은 게 생각났습니다."

하데스가 천천히 움직이더니 구석에 있는 방문을 열었다. 진우도 그를 따라가 보았다. 먼지가 자욱하게 깔린 방이 보였다. 그 안에 낡은 컴퓨터가 있었다. 진우가 태어나기도 전에 나왔던 컴퓨터였다. 흑백 모니터 옆에는 5.25인치 플로피 디스크가 놓여 있었다. 그 플로피 디스크 표면에는 '테트리스'라고 적혀 있었다.

컴퓨터를 켜더니 익숙하게 플로피 디스크를 본체에 넣었다. 열심히 테트리스를 하기 시작하더니 꽤 괜찮은 기록을 달성했다. 하데스는 뿌듯한 표정으로 진우를 바라보았다.

"이게 컴퓨터 게임이라는 것입니다. 어떠십니까?"

진우는 잠시 할 말을 잊었다. 그러고 있자 하데스는 반짝이는 눈동자로 설명을 해주기 시작했다.

"블록을 빈틈없이 가득 채우면 이렇게 없어집니다. 간단한 원리지만 시간이 지나면 속도가 빨라져서……."

"그만."

진우는 하데스의 말을 끊었다. 그가 너무나 측은해 보였기 때문이다.

"일단……."

진우가 손을 휘젓자 방에 있는 먼지들이 모두 사라졌다. 그리고 하는 김에 구식 컴퓨터도 없애 버렸다. 하데스가 화들짝 놀라며 진우를 바라보았다.

진우는 아공간에서 최신 콘솔게임기와 컴퓨터, G&P의 최신 홀로그램TV를 꺼냈다.

"이건……?"

하데스가 게임 패드가 신기한지 앙상한 손가락으로 톡톡 쳤다. 콘솔기기에 연결이 되며 진동이 흐르자 화들짝 놀랐다.

하데스의 팔이 빠지고 말았다. 익숙하게 팔을 껴 넣는 모습이 진우의 눈시울을 붉게 만들었다.

"앉아봐."

진우가 그에게 게임 패드를 쥐여줬다. 하데스는 처음에는 어리둥절한 표정을 지었지만, 게임이 시작되자 얼굴이 완전히 바뀌었다. 눈이 크게 떠지고 입이 반쯤 벌어졌다.

"맙소사."

이건 기적이었다! 신의 권능을 넘어서는 기적이 펼쳐졌다.

진우는 하데스와 함께 게임을 즐겼다. 하데스에게 이것저것 소개시켜 주다 보니 진우도 흥미가 붙어 같이하게 된 것이다. 좁고 어두운 방 안에서 게임을 하고 있으니 옛날 생각이 떠올랐다. 친구 집에 놀러 온 느낌도 났다.

"앗! 레벨이 올랐군요. 역시 힘을 찍는 게 나을까요?"

"음, 적당히 체력부터 찍어."

"알겠습니다. 이거 주웠는데 드릴까요? 무려 레전드 아이템입니다!"

"오, 괜찮네."

게임은 계속되었다. 진우는 한동안 하데스 집에서 머물게 되었다.

"그러고 보니 조만간 페르세포네와의 대결이 있지 않나?"

"맞습니다. 이번에는 꼭……."

하데스는 루나와는 달리 머리가 좋고 게임 센스도 탁월했다. 비밀병기라는 대단한 것까지 준비를 했으니 하데스의 승리를 점쳐도 괜찮지 않을까?

이번에는 자신이 나설 필요가 없을 것 같았다. 하데스는 이제 꽤 신다운 모습을 하게 되었다. 살도 제법 올라 꽤 잘생겨졌다. 신기하게도 머리카락까지 풍성하게 자라났다.

"비밀병기가 뭔지는 모르겠는데 확인 안 해봐도 되겠어?"

"제 비밀병기는 지금쯤 혹독한 훈련을 하고 있을 겁니다. 제가 지켜본다면 제대로 훈련을 할 수 없겠지요."

"음, 그것도 그렇군."

진우는 고개를 끄덕였다. 그렇게 다시 며칠 동안 게임을 했다. 페르세포네와의 대결이 하루 앞으로 다가오게 되자 하데스의 몸이 다시 안 좋아지기 시작했다. 신이라 그런지 정신적인 요인에 의해 신체가 변하고 있었다.

"이제 훈련이 끝났을 겁니다. 제 비밀병기를 소개시켜 드리겠습니다."

하데스와 함께 밖으로 나왔다. 궁전 밖으로 나오자 하데스의 자신감이 뚝 떨어지기 시작했다. 주변을 살피면서 이동하는 모습은 은둔형 외톨이를 보는 것 같았다.

루나보다 훨씬 심각했다.

신은 다 저런 걸까?

진우는 고개를 설레 저었다.

하데스의 뒤를 따라 궁전 뒤에 있는 큰 연무장에 도착했다. 연무장에는 아무도 없었다. 하데스는 텅 빈 연무장을 보고 크게 당황했다.

"왜, 왜 없지?"

"음?"

"자, 잠시만요."

하데스가 두 손을 펼쳤다. 그러자 보랏빛 기류가 뿜어져 나가며 둥근 판을 만들어냈다.

"나의 충성스러운 전사 라디우스여. 그를 따르는 10인의 영웅들이여! 그 모습을 드러내라!"

하데스가 그렇게 말했다.

'라디우스?'

진우는 그 이름을 들은 적이 있었다. 이곳에 도착했을 때 만났던 전사였다. 세계수 랜드의 테스트 지역에 테스터로 보낸 상태였다. 하데스가 만든 둥근 판에 라디우스와 전사들의 모습이 비쳤다.

"어, 어째서 저기에?"

하데스가 영문을 몰라 하며 진우를 바라보았다.

진우는 시선을 피했다.

'그래도 실력은 여전할 테니 괜찮지 않을까?'

며칠 훈련을 하지 않기는 했지만 그래도 영웅은 영웅이었다. 실력은 여전할 것이다. 진우가 그렇게 생각할 때였다.

둥근 판 너머로 목소리가 들렸다.

"두 개를 잃는다면…… 얻을 수 있을 것이네. 고통의 인내를……."

고양이 귀를 단 존재가 그렇게 말했다. 라디우스와 전사들은 큰 결심을 했는지 서로를 바라보며 고개를 끄덕였다.

하데스는 저들이 무엇을 하려는지 금방 알아차렸다.

[하데스가 경악합니다! 그의 뼈가 바들바들 떨립니다.]

"그, 그만둬! 안 돼!"

하지만 하데스의 목소리는 닿지 않았다.

"하데스를 위하여!"

"승리를 위하여! 신이 내린 과업을 달성하자!"

라디우스와 전사들이 과감한 결정을 내렸다.

진우 역시 깜짝 놀랐다. 김대진 박사가 앞으로 고꾸라지는 라디우스와 전사들을 보며 크게 놀랐다.

"허억! 왜 그런 짓을……! 구급차, 구급차를 불러!"

베타만이 인자한 표정으로 고개를 끄덕이고 있을 뿐이었다. 하데스의 턱이 다시 빠졌다. 다시 살이 쪽 빠지더니 해골바가지가 되었다.

라디우스와 전사들의 상태는 심각했다. 영혼이 구체화된 상태라 포션이 듣지 않을 것이다.

"음, 그…… 내일 출전은 무리겠지?"

진우가 어색한 미소를 지으며 그렇게 말하자 하데스의 몸이 바스러지기 시작했다. 그런 하데스를 부축해 집 안으로 이동했다. 그는 정신을 반쯤 놓은 상태였다. 정신적인 충격이 엄청 난지 전신의 뼈가 흐물거렸다.

"흐윽…… 백 년 동안 공들인 건데……."

하데스는 이번 대결에 모든 것을 걸고 있었다. 쌈짓돈을 모아 훈련을 시키고, 자신의 권능을 녹여 맞춤 무기까지 제작해 주었다고 한다. 모든 것을 쏟아부었기에 이번에 진다면 더 이상 희망은 없었다. 영원한 고통만이 기다리고 있었다.

게다가 그는 불사신이라 죽을 수조차 없었다.

진우는 미안한 마음이 들었다.

"회복하고 다시 대결하면 되지 않을까?"

"그게 회복될까요? 완전히 퍼석하고……."

"아마…… 어렵겠지."

진우는 희망적인 말을 해줄 수 없었다. 라디우스와 전사들은 현재 세계수 랜드 안에 있는 병원에 시체처럼 누워 있었다. 당연히 내일 있을 대결에 출전할 수 없었다. 의식이 돌아온다고 해도 출전은커녕 움직일 수조차 없을 것이다.

직접 라디우스와 전사들을 대신해 싸워주는 것도 생각해 보았지만, 진우도 신이라 그렇게 할 수 없었다.

하데스는 체념을 했다.

"괜찮습니다. 괴로운 건 이미 익숙해져 있고…… 오랜만에 푹 쉬기도 했으니…… 300년 정도는 어떻게든 버틸 수 있을 것 같습니다."

지면 곤란했다. 저승를 넘겨받기로 계약을 한 상태였기 때문이다. 진우는 잠시 생각하다가 하데스를 바라보았다.

"신의 대리인에 조건 같은 게 있어?"

"인간이어야 합니다. 그게 대리인 조건이었습니다."

"다른 차원의 인간이어도 상관없는 거지?"

"그렇기는 합니다만…… 살아 있는 인간은 곤란합니다."

저승 운영권이 페르세포네에게 있는 만큼 페르세포네에게 절대적으로 유리한 대결이었다. 저승의 영혼이 모두 그녀의의 손아귀에 있는 것과 마찬가지였으니 말이다. 라디우스 같은 영웅을 두 번 다시는 영입하지 못할 수도 있었다.

'음…….'

진우에게는 수많은 부하들이 있었다. 마족만 보더라도 라디우스를 넘어서는 이들이 꽤 많았다. 그러나 마족과 같은 이종족은 참가할 수 없었고, 살아 있는 인간도 예외였다. 조건이 상당히 꽤 까다로웠다. 그런 조건에 맞는 존재를, 그것도 라디우스와 같은 영웅을 하루만에 구할 수 있을까?

일반적으로는 불가능했다.

"아!"

있었다. 그런 존재들이.

뉴월드 플레이어. 그들은 그 무엇도 두려워하지 않았다.

죽음조차 유희에 불과했다. 지금껏 미궁과 우주 세계를 누비며 많은 경험을 쌓은 진정한 전사들이었다.

"내가 선수들을 대주도록 하지."

"네?"

"그래도 저승의 신인데 이겨봐야 하지 않겠나."

하데스는 멍한 표정으로 진우를 바라보았다.

마치 진우의 뒤에서 후광이 뿜어져 나오는 것처럼 보였다.

하데스는 무한한 고마움을 느꼈다.

일이 이지경이 된 이유는 진우 때문인데도 말이다.

진우가 제1지구 저승로 돌아오자 유나가 바로 진우를 찾아왔다.

"무사하셨군요."

"걱정했어?"

유나는 걱정이 가득한 표정이었다. 저승의 신을 찾아간다고 갔는데, 며칠동안 연락이 없었으니 당연했다. 유나의 그런 표정을 보니 차마 하데스와 게임을 하느라 바빴다고 이야기할 수 없었다.

"저승의 신 하데스…… 그를 만나보셨습니까? 수많은 차원의 저승을 다스리는 신인 만큼 분명 위험한 존재겠지요."

"뭐…… 대단하기는 하지."

유나가 생각하는 것과 한참 다른 의미로 대단한 신이었다. 진우는 대략적으로 사정을 이야기했다. 유나는 조금 이해가 안 된다는 표정이 되었지만, 고개를 끄덕였다.

이해할 필요가 없었다. 그저 진우가 원하는 걸 해주면 되는 일이었다.

"알겠습니다. 그럼 뉴월드 최상위 플레이어의 정보를 조사해 오겠습니다."

"오늘 안으로 가능하겠어?"

"문제 없습니다."

역시 유나는 늘 든든했다. 그녀는 고개를 숙이고 바로 작업에 착수했다. 누군가 진우를 향해 허겁지겁 뛰어왔다.

김대진 박사와 연구진들이었다.

"폐하, 아니, 신이시여!"

진우의 호칭이 폐하에서 신으로 변경되었다. 김대진 박사는 숨을 거칠게 내뱉으면서도 두 손을 공손하게 모았다.

저 모습을 보니 부탁할 게 있는 게 확실했다.

"무슨 일이지?"

"이번에 보내신 테스터들 있지 않습니까?"

"음…… 그…… 끔찍한 사고가 있다고 들었다만."

"네, 어째서 그런 짓을 했는지 모르겠습니다. 그들이 탔던 놀이기구들을 분해해서 조사하고 있습니다. 마력 엔진이 정신에 영향을 준 게 아닌지 추측하고 있습니다."

"음, 그 부분은 대충 덮어두자고."

"알겠습니다."

어째서 그런 일을 벌였을까? 잘 모르겠지만 자신의 영향도 어느 정도는 있는 것 같았다. 그래서 일단 그 부분은 덮어두기로 했다.

"테스터의 몸은 놀랍게도 육신이 아니라 다른 무언가더군요. 저희는 그것을 영체라고 정의했습니다. 그 영체라는 것이 마력에 크게 반응을 하더군요. 게다가 정신 상태에 따라 모습이 달라지곤 합니다."

"그래서?"

"아바타와는 비교도 되지않는 획기적인 개조를 할 수 있을 것 같습니다."

진우는 눈을 깜빡이며 김대진 박사를 바라보았다. 라디우스와 전사들은 정신을 차린 후 상실감에 빠졌다고 한다. 개조는 그들이 상실한 것들을 채워줄 수단이기도 했다. 시련을 극복한 후에 성장이라고 생각하면 편했다.

물론, 조금 그렇기는 했다.

"게다가 놔두었다가는 우울증에 빠질지도 모릅니다."

"음, 무얼 할 건지 자세히 알려주고 그래도 그들이 동의한다면…… 진행하도록 해."

"이미 동의는 받아두었습니다. 그들은 이제 신에 근접하는 힘을 얻을 것입니다! 흐, 흐흐흐!"

김대진 박사의 눈빛에서는 광기가 흘러나왔다. 연구원들도 음침한 웃음을 흘렸다.

'음, 뭐…… 선택은 그들이 한 거니까.'

예기치 않은 사고가 있긴 했지만, 진우가 의도한 건 아무것도 없었다. 잠시 기다리자 유나가 뉴월드 최상위 플레이어들의 정보를 가지고 진우에게 다가왔다. 1위는 김군주였고, 2위는 남자는한손검이었다. 잼식도 상위권이었다.

'아무래도 속이는 건 힘들겠군.'

시간이 조금 더 있었다면 뉴월드의 새로운 컨텐츠라고 속일 수 있었지만 당장 내일 대결이었다. 진실을 알려주고 협력을 요청하는 게 좋을 것 같았다. 물론, 보상은 두둑히 챙겨줄 생각이었다.

'그러고 보니 김군주 아바타도 있었지.'

조금 치사한 수법이기는 하지만 자신이 몰래 참여해도 될 것 같았다. 확실한 승리를 위한 보험이 필요하긴 했다. 페르세포네가 어떻게 나올지 알 수 없었기 때문이다. 하데스의 말만 들으면 엄청나게 사악하고 위험한 여신이었다.

"남자는한손검이 압도적이군요."

"굉장하네."

양손검을 버린 그는 예전보다 훨씬 강해져 있었다. 김군주 아바타와 비슷할 정도였다. 정말 경이롭게 느껴지는 성장이었다. 뉴월드 플레이어들이 그를 괜히 보스몬스터라고 부르는 것이 아니었다. 정신력도 대단했지만 본래 타고난 재능도 비해 월

등했다. 남자는한손검, 그는 영입 1순위였다. 시간이 촉박한 만큼 직접 영입하러 가는 게 좋을 것 같았다.

뉴월드에서 남자는한손검의 위상은 대단했다. 나약한 신성연합 놈들을 패고 다니며 전함을 약탈하는 것이 그의 일과였다. 그렇게 약탈한 전함은 바로 다크 아이로 끌고 가 블랙마켓에 팔아치웠다. 차원 금화 벌이가 쏠쏠했다.

그는 일인군단이었다. 그가 타고 다니는 초록색 우주선이 나타나면 거대한 전함들도 기겁하며 도망을 칠 정도였다.

하지만 현실에서의 모습은 달랐다. 매우 정상적인 사람이었다.

"맛있네! 역시 짜장면이 최고인 것 같아."

윈디가 눈을 반짝이며 짜장면을 흡입했다. 남자는한손검. 김한손은 그 모습을 보며 피식 웃었다. 윈디 덕분에 외출도 자주 하게 되었다. 최근에는 놀이공원에 다녀오기도 했다. 외출에 대한 거부감이 많이 사라져서 꽤 먼 곳까지 놀러 갈 수 있게 되었다.

"한손아, 오늘은 뭐할 거야?"

"음, 신성연합 놈들을 납치해 팔아치울 생각이야."

"그거 좋은 생각이야."

둘은 평범하게 식사를 하며 그런 살벌하는 이야기를 했다. 신성연합 놈들을 납치해 다크아이에 있는 노예 채굴선에 팔아넘길 생각이었다. 해적길드가 운영하는 노예 채굴선은 악랄했다. 납치해 온 플레이어들에게 강제로 채굴 작업을 시켰는데,

할당량을 채우면 풀어주었다. 애지중지하며 키운 아바타가 인질로 잡혀 있으니 일할 수밖에 없었다. 할당량을 채우지 못하면 바로 우주로 방출했다.

식사를 마친 한손이 뉴월드를 하기 위해 방으로 들어가려던 순간이었다. 늘 활발했던 윈디가 그대로 굳어버렸다.

"윈디? 무슨 일……."

윈디가 바라보는 쪽으로 시선을 옮기자 누군가 소파에 앉아 있었다. 한손은 화들짝 놀랄 수밖에 없었다. 현관문과 창문은 잠겨 있는 상태였다. 방금 전까지만 해도 아무도 없었는데 갑자기 나타난 것이다. 게다가 그의 집에는 소파가 없었다.

"대, 대군주님?"

윈디가 크게 놀라며 바닥에 납작 엎드렸다. 한손은 그런 모습을 처음 보았다. 그녀는 벌벌 떨고 있었다.

"김한손, 맞나?"

"이진우……?"

한손은 그의 정체를 단번에 알아낼 수 있었다. 지구에서 그를 모르는 사람은 존재하지 않았다.

"일단 앉지."

진우가 손을 휘젓자 아공간이 열리더니 고급 소파 하나가 바로 앞에 놓여졌다. 한손은 말도 안 되는 광경에 멍한 표정이 되었다. 꿈인가 싶어 눈을 비비고 다시 보았지만, 꿈이 아니었다.

"어떻게……."

"너 알고 있잖아. 아공간이야."

"하, 하지만 그건 뉴월드에서나 가능한 게 아닙니까?"

진우는 미소 지었다. 윈디가 소파에 앉으라고 눈치를 보내자 쭈뼛거리며 다가가 소파에 앉았다. 소파의 감촉은 끝내주었다. 그는 단 번에 어떤 가죽인지 알아차렸다.

뉴월드에서 판매하는 가죽이었기 때문이다.

"오우거 가죽……?"

"맞아. 선물로 줄게."

진우는 웃으며 그렇게 말했다. 그는 정신이 없어 보였다.

진우는 간단하게 요약해서 진실을 알려주었다. 뉴월드 세계는 진짜이며, 자신이 관리하고 있다고 설명해 주었다. 그리고 저승 세계를 정복하는데, 도움이 필요하다고 말했다.

여전히 멍한 표정이었다. 믿기지 않는다는 표정이었다.

"직접 보여줄게."

이럴 때는 역시 직접 보여주는 게 좋았다. 진우는 한손을 데리고 달과 중간계, 그리고 여러 차원을 보여주었다. 다시 그의 집으로 돌아오자 한손은 허탈한 표정이 되었다.

"정말 사후세계가 있었군요."

"그래. 지구는 내가 관리하고 있어."

"뉴월드에서 알게 된 친한 친구가 병으로 죽었는데…… 혹시 만나볼 수 있습니까?"

한손이 진지한 표정으로 물었다.

"뉴월드 닉네임이 뭔데?"

"루나님쿵카쿵카입니다."

그 닉네임은 진우도 알고 있었다. 현재 중간계에서 마왕이라 불리고 있는 화제의 인물이었기 때문이다.

"음, 중간계에 전생해서 활동하는 중이야. 원한다면 만날 수 있게 해줄게."

물론 도와준다면 말이다.

"그냥 도와달라는 말은 아니야. 보상을 주도록 하지."

"보상이요?"

한손은 돈을 많이 번 상태였다. 돈은 그에게 더 이상 보상이 될 수 없었다. 진우는 쾌적한 사후세계를 약속했다. 그리고 그가 거절할 수 없는 제안을 했다.

그의 육체는 불편한 상태였다. 고쳐주는 건 너무 쉬운 일이어서 보상이라 부를 수 없었고, 아예 아바타의 능력을 본래의 육체에 부여해 주기로 했다.

한손의 고민은 길지 않았다.

"하겠습니다."

"대답이 시원해서 좋군."

진우가 미소 지으며 악수를 청하자 한손이 그 손을 잡았다.

[김한손(남자는한손검)을 영입하였습니다.]

"장비를 모두 챙겨 가도 됩니까?"

진우는 고개를 끄덕였다. 그런 말은 없었으니 아마도 괜찮을 것 같았다.

"괜찮을걸? 부족한 게 있으면 지원해 줄게."

"감사합니다."

남자는한손검는 A랭크였다. 성장이 빠른 아바타의 특성도 있었고, 재능도 있어서 A랭크에 오를 수 있었다. 아직도 가파르게 성장하고 있었다.

남자는한손검은 라디우스보다 훨씬 더 훌륭한 전사였다. 라디우스는 많은 경험을 했을 것이다. 그러나 우주를 날아다니던 남자는한손검에 비할 수는 없었다.

'든든하군.'

그 후로도 진우는 뉴월드 플레이어들을 직접 영입하러 다녔다. 남자는한손검도 접속해서 진우와 함께 영입을 하러 다녔다. 말로 설명하는 것보다 이렇게 보여주는 게 편할 것 같아서였다. 그는 아바타에 들어간 순간 성격이 완전히 달라졌다. 뉴월드에서 보았던 그런 모습이었다.

진우는 남자는한손검과 함께 뉴월드 플레이어의 자취방 앞에 도착했다.

"여기가 랭킹 4위 딸기팬티가 있는 곳이군."

진우는 초인종을 눌러보았다. 안에서 기척이 느껴졌지만 응답이 없었다.

'그냥 안으로 들어가야겠군.'

진우는 생각보다 남자는한손검의 행동이 더 빨랐다.

그가 굳게 잠긴 현관문을 바라보더니

콰앙!

그대로 발로 차서 현관문을 날려 버렸다. 현관문이 가볍게 우그러지며 안으로 튕겨져 나가며 벽에 꽂혔다. 샤워를 하고 옷을 갈아입고 있던 남자, 딸기팬티가 말도 안 되는 광경에 그대로 굳어버렸다.

남자는한손검이 그의 앞으로 다가왔다.

"그대는 무엇을 위해 살고 있는가! 전투와 죽음! 대지를 적시는 피만이 진정한 전사인 그대의 영혼을 위로할 수 있다! 망설일 시간이 없다! 우리에게 위대한 임무가 떨어졌다! 쏟아져 내리는 피의 소나기가 우리를 기다리고 있다!"

"나, 남자는한손검?"

남자는한손검을 단번에 알아봤다. 아무래도 현실이니만큼 노출을 줄이기는 했지만, 여전히 끔찍한 모습이었다. 허벅지가 꽉 끼는 짧은 초록색 반바지와 함께 초록색 망토를 두르고 있었다.

"대마법사 딸기팬티여. 저승정복단에 합류하라."

"아……."

남자는한손검이 딸기팬티의 어깨를 잡으면서 말하자 딸기팬티는 박력에 밀려 얼떨결에 고개를 끄덕였다.

[딸기팬티가 저승정복단에 합류하였습니다.]

어느새 저승정복단이라는 이름이 되어 있었다. 진우는 안으로 들어갈 생각을 못 하고 멍하니 그 광경을 바라보았다.

그렇게 남자는한손검의 활약 속에서 영입이 빠르게 진행되었다. 마지막 인물은 은퇴 후 뉴월드를 즐기고 있는 노인, 은퇴후꽃밭이었다. 그는 맑은 날씨에 미소를 지으며 정원을 손질하고 있었다. 그런데, 갑자기 하늘이 어두워지더니 폭풍이 몰아쳤다.

쿠르르릉!

번개가 치며 정면에 있는 나무를 불태워 버렸다.

"듣거라!"

하늘에서 누군가 두 팔을 벌리며 내려왔다. 노인은 멍한 표정으로 그 광경을 바라보았다.

"하늘이 울부짖는다! 은퇴후꽃밭이여! 어둠의 슬픈 목소리가 들리는가!"

딸기팬티가 두 손을 뻗자 사방으로 얼음이 떨어져 내렸다.

"허억!"

노인, 은퇴후꽃밭은 너무 놀라 뒤로 넘어졌다. 거기서 끝이 아니었다. 커다란 담장이 폭발하더니 남자는한손검이 나타났다. 그는 넘어져 있는 은퇴후꽃밭을 바라보았다.

"은퇴후꽃밭이여! 비정한 독의 살수여! 그대가 누구보다도 뜨거운 마음을 지니고 있다는 걸 안다! 살육본능을 억누르지 말지어다! 저승정복단에 합류하라!"

남자는한손검이 망토자락을 휘날리며 손을 펼치자 그의 뒤로 검은 로브를 입은 플레이어들이 등장했다.

플레이어들이 요상한 포즈를 잡았다.

"보아라! 저승의 무도를! 울부짖어라! 저승의 노래를!"

"우리는!"

"무적의!"

"저승정복단!"

콰아아앙!

불기둥과 얼음기둥이 치솟았다. 엄청난 박력이었다. 은퇴후 꽃밭은 멍한 표정으로 고개를 끄덕일 수밖에 없었다.

'……이게 과연 잘하는 짓일까?'

진우는 고개를 설레 저었다.

아바타에 접속하게 되면 왜 저렇게 변하는 걸까?

정말 미스테리였다. 하지만 후회하기에는 이미 한참 늦었다. 그렇게 은퇴후꽃밭도 저승정복단에 합류했다.

'시간이 빠듯할 것 같았는데……'

하루도 되지 않아 모두 영입할 수 있었다. 정말 대단한 속도였다.

♦ Chapter2 ♦
저승정복단

대결 날이 되었다. 진우는 성소로 저승정복단을 소집했다.
그들의 요정은 지구에 남기로 했다.

'음…….'

다들 뉴월드의 고인물답게 엄청난 복장을 하고 있었다. 가
장 무난한 자는 의외로 녹색팬티 한 장만 걸치고 있는 남자는
한손검이었다. 그 옆에 딸기팬티가 징그러운 포즈를 잡으며 서
있었다.

딸기팬티를 보니 눈이 썩을 것만 같았다. 그의 모습은 엄청
났다. 무지갯빛 모이칸 헤어에, 젖꼭지와 중요부위를 툭 튀어나
온 금속가리개로 가리고 목에 나비넥타이를 매고 있었다. 거기
에 검은 양말과 샌들을 신고 있었다.

그가 착용한 모든 것에 딸기 그림이 그려져 있었다. 누가 보
더라도 끔찍한 변태였다.

'19금 게임이라 정말 다행이야.'

아이들에게 큰 충격을 줄 만한 모습이었다.

진우가 뉴월드를 19금 게임으로 설정한 이유는 잔혹함 때문이었다. 그러나 지금은 이러한 광경 때문에 정말 잘 설정했다고 생각했다. 현재 뉴월드에선 우주까지 등장해서인지 세기말 패션이 유행하고 있었다.

진우는 저승정복단을 바라보았다. 그들은 마치 악당 소개 페이지에나 나오는 장면처럼 각자 특이한 포즈를 잡으며 진우의 말을 기다리고 있었다.

그냥 가만히 있었으면 좋겠지만…….

진우는 포기한 지 오래였다. 아무튼, 슬슬 이동해야 했다.

"가자."

저승의 포탈을 타고 하데스의 탑으로 이동했다. 탑에 포탈석을 설치해 놓아서 간편하게 올 수 있었다. 남자는한손검은 하데스의 탑에 도착하자마자 바닥에 있는 모래를 들더니 눈을 감고 바람에 흘려보냈다. 무슨 신성한 의식을 하는 것처럼 보냈다.

"나무가 부족하군."

언제나 나무를 생각하는 엘론티 전사다운 모습이었다. 하데스와 약속한 장소에 갔는데, 하데스는 없었다.

그 대신 페르세포네 측의 전사가 바닥에 쓰러져 있는 자의 품을 뒤지고 있었다. 쓰러져 있는 자는 하데스의 부하였다.

진우와 저승정복단이 그에게 다가갔다. 페르세포네의 전사는 꽤 강한 전사인 것 같았는데, 진우 뒤에 있는 저승정복단을 보자마자 흠칫했다.

저승정복단의 모습에 꽤 당황한 것 같았다.

"나, 나는 페, 페르세포네 님의 전사 할우스이다! 무릎을 꿇어라!"

할우스는 당황하면서도 꽤 건방지게 말했다. 진우가 대답하기 전에 딸기팬티가 그에게 다가갔다.

딸기팬티의 키는 전령보다 훨씬 컸다. 거대한 근육질 덩어리였다. 딸기팬티가 씨익 웃더니 할우스를 붙잡았다.

"히, 히이익!"

할우스가 화들짝 놀라더니 몸을 부르르 떨었다.

"알고 있는가?"

"무, 무엇을……?"

"저승정복단에는 그런 말이 있지."

"무, 무슨……."

딸기팬티가 고개를 숙여 할우스의 귀에 입을 가져다 대었다. 그의 얼굴이 새파랗게 질렸다.

"예의 없는 놈은 젖꼭지가 떨어진다."

"뭐? 크아아아악!"

퍼석!

무언가 떨어지는 소리와 함께 전령이 쓰러졌다. 언제부터 그런 말이 전해져 온 걸까? 저승정복단은 어제 만들어졌는데 말이다.

은퇴후꽃밭은 진한 미소를 지으며 고개를 저었다.

"이런이런, 딸기팬티 녀석…… 흥분했군."

할우스는 막대한 고통을 느끼며 기절했다. 남자는한손검은 언제 파놓았는지 구덩이에 할우스를 넣고 묻었다. 영혼이니 저 정도로는 죽지 않을 테지만 어쨌든 뒤처리까지 깔끔했다.

"하, 하데스 님이 전하라고 하, 하셨습니다."

하데스의 부하가 양피지를 꺼냈다. 페르세포네의 전사가 방해를 하려고 했던 것 같았다.

"클클클, 주인님, 여기 있습니다."

은퇴후꽃밭이 양피지를 받고는 진우에게 공손하게 건네주었다. 그는 진우를 주인님으로 부르고 있었다. 이제는 익숙해진 호칭이라 별다른 말은 하지 않았다.

진우는 양피지를 읽어보았다. 간단하게 요약하자면 페르세포네의 경기장으로 오라는 말이었다.

하데스가 페르세포네에게 경기 전 식사 초대를 받았는데 홀로 오라고 했다고 적혀 있었다. 하데스는 홀로 가서 어떻게든 시간을 끌 테니 꼭 와달라는 말을 덧붙였다.

'하데스…… 용기를 냈군.'

진우는 눈시울이 붉어졌다. 하데스가 먼저 페르세포네에게 가 있으리라고는 생각지도 못한 진우였다.

문제가 하나 있었다. 페르세포네의 경기장이 어디에 있는지 모른다는 점이었다. 안내해 줄 하데스의 부하는 정신을 잃었고, 페르세포네의 전사는 바닥에 묻혀 있었다.

페르세포네의 방해 공작이 어느 정도 먹혀든 상태였다.

"경기장이 어디에 있을까?"

"일단 사람이 많은 곳으로 가서 물으면 될 것 같습니다."

은퇴후꽃밭이 그렇게 말했다.

"음, 그래. 다른 사람에게 물으면 되겠네."

진우는 저승정복단과 함께 하데스 궁전 옆에 있는 도시로 이동했다. 사람들이 꽤 많았다.

저들 모두 신의 세계에서 영광스러운 죽음을 맞이하여 온 특별한 전사이거나 고결한 영웅들이었다. 너무나 평화로운 저승생활을 즐기고 있었다. 근심 걱정이 하나도 없어 보였다. 그리고 그들 모두 자부심이 하늘을 찌르고 있었다. 이런 영광스러운 곳에 있다는 것 자체가 큰 자랑거리였다.

진우는 지나가는 전사 하나를 불러 세웠다.

"말씀 좀 묻겠습니다."

"건방지군. 감히 나 게우스의 행차를 막는 것인가!"

게우스는 저승정복단의 비주얼에 움찔하면서도 건방진 말을 해댔다. 말이 통할 것 같지 않았다.

영웅? 저승정복단에게는 하등 상관없는 이야기였다.

뉴월드에는 영웅이 없었다. 그냥 미친놈들만 있을 뿐이었다. 피와 화염을 불러오는 존재들이었다.

"뭐, 뭐야! 허억!"

은퇴후꽃밭이 진우를 건방진 눈으로 보던 게우스의 어깨를 잡더니 씨익 웃었다. 게우스는 신의 세계에서 꽤 활약한 전사였다. 반항하려고 했지만 은퇴후꽃밭의 상대가 되지는 못했다. 순식간에 제압을 당해 무릎이 꿇려졌다.

은퇴후꽃밭은 음침한 미소를 지었다.

"저승의 어리석은 시민들아, 듣거라."

스윽!

독이 묻은 단검을 남자의 목에 가져다 대었다.

"우리 주인께서는 깊게 실망하셨다."

"히이익!"

"너희들은 나약하고 건방지다. 거기에 예의까지 없지."

주변에 있던 사람들은 감히 덤비지 못했다. 그러기에는 저승 정복단의 비주얼이 너무 강력했다. 그리고 무시무시한 기백이 뿜어져 나오고 있었다. 남자는한손검이 사람들을 바라보다가 마력을 뿜어냈다.

"너희들의 주인 앞에 꿇어라."

엄청난 마력이 뿜어져 나가며 사람들을 압박했다. 사람들은 주춤거리다가 무릎을 꿇었다. 남자는한손검이 고개를 돌려 게우스를 내려다보았다.

"나약한 자여, 저승의 돼지여. 페르세포네의 경기장은 어디에 있지?"

"저, 저기입니다."

게우스가 간신히 손을 들어 뒤를 가리켰다.

거대한 콜로세움이 보였다. 콜로세움 앞에 갑옷을 입은 전사들이 잔뜩 모여 있었다.

은퇴후꽃밭이 씨익 웃으며 머리를 옆으로 밀었다. 게우스는 덜덜 떨다가 비명을 지르며 경기장 쪽으로 도망쳤다.

"킬킬킬."

"재미있어지겠군."

"형님, 저 녀석 우는데요?"

저승정복단은 게우스의 뒷모습을 보며 음침한 웃음을 흘렸다.

진우는 고개를 끄덕였다. 어쨌든 결과는 좋았다.

"……일단 위치는 알아냈군."

다행히 늦지 않게 도착할 것 같았다.

하데스는 페르세포네에게 찾아갔다. 페르세포네가 경기 전 식사를 제안해서였다. 본래라면 거절했지만 하데스는 조금이나마 시간을 벌기 위해 홀로 찾아갔다.

하데스가 도착하자 페르세포네가 우아한 걸음으로 다가왔다. 그녀의 뒤를 수많은 전사들이 따르고 있었다.

본래 하데스를 모시던 전사들이었는데, 무슨 이유에서인지 몰라도 페르세포네에게 협력하고 있었다.

"페르세포네……."

"하데스, 오랜만이군요."

페르세포네는 아름다웠다. 그러나 하데스의 눈에는 전혀 들

어오지 않았다. 그냥 엄청나게 무서울 뿐이었다. 시선을 피하자
페르세포네는 차가운 눈빛이 되었다.

하데스는 경기장 꼭대기에서 페르세포네와 식사를 했다. 식
사는 맛이 없었다. 진우의 손맛에 길들여진 터라 더더욱 먹을
수 없었다. 차라리 지겨운 시리얼이 나을 지경이었다.

"……입에 맞지 않나요?"

"쿨럭……."

페르세포네의 시선에 억지로 음식을 쑤셔 넣었다. 하데스는
몸을 부르르 떨었다.

역시 페르세포네는 사악함 그 자체였다. 자신을 고문하고 즐
기는 것이 틀림없었다. 둘은 아무 말도 하지 않은 채 그렇게 앉
아 있었다. 지옥 같은 시간이었다. 집에 가서 게임을 하며 마음
을 달래고 싶었다. 그 미소녀 연애 시뮬레이션이라는 장르에 나
오는 여인들은 하나같이 다 착하고 예뻤다.

페르세포네가 아름답긴 하지만…….

'역시 2D가 좋아.'

처음 접한 2D 세계는 하데스의 마음에 안식을 가져다주었
다. 그나마 예전의 모습을 되찾은 이유이기도 했다. 하데스는
권능을 이용해 영혼으로 만들 생각까지 하고 있었다.

대결시간이 코앞으로 다가왔다. 하데스와 페르세포네는 다
시 경기장으로 내려왔다. 하데스는 필사적으로 시간을 끌었지
만 페르세포네는 그런 하데스의 속내를 이미 알고 있었다.

페르세포네가 진한 미소를 그렸다.

"하데스, 라디우스는 눈속임이었더군요. 다른 차원의 신에게 도움을 구할 줄이야. 후훗, 조금 늦는 모양이지요?"

하데스는 흠칫했다. 페르세포네는 라디우스의 존재를 알고 있었다. 뿐만 아니라 진우의 도움 역시 어느 정도 짐작하고 있었다.

페르세포네는 똑똑했다. 그리고 사악했다! 저승을 손바닥 위에 올려놓고 있었다. 그녀는 하데스가 벗어날 수 없는 깊은 늪이었다.

그녀의 뒤로 거대한 체구를 지닌 전사들이 등장했다. 전사들 가운데 가장 뛰어난 풍모를 지닌 이들이 있었다.

그도 가장 잘 알고 있는 인물들이었다.

"테세우스, 페이리토스……."

하데스가 페르세포네와 대적했던 시절이 있었다. 그는 페이리토스와 테세우스를 이용하여 페르세포네를 지상으로 내보내려 했었다. 그러나 사악한 페르세포네가 그들을 망각의 의자에 앉혀서 그녀의 말만 따르는 좀비로 만들어 버렸다.

반쯤 좀비인 상태였기에 아슬아슬하게 살아 있는 사람 축에 끼지 못했다. 헤라클레스가 다녀간 이후에는 어찌 되었는지 소문이 끊겼는데, 이렇게 다시 나타날 줄은 예상하지 못했다.

"도움을 구해봤자, 이들을 당해낼 순 없겠지요."

하데스의 안색이 어두워졌다. 테세우스와 페이리토스는 거의 신에 근접한 영웅이었다.

"하지만 저는 방심을 하지 않습니다. 그 외신…… 그의 도움은 큰 변수가 되겠지요. 제가 왜 미리 당신을 불렀는지 아십니까?"

"그건……."

우르르르!

경기장에 전사들이 우르르 몰려나오더니 경기장 밖으로 나갔다. 하데스는 그 모습을 보며 아차 싶었다. 아예 경기장에 도착하지 못하게 만들 속셈인 것 같았다.

하데스는 그녀의 옆에 있는 자를 바라보았다. 하데스가 믿고 있었던 부하가 어색한 웃음을 지으며 그녀의 옆에 서 있었다.

"이미 손을 써놨습니다."

"비겁하군."

"비겁이요? 신의 대결입니다. 전력을 다해야 하지 않겠습니까? 후후훗!"

하데스의 얼굴에는 절망이 깃들었다. 시간이 얼마 없었다. 그리고 페르세포네가 모은 최고의 전사들이 경기장 밖을 지키고 있었다.

'진우……'

전사들이 도착한다고 해도 경기장 안으로 들어오지 못할 것 같았다.

페르세포네는 크게 웃었다.

"제가 이긴 것이 확실하군요. 내기의 보상이 기대됩니다."

"……원하는 게 무엇인가."

하데스는 저승의 운영권을 원했다. 페르세포네는 하데스의 대결 제안을 받아들이면서, 자신이 승리할 경우 원하는 것을 가져가겠다고 말했다.

페르세포네는 진지한 표정이 되었다. 하데스는 침을 꿀꺽 삼켰다. 무슨 말이 나올지 너무나 두려웠기 때문이다.

페르세포네는 하데스를 잔잔한 눈빛으로 바라보다가 천천히 입을 뗐다.

"제가 원하는 건……."

페르세포네가 원하는 것을 말하려는 순간이었다. 밖이 소란스러웠다. 페르세포네와 하데스는 고개를 돌려 경기장 문을 바라보았다.

콰아아앙!

"크아아악!"

"커억!"

경기장 밖에 있던 전사들의 몸이 붕 뜨더니 바닥에 처박혔다.

"대지여 울부짖어라! 피여! 노래하라!"

"오이오이, 너무 그렇게 날뛰지 말라고? 약. 해. 보. 이. 니. 까."

콰아앙!

경기장의 문이 그대로 폭발하며 사라졌다. 치솟는 불기둥에 하데스와 페르세포네의 표정이 멍해졌다.

페르세포네가 자랑하던 전사들이 하늘로 치솟더니 소나기처럼 내리기 시작했다.

화르르륵!

불기둥을 뚫고 엄청난 모습을 한 전사들이 모습을 드러냈다. 녹색 팬티만을 입고 있는 남자가 전사의 목을 부여잡고 질질 끌고 왔다. 남자가 팔을 올리자 그의 손에 들린 전사가 다리를 바들바들 떨었다.

"나약하군."

휘익!

남자가 가볍게 전사를 던졌다. 전사가 바닥을 마구 구르더니 페르세포네와 하데스 앞에까지 굴러왔다.

녹색팬티를 입은 자는 바로 남자는한손검이었다.

페르세포네는 그의 모습에 경악했다. 동공이 크게 떨렸다. 녹색 팬티라니! 그것도 너무나 아슬아슬한!

"들거라!"

그가 두 손을 펼치며 외쳤다. 경기장에 있는 모든 전사들이 흠칫하며 남자는한손검을 바라보았다. 그에게서 뿜어져 나오는 기백은 흡사 헤라클레스를 보는 것 같았다. 근육이 꿈틀거릴 때마다 스파크가 튀기며 공기가 진동했다.

"저승의 신 하데스여!"

"네, 네?"

남자는한손검이 부르자 하데스가 기겁하며 대답했다.

"기뻐하라! 너를 구원해 줄 분이 오셨도다! 하늘이 노래하고 대지가 춤을 추며 태양이 기뻐할지어다."

하데스의 얼굴이 밝아졌다. 그의 표정이 희망으로 물들기 시작했다. 남자는한손검의 주변이 폭발하며 빛이 뿜어져 나왔다.

"페르세포네와 나약한 저승의 전사들이여!"

"무, 무슨……."

남자는한손검의 목소리가 짐승처럼 변했다. 페르세포네가 움찔했다. 테세우스, 페이리토스 그리고 경기장 안에 있는 전사들도 마찬가지였다.

"절망하라, 그리고 좌절하라. 너희에게 어둠을 선사할 분이 강림하셨도다. 지옥불이 들끓고, 너희의 영혼은 심연 속에 녹아 영원한 비명을 부르짖을 것이다!"

페르세포네는 본능적으로 뒤로 몇 걸음 물러났다.

"저승의 시민들이여! 모두 듣거라! 너희를 지배할 위대한 주인이시다! 꿇어라, 그리고 경배하라!"

남자는한손검이 외치자 저승정복단의 단원들이 양옆으로 갈라졌다. 그곳에는 진우가 뻘쭘한 표정으로 서 있었다.

"어, 음……. 하데스, 나 왔어."

모두 진우를 바라보았다.

"여기 좀 찾기가 어렵더군."

하데스가 멍하니 진우를 바라보았다.

"지, 진우……."

주르륵!

하데스의 두 눈에서 뜨거운 눈물 흘러나왔다. 그가 약속을 지킨 것이다.

이런저런 사정이 있었지만 다행히도 늦지 않게 페르세포네의 경기장에 도착할 수 있었다. 페르세포네는 아름다웠다. 거친 들판에 핀 꽃 같은 느낌이었다.

하데스는 진우의 옆으로 오더니 기력을 되찾았다.

'이 얼마나 멋진 전사들이란 말인가!'

그는 저승정복단의 모습을 보고 감동했다. 정말 늠름하기 그지없었다. 페르세포네의 얼굴이 굳어졌다.

상황이 진정되기까지 조금 오래 걸렸다. 심호흡을 한 페르세포네가 진우에게 다가왔다. 진우는 가볍게 자기소개를 했다.

"당신이 다른 차원에서 오신 외신이시군요."

"알고 있었군"

"저는 하데스의 모든 것을 알…… 크흠, 저승은 제 것이나 마찬가지이니까요. 라디우스를 없앨 방법만을 생각하고 있었는데…… 눈속임 전략에 당했군요. 과연……."

페르세포네는 고개를 끄덕였다. 뭔가 오해하고 있는 것 같았지만 진우는 말해줄 필요성을 느끼지 못했다.

페르세포네는 작게 한숨을 내쉬었다. 그러고는 하데스를 노려보았다. 진우는 그녀를 바라보며 고개를 갸웃했다.

'생각보다……'

그렇게 사악해 보이지는 않았다. 그녀는 전사들을 보며 감탄하는 하데스를 감정이 담긴 눈빛으로 바라보고 있었다. 경멸이나 그런 감정은 아니었다. 진우가 보기에는 질투에 가까웠다.

페르세포네는 깊은 한숨을 내쉬고는 입을 뗐다.

"……알겠습니다. 외부의 도움을 금지한다는 말은 없었으니까요. 그럼 대결을 시작하도록 하지요."

진우는 하데스와 함께 경기장 좌석에 앉았다. 진우와 얼마 떨어지지 않은 곳에 페르세포네가 앉았다. 경기장 가운데에 심판이 있었고, 대결할 첫 선수들이 입장했다.

페르세포네는 씨익 웃었다.

"제 첫 선수는 페이리토스입니다. 전설의 부족인 리파타이인들의 왕이기도 하지요."

페르세포네는 자신감 있는 목소리로 소개를 해주었다.

"헤파이스토스가 제련한 검을 마련해 주었습니다. 번개의 힘을 담은 무기는 그 어떤 괴물이라도 당해내기 어려울 것입니다!"

페르세포네는 진우를 바라보았다. 저 위대한 전사를 본 심경이 어떠냐는 표정이었다. 저 검을 구하는데 아주 많은 돈이 들었다. 그만큼 강력했다. 인간의 한계를 뛰어넘게 만들어주는 힘을 지니고 있었다.

페르세포네는 승리를 확신했다. 페이리토스와 상대를 하기 위해 나온 저승정복단의 전사는 비교적 작은 체구였다. 페이리토스보다 약해 보였다.

하데스와 페르세포네가 소개해 달라는 눈빛으로 진우를 바라보았다. 진우는 잠시 망설이다가 입을 뗐다.

"······저자의 이름은 쌍검야캐옷, 우주해적단의 단장이다."

"네? 해적단이요? 후훗."

해적단이 영웅? 페르세포네가 입을 가리며 비웃었다. 다른 차원의 존재가 신의 세계의 전사와 대적할 수 있을 리 없었다.

그녀는 그렇게 생각했다.

치지지직!

페이리토스가 검을 꺼냈다. 진우가 보기에도 헤파이스토스가 만든 검은 꽤 괜찮았다. 성소의 창고에 넣어도 될 정도는 되었다.

검을 휘두르자 스파크가 튀겼다. 페이리토스가 씨익 웃으면서 쌍검야캐욧을 바라보았다. 쌍검야캐욧은 고개를 설레 젓더니 아공간에서 무언가를 꺼냈다.

진우는 그 광경을 보며 입을 뗐다.

"쌍검야캐욧이 애용하는 무기는……."

지잉!

쌍검야캐욧의 두 손에 들린 막대에서 붉은 빛줄기가 치솟았다. 공간을 태우는 것처럼 일렁거렸다. 페이리토스의 검이 너무나 초라하게만 보였다.

"빔 소드다."

저승에 빔 소드가 등장했다! 그것도 쌍검으로!

페이리토스. 그를 상대할 수 있는 전사는 그리 많지 않았다. 그는 테세우스와 같이 여행을 하며 많은 전설을 만들어냈다. 꽤 영웅적인 풍모를 보여주고 있었지만, 진우의 눈에는 페이리토스와 테세우스 모두 쓰레기처럼 보였다.

쌍검야캐욧도 그렇게 생각했다. 그의 눈빛이 날카롭게 빛났다. 그가 알고 있는 신화의 전승이 대부분 사실이었다. 이곳에는 하데스도 있었고 페르세포네도 있었다. 시간대와 역사가 다르긴 하지만 주요 사건들은 모두 실재했다.

"아동납치범이로군."

그는 그렇게 말했다. 페이리토스는 테세우스와 함께 아직 어린아이에 불과한 헬레네를 납치하고 성에 가뒀다. 테세우스가 헬레네를 아내로 점찍었기 때문이다. 페이리토스도 확실한 공범이었다.

쌍검야캐옹은 초등학교 선생님이었다. 모든 아이들은 저런 쓰레기로부터 보호를 받아야 했다. 페르세포네는 빔소드를 보며 당황했지만 간신히 침착함을 유지했다. 저게 무엇인지는 몰라도 헤파이스토스의 무기를 당해낼 수 없으리라. 하지만 상황은 그의 상상과는 전혀 다르게 흘러가기 시작했다.

"위대한 신의 힘을 보아라!"

페이리토스가 헤파이스토스가 만든 검을 들었다.

쿠르릉!

그러자 주변에서 스파크가 튀기며 검에 빨려 들어왔다.

그 광경을 본 페르세포네는 주먹을 움켜쥐었다. 페이리토스는 저 신의 무기를 완벽하게 다루고 있었다. 저 검을 만들기 위해 헤파이스토스에게 많은 돈을 지불했다. 그녀가 가지고 온 돈, 그리고 저승의 돈을 대부분 썼을 정도였다. 아직 할부가 한참 남아 있었다.

저 번개를 보면 누구나 겁먹게 마련이었다. 그도 그럴 것이 번개는 가장 강력한 힘이었다. 올림포스의 최고신인 제우스의 힘이었기 때문이다. 하지만 쌍검야캐욧은 겁먹지 않았다. 그저 무표정으로 그 광경을 바라볼 뿐이었다.

그는 긴 숨을 내쉬며 입을 뗐다.

"나는 신을 믿지 않아."

그는 빔소드를 천천히 아래로 내렸다.

치지직!

빔소드가 바닥에 닿자 연기와 함께 불길이 치솟았다. 지하세계에서 가장 단단한 광물로 만든 경기장이었다. 특히 바닥은 제일 단단했는데, 빔소드 앞에서는 살살 녹는 아이스크림과 다름없었다.

페이리토스가 검을 휘둘렀다. 막강한 번개의 힘이 상대를 태워 버리리라 생각했다. 그러나 허무하게 허공만을 가를 뿐이었다.

휘익!

쌍검야캐욧의 신형이 흔들리는가 싶더니 어느새 페이리토스의 뒤에 가 있었다.

우뚝!

페이리토스의 몸이 그대로 굳어버렸다. 쌍검야캐욧은 낮게 낮추었던 자세를 천천히 풀며 빔소드의 버튼을 눌렀다.

치이잇!

빔소드가 내뿜던 찬란한 빛이 한순간에 사라졌다.

서걱!

그와 동시에 헤파이스토스가 만든 검이 너무나 허무하게 잘려 나갔다. 페이리토스의 몸에서 피가 솟아나진 않았다. 빔소드가 모든 걸 태워 버리며 지나갔기 때문이다.

페이리토스는 아래를 바라보았다.

"크허헉!"

그는 많은 것을 잃었다.

풀썩!

페이리토스의 몸이 앞으로 고꾸라졌다. 쌍검야캐욧은 무심한 눈으로 바라보았다.

"내가 믿는 건 어린아이들의 꿈뿐이다."

쌍검야캐욧은 그런 말을 남기고 그대로 몸을 돌려 경기장 밖으로 내려갔다. 페르세포네의 얼굴이 경악으로 물들었다. 입이 반쯤 벌어져 있었고, 손이 덜덜 떨리고 있었다.

'아, 아직 할부가 마, 많이 남았는데……'

페르세포네의 정신이 아득해졌다. 하데스가 벌떡 일어나며 두 주먹을 불끈 쥐었다. 속이 뻥 뚫리는 기분이었다. 이보다 더 행복할 수는 없었다.

"그래, 그거야! 으하하!"

"기, 기뻐하기에는 이릅니다. 아, 아직 끝난 게 아닙니다."

페르세포네는 간신히 미소를 지었다. 입꼬리가 심하게 경련하고 있었다. 페이리토스는 그녀가 준비한 두 번째로 강한 카드였다. 기선제압을 할 의도로 선발로 내보냈는데, 순식간에 당해 버렸다. 무기 때문에 졌다고 변명할 수도 없었다. 헤파이스토스의 무기 역시 반칙에 가까웠기 때문이다. 부서졌지만.

경기가 빠르게 이어졌다. 다시 순서를 바꾸는 페르세포네와는 다르게 저승정복단은 여유로웠다. 가위바위보로 순서를 정한 게 끝이었다.

딸기팬티가 경기장에 올랐다. 그는 무기를 들지 않았다. 맨손이었다.

휘리릭! 휘익! 퍽!

바닥을 구르며 전사의 검을 피했다. 순식간에 전사의 앞에 도달했다. 딸기팬티가 두 손을 앞으로 모았다.

"집어삼켜라! 극진파멸권!"

"크헉!"

딸기팬티의 손이 잔상을 그리며 전사를 가격하기 시작했다.

콰가가가가!

엄청난 속도였다. 그리고 엄청난 연격이었다. 손이 여러 개로 보일 정도였다.

화르륵!

마찰열에 의해 손에서 불꽃이 치솟았고, 전신 근육이 팽창과 수축을 반복하며 온도가 급격하게 올라갔다. 그의 손이 멈춤과 동시에 전사가 뒤로 크게 날아가더니 벽에 처박혔다.

딸기팬티는 두 손을 천천히 내렸다.

"네 안의 어둠…… 너무 태워 버렸군"

딸기팬티의 나지막한 목소리가 울려 퍼졌다. 그의 몸은 버티기 힘들 정도의 온도까지 도달해 있었다. 보통 아바타였다면 그대로 녹아버렸으리라. 하지만 딸기팬티는 보통이 아니었다.

철컥! 치이이익!

젖꼭지를 가렸던 가리개가 열리며 연기가 치솟았다.

페르세포네는 너무 놀라 벌떡 일어나 있었다. 너무나 더러운 광경이었다. 멍한 표정으로 그 광경을 바라보다가 진우에게로 시선을 돌렸다.

"저, 저게 뭔가요?"

"……냉각기다."

"냉각……? 내, 냉각이요?"

그렇다. 그건 단순한 젖꼭지 가리개가 아니라 냉각기였다. 딸기팬티는 다크아이에서 냉각기를 몸에 달고 나서부터 최상위 랭커가 되었다. 극진파멸권은 상대와 시전자를 동시에 태워 버리는 동귀어진의 수법이었다.

딸기팬티는 몸에 냉각기를 설치해서 그런 극진파멸권의 치명적인 단점을 완벽하게 극복한 것이다!

페르세포네는 비틀거리며 주저앉았다. 딸기팬티에서 뿜어져 나오는 열기는 멀리 떨어져 있는 페르세포네도 느낄 수 있을 정도로 뜨거웠다. 냉각이 필요할 것 같기는 했는데, 어째서 저런 식으로 한단 말인가!

"다, 다음이 있습니다. 다음은 케이론이 인정한 창술의 대가! 빛의 창 가리우스! 백 명의 전사와 맞서 싸운 영웅입니다!"

다음 전사가 경기장 위로 올라왔다.

빛의 창 가리우스였다. 상대는 은퇴후꽃밭이었다.

가리우스는 빛나는 창을 들고 있었다. 그에 비해 은퇴후꽃밭은 독이 든 단검뿐이었다. 누가 봐도 초라해 보였다.

페르세포네는 비웃음을 머금었다.

"후, 후훗! 선수 선발의 승리군요! 저런 단검으로는 창을 당해낼 수 없겠죠!"

방금 전 딸기팬티의 맨손에 당한 전사가 있었는데, 페르세포네는 금세 잊어버린 모양이었다.

상식적으로 생각하면 그녀의 말은 정확했다. 당연히 단검으로는 창을 상대할 수 없었다. 하데스의 얼굴도 긴장으로 물들었다.

"지, 진우, 괜찮을까요?"

"괜찮지 않겠지."

괜찮지 않은 건 저 가리우스였다.

"시시한 상대로군. 케이론 님에게 빛의 창이라는 칭호를 받은 전사가 바로 나 가리우스이다!"

케이론은 많은 영웅들을 가르친 스승이었다. 은퇴후꽃밭은 안경을 고쳐 썼다. 그의 안경이 두 눈을 가리며 번뜩였다.

"꽃밭에는 잡초와 해충이 참 많지."

은퇴후꽃밭은 로브를 입고 있었다. 그가 로브 자락을 펼치자 많은 단검이 보였다. 그가 가지고 있는 단검은 암기라고 하기에는 너무 컸다.

가리우스는 코웃음을 쳤다.

"그딴 무기가 많아 봤자 빛의 창을 당해낼 수 없다."

"나는 고민했다네. 어떻게 하면 잡초와 해충을 한 번에 없앨 수 있을까."

그는 한 손에 들린 단검을 위로 던졌다. 위로 치솟은 단검은 아래로 떨어졌다. 바닥에 떨어져야 했지만 그렇게 되지 않았다. 단검의 끝에서 푸른 빛이 뿜어져 나오더니 공중에 멈췄기 때문이다. 그 단검뿐만 아니었다. 로브에 붙어 있던 단검들도 푸른 빛을 뿌리며 공중으로 날아올랐다.

가리우스는 당황했다.

"그, 그건 뭐냐."

"이게 바로 내가 고민한 결과라네. 모두 한 번에 없애 버리면 그만이지."

저 무기의 이름은 해충박멸기였다. 은퇴후꽃밭이 두 손을 펼치자 단검들이 춤을 추듯 공중을 날아다녔다.

"으, 으아아!"

가리우스가 창을 휘두르며 돌격해 왔다. 공중에 떠 있던 단검들이 가리우스에게 날아갔다. 그것은 빛에 가까웠다. 유려한 곡선을 그리며 날아가는 모습은 너무나 아름다웠다.

"크아아악!"

단검이 가리우스에게 꽂혀 들어갔다. 가리우스의 갑옷이 터져 나가며 그의 손에 들린 창이 바닥에 떨어졌다.

"그, 그만…… 내, 내가 졌다."

"날개 잃은 벌레처럼 추하기 그지없군."

은퇴후꽃밭이 손가락을 튕기자 단검에서 충격파가 뿜어져 나갔다. 가리우스의 몸이 바닥을 구르다가 그대로 경기장 밖으로 떨어졌다. 심판이 멍한 표정으로 저승정복단의 승리를 선언했다.

페르세포네는 넋이 나갔다. 말도 안 되는 광경이었기 때문이다. 하데스는 잔뜩 흥분하면서 진우를 바라보았다.

"저, 저건 대체 뭡니까?"

"단검에 소형 마력 엔진을 단 거야. 마력에 반응해서 자유자재로 날아다니지."

"잘은 모르겠지만 대단하군요!"

우주의 최첨단 기술이 들어간 걸작이었다. 은퇴후꽃밭이 뉴월드에서 가꾸는 정원에는 몬스터들의 시체가 무수하게 묻어 있었다. 벌레가 많은 이유는 그 때문이었다.

"으윽……."

환한 미소를 짓고 있는 하데스와는 다르게 페르세포네는 거의 울기 직전이었다.

"아직…… 아직 끝난 게 아닙니다!"

페르세포네는 억지로 밝은 척하며 그렇게 말했다.

테세우스와 남자는한손검의 경기가 이어졌다. 테세우스마저 당해 버린다면, 페르세포네 측은 남은 모든 경기를 이겨야 했다. 테세우스는 신의 세계에서도 손꼽히는 영웅이니 필승카드였다. 그러나 페르세포네는 이제 그렇게 생각할 수 없었다. 그러기에는 지금까지 본 상대가 너무 엄청났다.

테세우스가 검을 들며 돌격해 왔다. 영웅답게 뛰어난 검술로 남자는한손검을 공격했다.

덥썩!

남자는한손검이 테세우스의 손목을 잡았다. 테세우는 벗어나려 힘을 주었지만 남자는한손검의 몸은 꼼짝도 하지 않았다.

"딸기팬티에게 들었다."

"무, 무슨……."

"어린아이를 납치하고 감금했다지."

"그, 그건 사랑하기 때문에……."

"사랑?"

남자는한손검의 전신 근육이 팽창했다. 손을 마구 휘두르자, 테세우스가 마치 실 끊긴 인형처럼 흔들렸다.

콰앙! 콰앙!

손을 휘둘러 테세우스를 바닥에 계속 내려쳤다. 그래도 테세우스는 정신을 잃지 않았다. 영웅이기 때문에 정신력이 매우 뛰어난 편이었다.

휘익!

남자는한손검이 테세우스의 몸을 공중으로 던졌다. 테세우스가 수직으로 상승했다. 다시 아래로 떨어져 내리기 시작할 때였다. 그리고 바닥을 박차며 그대로 도약했다. 순식간에 테세우스가 있는 곳까지 도달하더니 그의 허리를 움켜잡았다.

휘이이이익!

남자는한손검의 몸에서 마력이 뿜어져 나오더니 엄청난 속도로 바닥에 꽂혔다.

콰아아앙!

경기장 바닥이 박살 나며 자욱한 먼지가 치솟았다.

"그 쓸모없는 머리, 내가 대신 깨주었다."

연기가 사라지자 페르세포네는 경악했다. 테세우스의 머리가 그대로 바닥에 꽂혀 있었기 때문이다. 남자는한손검은 그런 테세우스를 차가운 눈으로 바라보았다.

"그건 사랑이 아니라 범죄이다. 넌 그저 검을 든 변태에 불과하다. 지옥에서 반성해라."

남자는한손검이 경기장 밖으로 내려가자 페르세포네의 전사들이 주춤주춤 다가와 테세우스를 수습했다.

하데스는 입이 찢어져라 웃고 있었다. 페르세포네의 눈에는 눈물이 고였다. 원망이 섞인 눈빛이었다.

페르세포네는 자리에서 벌떡 일어났다. 간신히 표정을 정리하고 하데스와 진우를 바라보았다.

"큰 점수를 건 대장전을 제의합니다!"

"대장전? 대장끼리 대결하자는 말인가?"

하데스가 고개를 저었다.

"한점만 따면 내 승리다. 내가 어째서 그래야 하지?"

"당신이 이기면…… 운영권뿐만 아니라 당신이 원하는 걸 드리겠습니다. 외신, 그대에게도요."

하데스는 고민했다. 페르세포네에게 복수할 기회이기도 했다. 그는 진우를 바라보았다.

"진우, 당신에게 선택을 맡기겠습니다."

"음……."

진우는 페르세포네를 정보의 마안으로 살펴보았다.

[S+]페르세포네

저승의 신 하데스의 아내. 테메테르의 딸로, 손에 꼽히는 아름다움을 지니고 있다. 하데스에게 한눈에 반해 그가 저승의 문을 연 사이 그를 기절시키고 저승에 왔다.

첫날밤 이후 하데스가 자신을 피하자 그의 관심을 끌기 위해 노력하고 있다. 하데스가 가진 모든 것을 취하면 그가 자신을 바라봐 줄 것이라 생각하고 있다.

[S+]혼자만의 사랑: 사랑을 위해서는 수단과 방법을 가리지 않는다. 상대가 자신의 마음을 알아차리지 못할 경우 역효과가 발생한다. 페르세포네는 제우스의 번개를 훔쳐 하데스에게 선물해 준 전적이 있다. 그러나 하데스는 협박으로 생각해 기겁하며 운영권을 넘겼다.

'이거……'

그냥 사랑싸움이었다. 서로 오해가 있는 것 같았다.

"제안을 받아들이지."

받아들인 이유는 간단했다. 재미있을 것 같았기 때문이다.

페르세포네는 회심의 미소를 지었다. 하데스는 그 미소에 몸을 움찔했다.

"그럼, 잠시 휴식 후 경기를 진행하겠습니다. 실례하겠습니다."

페르세포네가 우아하게 일어나며 어디론가로 사라졌다.

페르세포네는 방으로 돌아와 품을 뒤적거렸다. 차원 금화 하나를 꺼내 낡은 전화기 앞에 섰다. 차원 금화를 전화기 안에 넣고 번호를 누르자 연결음이 갔다.

[오! 사랑스러운 나의 딸! 페르세포네 아니냐!]

"아빠."

[그래! 저승생활은 즐겁니?]

"뭐, 늘 똑같죠. 이번에도 엄마가 늘어났나요?"

[허, 허허허…… 크흠, 딸아, 호, 혹시 용돈이 필요하니?]

페르세포네의 목소리는 싸늘했다.

"용돈은 필요 없고 도움이 필요해요."

[크흐! 그래! 뭐든 말하거라! 이 애비가 다 들어주마!]

"헤라클레스, 그를 보내주세요."

[으, 음? 헤라클레스는 좀 바쁜데…… 어, 언제?]

페르세포네의 눈빛이 번뜩였다.

"지금 당장!"

[아, 알았다. 버, 번개의 권능으로 빠르게 보내주마. 그, 그 대신…….]

"여신관을 건드린 걸 비밀로 해달라고요?"

[거, 건드린 건 아니고 그냥 잠깐…….]

틱!

페르세포네가 전화를 끊었다. 회심의 미소를 지었다. 헤라클레스는 반인반신이었다. 육체가 사라지고 신의 자리에 오르긴 했지만, 어쨌든 인간이었던 시절이 있었다.

어떻게든 우긴다면 괜찮을 것 같았다.

'승부는 지금부터다!'

페르세포네는 자신감을 되찾았다. 그 누가 최고의 영웅이라 칭해도 부족함이 없는 헤레클레스를 당해낼 수 있을까?

상당히 추잡한 방법이었지만 이기면 그만이었다.

'하데스……'

오랜만에 실물로 본 그의 모습은 예전보다 훨씬 멋있어졌다. 그는 제우스와는 다르게 여색을 그다지 밝히지도 않았다. 조신한 모습이 그녀의 취향이었다.

후르릅!

그녀는 흘러나오는 침을 닦고는 우아한 걸음으로 다시 경기장에 향했다. 하데스가 환하게 미소 지으며 외신과 이야기를 나누고 있었다.

"목걸이를 선물해 주니 해피엔딩 루트로 진입을 했습니다. 드디어 그녀를 행복하게 해줄 수 있었습니다."

"그래? 역시 목걸이가 답이었나."

"네, 지금은 이벤트 씬을 모으고 있습니다만…… 어렵더군요."

페르세포네는 대화를 듣고 깜짝 놀랐다.

'어느 년이······!'

눈빛에는 살기마저 일었다. 페르세포네의 살기를 느낀 하데스가 격한 기침을 하며 피를 토했다.

"페, 페르세포네. 와, 왔군."

하데스는 페르세포네가 무섭기만 했다. 살기가 뚝뚝 떨어지는 눈빛을 보니 심장이 잘게 쪼개지는 느낌이었다.

진우는 페르세포네를 바라보았다.

"그쪽 선수는?"

"곧 도착할 겁니다. 기대하시는 게 좋을 걸요?"

페르세포네가 그렇게 말하는 순간이었다.

쿠르르르!

경기장 위에서 먹구름이 생겼다. 저승에서 먹구름이 생기는 일은 거의 없었다. 외부에서 개입한 것이다

콰아아아!

강력한 번개가 경기장 바닥을 때렸다. 번개와 함께 등장한 것은 거대한 체구를 지닌 사내였다. 그의 덩치는 남자는한손검보다 훨씬 컸다. 거인족으로 보일 정도였다.

하데스는 그를 보자 깜짝 놀랐다.

"헤, 헤라클레스!"

그가 바로 헤라클레스였기 때문이다.

"이, 이건 반칙이다! 그는 신인데······."

"반쯤은 인간이었던 신입니다. 아슬아슬하게 합격입니다!"

"그런 억지가······!"

페르세포네는 당황하는 하데스를 보며 미소를 지었다. 그리고 진우를 바라보았다.

"제 선수는 헤라클레스입니다. 신의 세계가 낳은 최고의 영웅이지요."

진우는 정보의 마안으로 헤라클레스를 바라보았다.

[SS]헤라클레스

제우스와 알크메네의 자식으로 뛰어난 무력을 지닌 영웅이다. 반인반신이었으나 사후에 육체가 사라지고 혼령만이 하늘에 올라 신이 되었다. 그가 태어날 때 여신 헤라가 그를 죽이려 했지만, 지금은 사이가 좋은 편.

막장스러운 집안에 회의감을 느끼고 있다.

확실히 대단했다. 저승정복단 중 누구도 그의 상대가 될 수 없었다. 페르세포네가 억지를 쓸 만했다.

"음, 나도 선수를 준비할게."

"헤, 헤라클레스를 당해낼 영웅이 있습니까?"

진우는 고개를 끄덕였다.

'내가 나서야겠군.'

김군주 아바타를 들고 온 게 다행이었다. 사연이 어찌 되었든 일단 이길 생각이었다. 저쪽도 치사하게 나왔으니 망설일 이유가 없었다.

"잠시 자리 좀 비울게."

"네? 어, 어디 가십니까?"

"갑자기 바쁜 일이 생겨서…… 곧 선수를 올려 보낼 테니 걱정하지 마."

진우가 경기장 밑으로 내려가자 페르세포네와 하데스만 남게 되었다. 하데스는 불안한 듯 눈동자를 굴렸다. 무거운 침묵만이 감돌 뿐이었다.

경기장 밖으로 나온 다음 바로 김군주 아바타에 접속했다.

'오랜만이네.'

아바타에 접속한 건 상당히 오랜만이었다. 랭크가 크게 올라 있어 그렇게 불편하지는 않았다. 진우가 나타나자 저승정복단이 양옆으로 갈라지며 길을 터주었다.

진우는 경기장 위에 올라왔다. 헤라클레스가 그를 내려다보았다. 헤라클레스는 영웅다운 기백을 내뿜고 있었다. 거친 느낌이 드는 가죽 갑옷을 입고 활과 곤봉을 들고 있었는데, 탄탄한 근육질의 거구와 굉장히 잘 어울렸다.

진우가 고개를 꺾어 올려다봐야 할 정도로 컸다.

단순히 덩치만 큰 게 아니었다. 강함이 느껴졌다. 역시 최고의 영웅다운 모습이었다.

'김군주 아바타가 성장했다고는 하지만……'

김군주 아바타는 아바타로서 도달할 수 있는 가장 높은 영역인 S랭크였다. 육체 랭크, 마력, 그리고 모든 스킬 랭크가 S랭크이기는 하지만, 저 헤라클레스를 이길 수는 없어 보였다. 육체 스펙부터 너무 많은 차이가 났다.

자신도 헤라클레스처럼 인간이었다고 우긴다면 직접 나설수 있겠지만, 그러기는 싫었다. 진우는 기본 룰을 어기지 않는 진정한 승리를 원했다. 페르세포네가 아무 말도 할 수 없는 그런 승리 말이다.

헤라클레스는 자신감이 넘치는 표정이었다. 그도 그럴 것이 제우스의 아들로서 엄청난 위업을 달성한 영웅이었다. 애초부터 제우스가 작정하고 최고의 영웅을 탄생시키기 위해 알크메네를 덮친 것이다. 알크메네에게는 남편이 있었지만, 제우스에게는 관계가 없는 이야기였다.

진우는 고개를 저었다. 아무리 생각해도 정말 막장이었다.

"항복하는 것이 좋을 것이다. 그대가 넘지 못할 시련이 눈앞에 있도다."

"그 정도로 강해 보이지는 않는데?"

"건방지군."

진우의 말에 헤라클레스의 눈썹이 꿈틀했다. 그는 자신이 절대 패배를 전혀 생각하고 있지 않았다. 언제나 최강이었기 때문이다.

보아하니 본래 계획에 없었지만, 페르세포네의 부탁으로 온 것 같았다. 진우는 마음이 그리 넓지 않았다. 대결에 난입했으면 그만한 대가를 치러야 했다.

진우는 헤라클레스를 관찰하듯 바라보았다. 덩치가 크고 힘이 센 것이 제법 괜찮은 일꾼이었다. 게다가 신이기 때문에 기본적으로 불로불사였다. 그 말은 실컷 부려먹어도 괜찮다는 말이었다. 일단 라디우스의 일도 있고 하니, 위로하는 차원에서 김대진 박사에게 보내는 게 좋을 것 같았다.

진우는 그를 바라보며 입을 뗐다.

"대결과 별개로 내기를 할까?"

"내기?"

"대결에서 지면 노예가 되는 게 어때?"

"노예라······."

헤라클레스는 노예라는 단어와 인연이 꽤 깊었다. 그는 생전에 에우리스테우스 왕에게 12년간 봉사했고, 12개의 과업을 달성했다. 그 이후에도 3년간 옴팔레 여왕의 노예로 살았다.

헤라클레스가 진우를 노려보았다. 감히 자신의 앞에서 노예를 언급하다니!

얼굴이 분노로 물들었다. 처음에는 적당히 봐줄 생각이었는데, 지금은 아니었다. 신을 분노하게 한 대가를 톡톡히 치르게 해줄 것이다!

"좋다. 각오하는 것이 좋을 것이다."

헤라클레스에게서 굉장한 기백이 뿜어져 나왔다. 그는 신성력과 비슷한 기운을 쓰고 있는 것으로 보였다.

심판이 경기 시작을 알리자 헤라클레스가 곤봉을 들었다. 그의 곤봉은 헤파이스토스가 제작하고, 여러 신이 힘을 부여한 무기였다. 그럭저럭 높은 랭크를 달고 있었는데, 진우의 눈에 차지는 않았다. 헤파이스토스보다 우주 세계에서 업그레이드된 데구르론의 실력이 훨씬 좋았다. 당장 빔소드만 해도 저것보다 훨씬 뛰어났다.

'실력 좀 볼까?'

헤라클레스가 커다란 곤봉을 휘둘렀다. 굉장한 속도였다. 충격파에 의해 바닥에 균열이 생길 정도였다.

진우는 아슬아슬하게 곤봉을 피했다. 헤라클레스의 공격이 점점 빨라지기 시작했다. 피할 수 없는 속도에 이르자 진우는 검을 들어 헤라클레스의 공격을 막았다.

콰앙! 엄청난 힘이었다. 진우의 몸이 크게 뒤로 튕겨 나갔다. 팔의 피부가 터져서 피가 흐르고 있었다.

진우의 무기가 좋지 않았더라면 육체가 크게 손상되었을지도 몰랐다. 헤라클레스는 살짝 놀란 표정으로 진우를 바라보았다. 설마 이 정도로 버틸 줄은 예상하지 못했기 때문이다. 진우는 저려 오는 팔을 휘저으며 그를 바라보았다.

"음, 꽤 괜찮은데?"

진우가 그렇게 말했다. 위기임에도 불구하고 여전히 여유로웠다.

"놀이는 이제 끝이다."

헤라클레스가 활을 꺼내며 활시위를 당겼다. 굉장한 활 솜씨였다. 화살을 쳐내는 것만으로도 검에 균열이 생겼다. 꽤 괜찮은 검이었는데, 아쉬운 기분이 들었다.

휘익! 콰앙!

화살이 진우의 어깨에 부딪혔다. 충격파가 주변을 휩쓸었다. 경기장이 박살 나며 먼지가 하늘로 치솟았다. 화살이라고 보기

보다는 미사일에 가까웠다.

진우가 입은 갑옷이 박살 나며 바닥에 떨어졌다. 갑옷 덕분에 아바타는 무사했다. 역시 괜히 좋은 걸 입는 게 아니었다.

헤라클레스는 활을 내렸다.

"너에게는 이제 좋은 무기도, 좋은 갑옷도 없다. 내 승리다. 나를 상대로 이 정도로 버티다니 대단하군."

헤라클레스는 진우를 바라보며 그렇게 말했다. 진우는 슬쩍 하데스와 페르세포네 쪽을 바라보았다. 둘의 표정은 상반되어 있었다. 하데스는 간절한 눈빛 표정으로 두 손을 모으고 있었고 페르세포네는 자리에서 일어나 주먹을 움켜쥐고 있었다. 그녀는 승리를 확신하고 있었다.

후드득!

진우는 몸에 붙어 있는 갑옷을 털어냈다. 그리고 반쯤 부서진 검을 바닥에 떨구었다. 하데스의 얼굴이 절망으로 물들었다. 항복하는 것처럼 보였기 때문이다. 당연히 항복하는 게 아니었다.

"아쉽지만 더 좋은 게 있지."

뉴월드에서는 김군주의 아바타로는 많은 제약이 있었다. 유명인이었기 때문이다. 하지만 여기에서는 괜찮았다. 저승정복단도 이미 김군주의 정체를 알고 있었다.

진우가 옆으로 손을 뻗자, 남자는한손검이 보고 씨익 웃었다.

"그것인가. 드디어 등장하는군."

"오이오이, 우리 단장님께서 진심이 되어버리셨는걸?"

"저 근육질 제법이군. 단장님을 무려 진. 심. 으로 만들다니."

"후후후, 좋은 구경을 하겠군."

남자는한손검을 시작으로 저승정복단 단원들이 그렇게 말했다. 김군주 아바타는 저승정복단의 단장이었다. 진우는 별로 단장을 하고 싶지는 않았지만, 그렇게 되었다.

아공간에서 빼는 것에 불과했지만, 이런 건 역시 연출이 중요했다. 김군주 아바타의 푸른 마력이 뿜어져 나오며 바닥에 마법진이 그려졌다.

헤라클레스가 주춤거리며 뒤로 물러났다.

"헤, 헤라클레스! 뭘 멍하니 보는 거예요? 당장 공격해요!"

페르세포네는 그 광경을 보며 불안감을 느꼈는지 그렇게 외쳤다. 진우는 피식 웃었다. 그녀의 사정을 알고 보니 그렇게 밉상으로는 보이지 않았다.

헤라클레스가 곤봉을 들고 달려들려고 할 때였다. 마법진 위로 공간이 열리더니 거대한 무언가가 등장했다.

헤라클레스의 위로 떨어졌는데, 그는 다급히 뒤로 점프하여 피했다.

쿠웅!

거대한 검은 물체가 바닥에 떨어졌다. 자욱한 먼지가 치솟았다.

"저것이 바로…… 행성파괴 병기 다크 엠페러."

남자는한손검이 나지막하게 말했다.

다크 엠페러. 진우가 꺼낸 것은 마장기 다크 엠페러였다. 다크 엠페러에 탑승한다면 아바타를 아득히 넘어서는 힘을 쓸 수 있었다.

"저, 저게 도대체……."

페르세포네가 웅장한 다크 엠페러의 모습을 보며 당황했다. 다크 엠페러에서는 검붉은 마력 입자가 뿜어져 나오고 있었다. 페르세포네는 침을 꿀꺽 삼켰다.

두려웠다. 그녀는 몸이 떨리는 것을 느꼈다. 바라보는 것만으로도 이성이 마비되는 감각이 온몸을 타고 올라왔다.

헤라클레스도 긴장하며 다크 엠페러를 바라보았다.

철컥!

다크 엠페러의 콕피트가 열렸다. 진우가 가볍게 도약해 그 안으로 들어갔다.

지이잉!

마력을 불어넣으니 다크 엠페러가 기동하기 시작했다.

[다크 엠페러 기동합니다. 환영합니다. 대군주님. 다크 엠페러 시스템을 맡게 된 다키입니다. 직접 연결을 통해 시스템 제어에 도움을 드리게 되었습니다.]

"좋군."

다크 엠페러가 몸을 일으켰다. 헤라클레스보다 훨씬 거대했다. 게다가 예전보다 훨씬 업그레이드되어 있었다.

"움직여볼까."

다크 엠페러가 움직이기 시작했다. 커다란 크기와는 다르게 엄청나게 빨랐다. 헤라클레스가 움직임을 놓칠 정도였다.

[다크 스피어 작동.]

팔의 갑주가 열리더니 붉은 마력 입자가 뿜어져 나왔다. 거대한 창이 되어 헤라클레스의 몸을 때렸다.

"커헉!"

헤라클레스가 주욱 밀려났다. 곤봉을 경기장 바닥에 꽂아 넣어 겨우 넘어지지 않았다. 그의 입에서는 피가 흐르고 있었다. 전신이 부서지는 듯한 고통에 이를 악물었다.

다크 엠페러가 손을 뻗자 거대한 빔소드가 들려졌다.

검붉게 일렁이는 빔소드는 파멸을 상징하는 듯했다.

휘이익!

빔소드와 헤라클레스의 곤봉이 부딪혔다. 곤봉이 타들어 가더니 그대로 잘려 나갔다. 헤파이스토스와 여러 신이 함께 만든 곤봉이었지만 고출력의 빔소드 앞에서는 플라스틱이나 마찬가지였다. 헤라클레스는 경악하며 뒤로 크게 물러나고는 활을 들었다. 빠르게 연사를 하기 시작했다. 숱한 전설을 만든 솜씨다웠다.

[마력 실드 에너지 4.64% 마력이 부족하여 마력 실드의 손상이 예상됩니다. 보호 시스템 작동을 작동합니다.]

다크 엠페러의 어깨 부분이 열렸다. 붉은 빔이 뿜어져 나가며 날아오는 화살을 모두 저격했다. 화살이 허무하게 녹아버리며 사라졌다.

"크으으!"

화살이 통하지 않았다. 헤라클레스가 활을 버리며 달려들었다. 다크 엠페러와 손을 마주 잡으며 힘겨루기에 들어갔다.

쿠웅!

헤라클레스의 다리가 경기장 바닥에 박히며, 바닥이 무너지기 시작했다.

'꽤 하는군.'

진우는 헤라클레스의 힘에 감탄했다. 역시 괜히 높은 랭크가 아니었다. 군주라 불러도 손색이 없는 힘이었다.

[상대의 신체를 스캔했습니다. 킨데르진 박사가 정의한 영체 상태로 죽음에 이르는 공격을 맞으면 빈사 상태가 될 것이 예상됩니다.]

"잘 됐군."

죽지 않으니 봐줄 필요가 없었다. 다크 엠페러가 헤라클레스를 던져 버렸다. 엄청난 속도로 날아가며 경기장 벽에 부딪혔다. 화려하게 끝내는 게 좋을 것 같았다.

진우는 페르세포네와 이곳의 신들에게 저승정복단의 위엄을 확실하게 각인시켜 줄 필요성을 느꼈다. 향후 신의 세계로 가야 했기 때문이다.

진우는 마력을 일으켰다. 마력에 반응하는 존재가 있었다.

콰가가가가!

밖에서 검은 화염이 치솟더니 흑염룡이 날아올랐다.

[합체를 유도합니다.]

흑염룡이 분해되며 다크 엠페러와 합체했다. 오랜만에 다크 플레임 엠페러가 등장했다. 거대한 날개가 펼쳐지자 페르세포네는 털썩하고 주저앉았다.

"마, 말도 안 돼."

저걸 뭐라고 표현할 수 있을까? 하데스의 표정도 멍해졌다. 이해의 영역을 넘어선 광경이었기 때문이다.

다크 플레임 엠페러의 전신에서 검은 기류가 뿜어져 나왔다.

'슬슬 끝내야겠군.'

김군주 아바타로는 다크 플레임 엠페러를 오랫동안 유지할 수 없었다. 오로지 대군주의 스팩에 맞춰져 있었기 때문이다.

다크 플레임 엠페러가 앞으로 손을 뻗었다. 전신의 장갑이 열리며 검은 마력이 치솟았다. 벽에 파묻혀 있었던 헤라클레스가 몸을 일으킬 때였다. 다크 플레임 엠페러에게서 거대한 빔이 뿜어져 나왔다.

콰가가가가!

바닥이 갈라졌다. 경기장이 박살 나며 터져 나갔다.

"으윳!"

"꺄악!"

구경하던 하데스와 페르세포네도 충격파에 의해 뒤로 날아갔다. 빔이 헤라클레스를 덮쳤다. 그를 덮치고 그대로 하늘 위로 뿜어져 나갔다.

콰아아아아앙!

탑 일부가 화려하게 폭발했다. 하늘에 거대한 구멍이 뚫려 버렸다. 하데스의 탑에 머물고 있던 모든 전사가 경악하며 그 광경을 바라보았다.

[마력 0% 다크 플레임 엠페러 기동 정지.]

진우는 마장기에서 내렸다. 아공간에 마장기를 넣고 주변을 바라보았다. 거대한 경기장이 완전히 사라져 버렸다. 판정을 내려줄 심판도 기절한 상태였다.

역시 김군주 아바타로는 힘 조절이 어려웠다. 헤라클레스의 모습은 희미해져 있었는데, 빈사 상태에 빠진 것으로 보였다. 대결은 누가 보더라도 진우의 승리였다.

"음?"

하데스와 페르세포네가 잔해에 깔려 있었는데, 하데스가 페르세포네 위에 겹쳐 있었다. 필사적으로 두 팔을 땅에 디디며 버티고 있었다.

"크윽!"

하데스는 필사적이었지만 페르세포네는 멍하니 그런 하데스를 바라보고 있을 뿐이었다. 진우가 피식 웃으며 손가락을 튕겼다. 그러자 잔해들이 하데스의 위로 쏟아져 내렸다.

"으억!"

"아앗!"

하데스와 페르세포네의 몸이 밀착되었다. 나름대로 보기 좋았다.

진우는 아바타에서 로그아웃하고 다시 경기장으로 돌아왔다. 저승정복단이 하데스의 탑을 구경하고 싶어 해서 자유시간을 주었다. 저승에 기묘한 패션이 유행하게 된 계기가 되었다.

[헤라클레스가 대군주의 노예가 되었습니다.]

진우는 헤라클레스를 일단 김대진 박사에게 보냈다. 라디우스와 전사들보다 훨씬 쓸 만할 것이다. 올림포스에서 난리가 났지만, 진우는 신경 쓰지 않았다.

진우는 잔해로 다가갔다. 하데스와 페르세포네가 완전히 딱 달라붙어 있었다.

"지, 진우! 도, 도와줘요."

하데스가 간절한 눈으로 진우를 바라보았다.

진우는 부드러운 미소를 그렸다.

"일단 저승의 운영권을 넘겨줘."

페르세포네가 하데스에게 운영권을 넘겨주었고, 하데스가 그걸 진우에게 주었다.

[저승을 정복하였습니다! 저승이 성소에 귀속됩니다!]

전 차원의 저승이 모두 성소에 귀속되었고, 하데스의 탑은 이제 대군주의 탑이 되었다.

[저승는 하데스가 지닌 권능의 원천입니다. 하데스의 모든 권능이 대군주에게 흡수되었습니다! 12군주를 모두 정복하였습니다!]

드디어 12군주를 모두 정복했다. 진우는 손을 뻗었다. 공간이 열리더니 검은 파편이 모습을 드러냈다. 퀘스트를 완료하여 마신의 파편을 얻을 수 있었다.

진우는 권능을 일으키며 마신의 파편을 흡수했다. 지배의 권능이 작동하며 파편의 힘을 지배하기 시작했다.

[마신의 파편을 흡수하였습니다! 대량의 경험치를 획득하였습니다. 모든 랭크가 한계를 돌파하여 크게 상승합니다.]

진우의 랭크가 드디어 SSS+에 도달했다. 그뿐만 아니라 부족했던 육체 스펙도 SSS+에 맞춰졌다. 이제 누구보다도 마신에 가장 근접한 존재가 되었다. 파편을 흡수한 것만으로 이 정도였다.

'마신의 힘을 전부 흡수한다면……'

얼마나 강해질지 짐작이 되지 않았다. 진우는 이제 신의 세계로 진입할 수 있게 되었다. 신의 세계에 마신의 힘이 있을 것이다. 신의 세계라고 해도 전혀 낯설지 않았다. 이미 하데스와 페르세포네, 그리고 헤라클레스까지 보았기 때문이었다.

"끄, 끝났나요?"

하데스가 조심스럽게 물었다. 진우가 고개를 끄덕이자 어서

빼달라는 표정이 되었다.

하데스는 약골이라 잔해를 들어 올릴 만한 힘이 없었다. 페르세포네는 가능한 것 같았지만, 얌전히 하데스의 품에 안겨 있었다.

"저, 저는 움직일 수 없네요. 이대로 조금 오래 있어야 할 것 같아요."

페르세포네가 그렇게 말했다. 그녀의 귀는 붉게 달아올라 있었다. 이렇게 보면 꽤 어울리는 한 쌍이었다.

진우는 하데스의 간절한 눈빛을 무시했다. 그를 위해서라도 오해를 풀어야 했다. 진우가 직접 중재하기보다는 오랫동안 같이 지내며 대화를 하는 게 가장 좋은 방법이었다.

지구에도 대화가 부족한 부부들이 많지 않던가.

"둘이 진지하게 이야기를 나눠보는 것이 좋을 것 같은데."

"네?"

"음, 그럼 4주 후에 뵙겠습니다."

"자, 잠깐……!"

둘은 그래도 신이니 4주 후에 온다고 해도 괜찮을 것이다. 진우는 둘이 서로에게 더 집중할 수 있도록, 옆에 있던 커다란 잔해를 손수 들고 와 덮어주었다.

'4주 후에도 오해가 풀리지 않는다면……'

진우는 오해가 풀릴 때까지 가둬놓을 생각이었다.

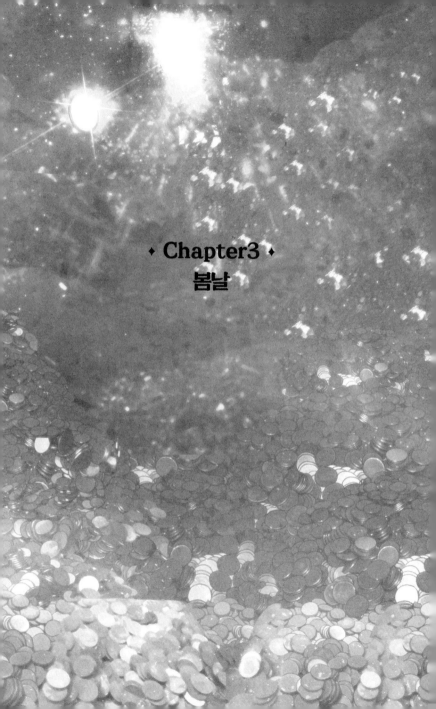

♦ **Chapter3** ♦
봄날

　남자는한손검과 저승정복단은 대군주의 탑을 돌아다녔다. 탑 안은 굉장히 넓었고, 수많은 전사들이 머물고 있었다. 뛰어난 현자부터 불세출의 영웅이라 불렸던 전사도 있었다. 그러나 저승정복단에게는 먹잇감에 불과했다.

　저승정복단은 탑을 돌아다니며 그들을 모조리 박살 냈다. 이름다운 행보였다. 처참하게 깨진 저승의 전사들은 강함에 반해 그들을 따라다니기 시작했다. 주변이 북적북적해질 정도였다. 저승정복단은 그들에게 가르침을 베풀었다.

　"육체야말로 가장 강력한 무기이다."

　남자는한손검은 아공간에서 엘론티를 상징하는 녹색팬티를 꺼내 전사들에게 나눠주었다. 그걸 입은 전사들은 어색해했지만 시간이 지날수록 적응을 하더니, 이제는 옷을 입지 못하게 되었다.

"기억하라! 녹색이야말로 전사의 상징이다."

"이 해방감······! 힘이 솟구치는 것 같습니다!"

남자는 한손검을 유난히 따르는 전사가 있었다.

그의 이름은 포메우스. 그는 지혜와 전쟁의 여신 아테나가 뽑은 전사였다. 그는 영혼이 아니었다. 살아 있는 상태였다.

아테나는 그를 아꼈다. 그는 아레스의 전사들에게 맞서 싸우기 위한 영웅이었다. 하지만 포메우스는 아직 많이 부족했다. 아테나는 포메우스를 저승에 보내, 저승에 있는 수많은 영웅들에게 가르침을 받으라는 임무를 내려주었다.

아테나는 권능을 일으켜 저승에 있는 포메우스를 바라보았다. 하데스가 다스릴 때는 볼 수 없었지만, 지금은 틈이 많아 지켜볼 수 있었다. 그를 저승에 보낼 수 있었던 이유이기도 했다.

아테나가 포메우스의 모습을 보는 건 오랜만이었다.

그녀는 포메우스의 모습을 보고 크게 놀랐다.

[포, 포메우스여.]

"아테나 님."

포메우스가 녹색 팬티만을 입고 있었기 때문이다.

[그, 그, 그 복장은?]

"가장 강해질 수 있는 복장입니다."

[그런가······ 그렇지만······.]

포메우스뿐만이 아니었다. 저승의 수많은 전사들이 모두 그와 같거나 이상한 차림으로 변해 있었다.

도대체 누가 저런 걸 가르친 걸까?

[누, 누구에게 배웠느냐? 라디우스? 아니, 그가 그럴 리 없지.]

"전사의 정신에 대해서는 남자는한손검 님에게 교육을 받았고, 무술은 딸기팬티 님에게 하사받았습니다!"

[남자는한손…… 딸기팬티?]

"네, 헤라클레스 님 못지않은 정말 대단한 분들입니다! 케이론 님께 배울 때보다 지금이 훨씬 더 좋습니다!"

포메우스가 눈을 반짝였다. 아테나는 그런 모습에 뭐라고 말하지 못했다. 아무래도 직접 봐야 할 것 같았다.

[나의 전사 포메우스여! 너를 통해 그대의 스승을 직접 보고 싶구나.]

"알겠습니다!"

포메우스는 저승정복단이 있는 곳으로 이동했다. 마침 남자는한손검과 딸기팬티가 대련을 하고 있었고, 수많은 전사들이 그들의 주변에서 대련을 지켜보고 있었다.

불끈!

남자는한손검의 근육이 꿈틀거렸다. 아테나는 그 모습에서 눈을 뗄 수 없었다. 남자는한손검이 검을 휘두르자 충격파만으로 바닥이 박살 났다. 엄청난 힘이었다.

딸기팬티가 두 손을 올리며 남자는한손검의 검을 막았다.

딸기팬티의 얼굴이 구겨졌다.

"과연…… 일반적인 방법으로는 못 당하겠군."

딸기팬티는 그렇게 말하더니 뒤로 물러났다. 그가 두 손을 교차시키자 온몸이 가열되었다. 극진파멸권을 응용한 극강의 기술이 모습을 드러내는 순간이었다.

"남자는한손검이여! 내가 왜 대마법사라 불리는지 아는가? 그건 바로 마법과 같은 공격을 하기 때문이지."

딸기팬티의 몸에서 뿜어져 나온 하얀 수증기가 주변을 자욱하게 덮었다. 한 치 앞도 보이지 않았다. 온도가 급격히 떨어지기 시작했다.

[이, 이건…….]

완벽한 연막이었다. 그뿐만 아니었다. 연기는 많은 수분을 함유하고 있었다. 그리고 차가웠다. 온도가 너무 낮아, 일반적인 전사들은 그대로 얼어붙을지도 몰랐다.

낮은 온도에 연기가 얼어붙었다. 수많은 거울이 되어 주변의 모습을 비추더니, 딸기팬티의 수많은 잔상이 나타났다.

저걸 도대체 뭐라고 표현할 수 있을까?

아테나의 입이 크게 벌어졌다.

딸기팬티가 조용히 입을 뗐다.

"극한의 차가움 속에서 피어나는 한줄기 혜성, 그것이 바로 극진파멸환영혜성권이다."

"과연…… 딸기팬티! 인정하마! 그대는 역시 대단한 대마법사로군."

수많은 딸기팬티가 공격했다. 남자는한손검은 피하지 않았다. 가만히 그 공격을 맞았다. 지면이 박살 나고 연기가 터져 나갔지만 남자는한손검은 우뚝 서 있었다.

[와, 완벽해.]

아테나는 감탄하며 소리쳤다! 강철과도 같은 근육! 이보다 완벽할 수 없었다.

딸기팬티의 공격이 멈추자 남자는한손검이 조용히 입을 뗐다.

"딸기팬티여. 항성의 뜨거움을 느껴본 적 있는가?"

"뭐, 뭐랏?!"

"그대는 뜨거움을 이기기 위해 몸을 개조했겠지. 하지만 그것은 나의 일부이다."

남자는한손검의 검이 밝게 빛나기 시작했다. 마치 태양을 보는 것 같은 모습이었다. 마력 엔진을 개조해 달아 빔소드의 출력을 가뿐하게 넘어서고 있었다. 그가 검을 휘두르자 빛이 뿜어져 나가며 연기를 모조리 치워 버렸다.

콰가가!

막대한 빛이 딸기팬티를 덮쳤다.

치이이익!

딸기팬티의 모습이 드러났다. 그는 두 팔을 올린 상태로 크게 그을려 있었다. 그가 침묵 속에서 손을 내렸다. 큰 화상을 입었지만 신경조차 쓰지 않았다.

"훗, 대단하군. 역시 부단장……."

"너 역시 대단했다."

둘이 뜨거운 악수를 나눴다.

아테나는 멍하니 남자는한손검을 바라보았다.

이 무슨 훈훈한 광경이란 말인가!

[남자는한손검…….]

태양의 힘을 다루는 남자. 그는 인간으로 보였지만 너무나 아름다웠다.

[멋져…….]

그를 자신의 전사로 삼고 싶었다. 아니, 올림포스로 데려와 자신의 옆에 앉히고 싶었다!

그녀는 처녀를 지키기로 스틱스 강에 맹세했지만, 남자는한 손검이 지닌 뜨거운 열정은 스틱스 강을 증발시키고도 남았다. 아테나에게도 드디어 봄날이 왔다.

진우는 4주간 저승을 개조했다. 페르세포네가 저승을 운영하면서 저승은 굉장히 많이 망가져 있었다. 그녀는 하데스의 관심을 받는 것에만 몰두해 있었으니 운영이 제대로 될 리가 없었다.

하데스가 수습하는 것도 한계에 이르렀는데, 마침 진우가 지배하게 되어 다행이었다. 탑과 다키를 연결한 후에 기존에 세웠던 시스템을 응용했다. 천계와 마계가 비약적으로 성장하는 계기가 되었다. 중간계도 마찬가지였다. 중간계나 다른 행성들을 거쳐 다시 본래 차원으로 환생할 수 있도록 시스템을 조정했다.

바퀴벌레 일족들의 숫자가 워낙 많아서 전 차원을 감당할 수 있었고, 일부 영혼은 죄를 없애주는 대신 NPC로 만들어 긴 시간 동안 봉사하도록 했다. 물론, 처음에는 이런저런 문제가 발생하기는 했지만, 지금은 안정세에 들어갔다.

'이제 그럭저럭 괜찮아졌군.'

진우는 탑 주변에 떠다니는 거대한 기계 위성을 바라보았다. 다키가 대군주의 탑 주변을 공전하면서 저승의 모든 계산을 처리하고 있었다. 덕분에 스마트폰으로도 간단하게 상황을 확인할 수 있었고, 지시도 내릴 수 있었다.

하데스가 이런 시스템을 생각하지 못한 건 아니었다. 돈이 없어서 실행하지 못하고 있었던 것이다. 진우에게는 돈이 썩을 정도로 많으니 상관없는 이야기였다.

늘 그렇듯 유나가 진우에게 다가왔다.

"벌써 4주가 되었군요. 이제 마무리 단계입니다."

"음, 조용해져서 좋네."

"쓸데없이 공간이 큰 것 같습니다. 응용 방법을 생각해 보겠습니다."

진우는 대군주의 탑에 있던 전사들도 모두 심사했다. 그들 중에는 오로지 강하다는 이유로 이곳에서 편하게 지내던 전사도 많았다. 모두 정확히 판결을 내린 후에 자격이 안 되는 이들은 마계로 보내거나 중간계 혹은 다른 행성에 환생을 시켰다.

올림포스와 관계된 이들도 있었지만 상관없었다. 신의 세계니 뭐니 해도 죽게 된다면 모두 저승으로 왔기 때문이다.

진우의 저승은 자신과 자신이 아끼는 이들 제외하고, 누구에게나 평등했다.

"세계수 랜드는 어때?"

"매출이 계속해서 늘어나고 있습니다. 특히, 이번에 김대진 박사가 도입한 그리스로마신화 테마가 꽤 잘 먹히더군요."

"음?"

"헤라클레스와 테스터로 보낸 이들이 그곳에서 일하고 있습니다."

유나가 테블릿PC로 영상을 보여주었다. 헤라클레스와 라디우스, 그리고 전사들이 다른 직원들과 함께 공연을 펼치고 있었다. 공연의 이름은 헤라클레스와 12과업이었다.

"오……"

헤라클레스가 직접 헤라클레스 역을 맡았고, 김대진 박사가 신화에 맞게 개조한 몬스터들이 나왔다. 헤라클레스는 진심으로 몬스터들을 상대하고 있었다. 그러다 보니 박진감이 넘쳤다.

"연기가 아니라 진짜 싸우는데?"

"네, 김대진 박사와 연구원들이 이렇게 해야 진심을 느낄 수 있다고 하더군요."

김대진 박사와 연구원들이 이렇게까지 하는 이유는 다른 차원의 부하들과 매출 경쟁이 붙어서였다. 김대진 박사 팀의 매출 순위는 2위였고, 1위는 마족이었다.

"김대진 박사가 신화 속 인물이나 괴물들을 죽이지 말고 보내달라고 부탁했습니다. 괴물들 같은 경우에는 그리스로마신화 동물원에 들어갈 거라 합니다."

"음, 뭐…… 저승 운영비는 세계수 랜드에서 다 나오기는 하니 신경을 써주는 것도 괜찮겠지."

"네, 그리고 신일 경우에는 기본적으로 불사신이니, 헤라클레스처럼 다루는 것도 상당히 좋은 방법인 것 같습니다."

"그러는 게 좋다."

진우는 고개를 끄덕였다. 역시 평화로운 게 제일 좋았다.

진우는 경기장으로 이동했다. 4주가 지났기 때문에 하데스와 페르세포네를 찾아온 것이다. 잔해 안쪽은 묘하게 조용했다.

똑똑!

진우가 잔해를 두드리자 흠칫하는 소리가 들려왔다. 진우가 잔해를 치우자 두 명이 충분히 앉아 있을 만한 공간이 나왔다. 페르세포네가 힘을 써서 잔해를 일부 치운 것 같았다. 제우스의 자식이니 힘이 약할 리 없었다. 하데스는 해골바가지에서 꽤 괜찮은 모습으로 돌아와 있었다.

진우는 하데스를 바라보았다.

"그래, 대화 좀 해봤나?"

"그, 그렇습니다."

하데스는 고개를 끄덕였다.

"제가 오해를 하고 있었습니다."

"그럼 다 잘 된 거네?"

"그건……."

하데스는 망설였다. 페르세포네는 화가 잔뜩 난 모습이었다.

어딘가 억울해 보이기도 했다.

진우는 대화를 하면 하데스와 페르세포네의 사이가 다시 좋아질 거라 예상했지만, 조금 미묘했다.

페르세포네가 진우를 바라보았다. 그녀는 심호흡을 한 뒤에 표정을 정리했다. 그러고는 진우를 향해 공손하게 고개를 숙였다.

"그런 무례에도 불구하고 도움을 주셔서 감사합니다."

"그래. 뭔가 문제가 있나?"

"크읏…… 하데스에게 다른 여자가 생긴 것 같습니다."

페르세포네가 분한지 주먹으로 바닥을 내려쳤다. 그러자 잔해들이 사방으로 튕겨 나갔다. 하데스는 눈치를 살피며 오들오들 떨었다.

"포, 폭력은 나빠."

"아, 앗! 시, 실수입니다. 하데스, 저는 폭력을 좋아하지 않습니다!"

하데스의 말에 페르세포네가 당황하며 그렇게 말했다. 진우에게 모든 권능을 준 터라, 하데스는 나약해진 상태였다.

'페르세포네는 미인이고 성격도 저만하면 괜찮은데……'

훨씬 더 괜찮은 여자가 생긴 걸까?

진우는 의문에 빠졌다. 하데스에게 그런 이야기를 들은 적 없었다.

하데스는 결연한 표정이 되었다. 그 모습은 제우스, 포세이돈과 더불어 3대 주신이라 부르기에 충분한 모습이었다.

페르세포네는 그런 하데스의 모습에 얼굴이 붉어졌지만 곧 깊은 한숨을 내쉬었다.

"도대체 어떤 여자길래……?"

"진우도 아는 분입니다."

하데스가 자리에서 일어났다. 페르세포네가 슬픈 눈빛으로 하데스를 바라보았다.

"저에게는 유키가 있습니다."

"유키?"

"네, 유키쨩."

진우는 잠시 눈을 깜빡이며 하데스를 바라보았다.

"두근두근 하렘파티3에 나오는 그 유키?"

"네, 그녀가 맞습니다."

진우는 어이가 없어졌다. 페르세포네는 2D 캐릭터에게 패배한 것이다. 뭐라고 해야 할지 잠시 감이 잡히지 않았다.

"하데스, 그건 가상이잖아."

"아닙니다! 그녀의 마음은, 아름다운 정신은 제 마음속에 살아 있습니다! 제 권능으로 영혼을 만들 생각입니다."

"네 권능은 이제 없는데?"

"아……."

하데스의 동공이 흔들렸다. 그는 이제 불사의 권능만 가지고 있는 일반 신에 불과했다.

"사랑으로 극복할 수 있습니다. 그녀가 비록 저에게 대답하지 않더라도…… 영원히 기다릴 겁니다."

하데스는 대단한 순정파였다. 페르세포네의 주먹이 부들부들 떨렸다. 그동안 쌓인 오해를 푸는 데 1주일이 걸렸다. 남은 3주 동안 페르세포네는 하데스에게 자신의 장점을 어필했다. 그러나 돌아온 것은 그 빌어먹을 '유키'에 대한 애정과 자랑이었다.

'저, 저는 아름답습니다! 신들 중에서도 손꼽히지요. 아프로디테에게 인정을 받았을 정도입니다!'

'유키짱이 아프로디테보다 훨씬 예뻐. 수줍은 미소를 지으며 노력하는 모습은 들판에 핀 야생화를 보는 것 같아. 수수하지만 자세히 들여다보면 아름답지.'

'으윽! 저는 똑똑합니다! 어렸을 때부터 어머니의 일을 도와 대지를 비옥하게 했지요.'

'유키짱의 학교 성적은 매번 만점, 부동의 1위야. 게다가 운동도 잘하고 교우관계도 좋지. 학생회장이라는 직책을 맡고 있기까지 해.'

'그, 그게 뭡니까? 하, 학생회장?'

'음, 올림포스로 따지면 제우스 정도일까.'

페르세포네는 가볍게 패배했다. 조합해 본 정보에 따르면 유키라는 여자는 수수하지만 아름답고, 성격도 굉장히 좋았다. 게다가 머리도 똑똑하고 제우스와 비견되는 엄청난 직책을 홀로 감당하고 있었다.

이건 도대체 어느 차원에서 온 여신이란 말인가!

하데스는 갑자기 진우에게 깊게 고개를 숙였다.

"페르세포네와 이야기하면서 진정한 사랑이란 무엇인지 새롭게 깨달았습니다. 유키를 소개해 주셔서 감사합니다."

갑자기 그런 말을 해댔다.

"아니, 소개해 준 게…… 소개를 해준 건 맞군."

그냥 게임을 알려준 것에 불과했다. 그런데 그게 이런 사태를 낳을 줄은 예상하지 못했다. 페르세포네가 천천히 고개를 들어 진우를 바라보았다. 그녀의 눈에는 물기가 가득했다.

"너무합니다. 저는 이제 어떻게 살아가야……."

페르세포네는 절망에 빠졌다.

"흐흑, 제가 졌으니 원하시는 것을 들어드려야겠지요. 흐윽…… 무엇을 원하시나요?"

페르세포네가 그렇게 말했다. 그러고 보니 대장전을 제의할 때 그런 말을 하긴 했다. 그녀는 자포자기한 상태였다.

"음, 신의 세계로 가고 싶은데."

그 사원에 있는 장치들을 통해 강제로 뚫어버릴 수 있었지만, 아무래도 피해가 조금 생길 것 같았다. 사원으로 찾아가기도 귀찮았다.

페르세포네는 고개를 끄덕이고는 두 손을 앞으로 모았다. 그러자 황금빛으로 빛나는 열쇠 하나가 나타났다.

신의 세계로 갈 수 있는 열쇠였다.

진우는 지배의 권능을 이용하여 열쇠를 지배하였다.

[제우스의 열쇠를 지배하였습니다. 성소를 통해 언제 어디서든 신의 세계로 가는 포탈을 열 수 있습니다.]

[신의 세계의 신들이 대군주의 존재를 알아차렸습니다.]

이걸로 저승의 일도 마무리되었다.

하데스는 비틀거리며 궁전으로 돌아갔다. 그는 유키를 볼 생각해 기분이 좋아 보였다. 페르세포네는 그런 하데스의 뒷모습을 보면서 침울해졌다. 쭈그려 앉아 괜히 바닥을 휘저었다. 폐허가 된 경기장에 페르세포네와 진우만 남게 되었다.

잠시 정적이 내려앉았다.

"이대로 영원히 돌이 되어버리는 것도 괜찮겠지요."

"……"

"그 돌에서 꽃이 피면…… 꽃의 이름은 페르세포네의 절망이라고 이름 붙여주세요. 후, 후후…… 독을 머금고 태어나 커플들을 모조리 독살시켜 버릴 겁니다."

페르세포네의 몸이 진짜 돌처럼 굳기 시작했다. 또 다른 신화가 탄생하기 일보 직전이었다. 자업자득인 부분도 있었지만 저렇게 놔두기에는 조금 불쌍했다.

진우는 잠시 생각하다가 입을 뗐다.

"그…… 네가 유키보다 뛰어나게 변하면 되지 않을까?"

그녀의 고개가 휙! 돌아갔다. 절망으로 가득했던 모습이 사라지고 다시 희망으로 부풀어 오르기 시작했다.

"그, 그렇군요. 저는 제우스의 자식 중 가장 정상적인 신입니다. 제가 그 허접한 여신에게 질 리가 없습니다. 저…… 도움을 주실 수 있나요?"

"음, 이쪽 방면에 전문가가 있긴 해."

페르세포네가 깊게 감동했다.

"저 페르세포네! 무슨 일이 있어도 당신의 편이 되어드리겠습니다."

"딱히 그럴 필요는……."

"아니요! 이건 제 결의입니다."

페르세포네의 몸에서 빛이 뿜어져 나왔다. 그녀는 새롭게 각성한 듯 보였다.

[페르세포네가 새로운 신으로 각성하였습니다.]

[S]질투의 여신
하데스의 사랑을 쟁취하기 위해 페르세포네가 각성하였다. 그녀는 하데스의 사랑을 얻을 때까지 포기하지 않을 것이다.

진우가 말한 전문가는 세연이었다. 세연이라면 어떻게든 해결해 주지 않을까? 페르세포네를 세연에게 소개시켜 주었다. 그 이후, 다시 페르세포네를 만났을 때 그녀는 코스프레를 하고 있었다. 세연이 내린 과업이라고 한다.

[신의 세계에 새로운 패션이 유행하기 시작합니다.]

['저걸 입으면 왠지 젊어 보일 것 같아!' 헤라가 교복에 관심을 갖기 시작합니다!]

['고양이 귀와 꼬리, 음, 전사들에게 착용시키면 고양이처럼 날렵해질까?' 아테나가 고민에 빠집니다.]

['우와, 쩐다. 꼬리가 움직인다! 쩐다!' 헤르메스가 새로운 유행을 예감합니다.]

['이럴수가. 이런 세계가……!' 제우스가 흥분합니다.]

진우는 시선을 돌렸다.

'뭐…… 괜찮겠지.'

이미 진우의 손을 떠난 지 오래였다. 부부 싸움은 칼로 물 베기라고 하니 어떻게든 되지 않을까?

지구로 돌아왔다. 오랜만에 현대문명을 만나니 기분이 산뜻했다. 높은 빌딩, 자동차, 그리고 거리. 발달된 도시였지만 진우에게는 시골의 풍경처럼 정겹게 느껴졌다. 우주의 영향 때문이었다.

전함이 날아다니고 기계들이 돌아다니는 곳에 비하면 이곳은 낙후된 시골에 가까웠다. 이제 이런 정겨운 광경도 그리 많이 볼 수 없을 것이다. G&P에서 우주의 기술을 본격적으로 지구에 도입하기로 했기 때문이다. 기술 격차가 너무 나서 다운그레이드를 할 수밖에 없었다. 그러나 그마저도 엄청난 기술이었다.

'이런 업무는 오랜만이네.'

진우는 오랜만에 JW게이트 관할 지역에 있는 문화센터로 향했다. 그곳에서 G&P 사업발표회가 있을 예정이었다. 진우가 도착하자 제임스딘과 가짜 회귀자들이 활동을 개시했다.

'아직도 있네.'

그들은 국제대회 때부터 진우를 따르던 기사들이었다. 릴리스가 꿈을 보여줘서 자신들이 회귀자라고 믿고 있었다. 어마어마한 명성을 지닌 이들이었지만, 진우는 이들의 존재를 아예 까먹고 있었다.

그들은 지금까지 단련을 하며 JW게이트와 관할 지역을 지키고 있었다. 사건 사고가 하나도 없는 건 모두 이들 덕분이었다.

"여기가 지구! 엄청나군요! 여기에 하데스를 뇌쇄시켜 버릴 비법이······!"

페르세포네가 그렇게 외쳤다.

세연이 씨익 웃으면서 그녀를 바라보았다.

"제 연구실로 가죠."

"네, 스승님."

페르세포네는 세연을 스승으로 모시고 있었다. 세연의 방대한 지식을 본 페르세포네는 세연을 진심으로 따랐다. 그만큼 세연의 덕력은 깊었다. 하데스는 세연의 지식을 심연이라고 표현했다. 기운이 넘치는 페르세포네와는 다르게 하데스는 구석에 쭈그려 앉아 휴대용 게임기를 들고 있었다.

은둔형 외톨이 그 자체였다. 페르세포네가 세연과 함께 사라지자 눈치를 보더니 자리에서 일어났다.

"감사합니다. 부탁을 들어주셔서…… 설마 그녀가 따라올 줄은 몰랐지만……."

"부부잖아. 부부는 일심동체라는 말도 있지."

"허억! 그런 끔찍한……!"

진우가 지구로 간다는 걸 듣고 하데스가 다급하게 찾아왔다. 성지순례를 하고 싶다는 이유에서였다. 두근두근 하렘파티3에 나오는 무대는 지구가 아니었지만, 지구와 비슷하긴 했다. 지구의 다른 게임도 많이 접해서 하데스에게 지구는 성지그 자체였다.

하데스가 간다고 하자 페르세포네가 따라왔다. 페르세포네는 세연의 말대로 하데스와 조금 거리를 두며 필살기를 준비하고 있었다.

'오히려 역효과 같은데…….'

아무럼 어떤가. 진우는 이제 신경 쓰지 않기로 했다.

하데스는 거리에 걸려 있는 간판을 보며 깜짝 놀랐다.

"진우의 성녀 아닙니까?"

'히든 히로인 이재미 드디어 등장!'

그런 문구와 함께 잼식의 모습이 그려져 있었다. 그는 히든 히로인이 되어 있었다!

"아!"

잼식을 그대로 저승에 두고 왔다. 워낙 바쁘다 보니 잼식에 대해서 까맣게 잊고 있었던 진우였다. 저승정복단이 워낙 강렬하다 보니 상대적으로 존재감이 약한 잼식이 묻혀 버렸다. 저승의 모든 일이 다 처리되었으니 이제 잼식은 저승에 남아 있을 필요가 없었다.

진우는 권능을 일으켜 잼식을 지구로 소환했다. 잼식도 성소에 속한 인물이다 보니 소환이 가능했다. 시선을 피하기 위해 일부러 건물 안에서 소환을 했다.

"으앗!"

잼식이 엉덩방아를 찧었다. 잼식은 멍한 표정으로 주변을 둘러보았다. 이곳이 어디인지 깨닫자 눈이 촉촉해졌다.

"도, 돌아왔어! 크흑…… 대군주님……. 흑흑."

잼식이 진우의 바짓가랑이를 붙잡고 오열했다. 그동안 마음고생이 심했던 모양이다. 조금 미안해졌다.

"이제 일이 끝났으니 아무 일도 없을 거야."

"가, 감사합니다. 이, 이제 전 자유로군요! 근데, 저 아직 그대로인데요?"

"아! 행사가 끝나고 바로 바꿔줄게."

스케줄 때문에 지금은 곤란했다. 잼식의 얼굴이 환해졌다. 지금의 모습은 누구나 부러워할 만큼 아름다웠지만, 잼식은 자신의 원래 모습이 훨씬 좋았다. 이 모습을 하고 고생만 했기 때문이다.

끔찍한 변태로부터 도망쳐야 했고, 좀비세계까지 다녀왔다.

사이비종교에서 성녀라고 불리기까지 했다. 이제는 그런 고생을 하기 싫었다. 평온하게 집에서 방송을 하고 싶었다. 그게 잼식의 소원이었다.

잼식의 시선이 하데스에게 닿았다.

"그런데 이분은……?"

"하데스, 저승의 신이야."

하데스는 저승의 신이었지만 그냥 아주 마른 서양인으로 보일 뿐이었다.

"이제는 저승의 신이 아닙니다. 지금은 진우에게 모든 걸 넘기고 은퇴했습니다."

"그, 그래요?"

잼식은 하데스의 손에 들린 게임기를 발견했다. 눈빛이 반짝였다.

"앗, 그거 엔티스테이션2! 단종된 제품인데……!"

"이걸 아십니까?"

"네, 자주 했죠. 제가 제일 좋아한 게임기라 희귀 타이틀도 잔뜩 가지고 있습니다!"

"오오…… 과연 성녀……."

잼식과 하데스가 이야기를 나누기 시작했다.

"그랬군요. 그 유키짱이라는 분을 위해서 지구에 오시다니…… 정말 대단하십니다."

"크흑, 제 순수한 사랑을 알아주시는군요."

"그 마음, 이해합니다. 저도 한때는……."

성향이 비슷해서인지 하데스와 잼식이 금방 친해졌다.

페르세포네가 이 광경을 보면 엄청 화를 내지 않을까?

툭!

페르세포네가 하데스와 잼식이 웃으며 대화를 하고 있는 광경을 보더니 손에 들린 옷을 떨어뜨렸다. 세연의 연구실에서 받아온 옷 같았다. 눈빛이 살벌해졌다.

잼식은 갑자기 밀려오는 한기에 몸을 부르르 떨었다. 진우는 이 자리를 빨리 벗어나고 싶었다.

유나를 바라보자, 그녀는 진우의 마음을 바로 알아차렸다.

"도련님, 이제 이동하셔야 합니다."

"난 스케줄 때문에 먼저 갈게. 자유롭게 구경하고 있어."

진우는 문화센터로 이동했다. 많은 유명인사들이 이미 발표회장 안에 자리를 잡고 있었다. 이번 발표회는 인터넷으로 생중계가 된다고 한다. 대기실로 가니 엘라와 이민우, 그리고 할아버지가 진우를 기다리고 있었다.

"삼촌!"

"와!"

쌍둥이가 진우에게 달려와 안겼다. 오랜만에 보니 몰라볼 정도로 자라있었다. 다행히 엘라를 닮아 굉장히 귀여웠다. 이민우와 엘라는 여전히 금실이 좋았지만 이민우는 부쩍 말라 있었다. 그는 여전히 힘들어 보였다.

할아버지는 쌍둥이를 보면서 웃음을 감추지 못했다. 이희진 회장의 모습은 이제 사라지고 없었다.

회장이 헛기침을 하더니 진우에게 다가왔다.

"크흠, 진우야."

"네?"

"우주선 하나 갖고 싶구나. 우리 귀여운 손자, 손녀와 약속을 하나 해서……."

우주를 구경시켜 주겠다고 약속을 한 모양이었다. 진우는 피식 웃으며 고개를 끄덕였다. 그 정도는 어려운 일이 아니었다.

"저승의 이야기는 들었다. 이 할애비는 좀 오래 살고 싶구나. 우리 엘리와 엘룬이 시집장가가는 걸 보고 싶구나."

"돌아가셔도 다시 부활시켜 드릴게요."

"허허허, 고맙다!"

그것 역시 아주 간단한 일이었다.

행사가 시작되었다. G&P의 부사장이 나와 우주개발과 심해 개발 사업을 발표했다. 진우는 잠깐 무대 위에 올라 주요 핵심 사업만 발표했다.

유나가 준비를 해준 대본대로 발표했을 뿐이었다. 우주와 심해에 도시를 짓는 게 주요 내용이었다. 진우가 발표를 끝내자 박수가 쏟아졌다.

'나도 기업가이긴 하네.'

이제 스케줄이 없었다. 진우는 한동안 지구에서 여유롭게 있을 생각이었다. 12군주도 모두 정복했고, 마신의 파편까지 흡수했기 때문에 마신이 부활할 일은 없었다. 그러니 굳이 신의 세계에 서둘러 갈 필요가 없었다.

'집에 가서 잠이나 자야겠군.'

진우는 완벽한 계획이라고 생각했다. 그 소동이 일어나기 전까지는.

하데스와 잼식은 거리를 돌아다녔다. 제임스딘과 가짜 회귀자들이 하데스와 잼식을 남몰래 호위했다. 그들은 하데스와 잼식을 중요 인물로 인식하고 있었다.

'저승의 신', '성녀'라는 단어를 들었기 때문이다.

제임스딘은 고개를 끄덕였다.

'종말의 날이 다가오고 있군.'

성녀라는 단어를 듣는 순간 제임스딘은 직감했다. 회귀전에도 성녀가 있었다. 얼굴을 검은 천으로 가리고 있어서 볼 수 없었지만, 제임스딘은 그녀가 성녀라고 확신했다.

저 여인이 조금 더 성장한다면 아마 비슷해질 것 같았다.

물론 증거 따위는 없었다. 느낌적인 느낌으로 확신했을 뿐이었다. 아무튼, 종말이 다가오고 있다.

대장님께서 막으려고 노력하신 덕분에 많이 달라진 부분이 있기는 하지만, 역시 운명은 거스를 수 없었다.

'성녀 보호를 최우선으로 해야겠군.'

대장님께서 성녀를 이곳에 데리고 온 이유는 따로 보호를 하기 위함일 것이다! 제임스딘은 그렇게 생각하고 바로 가짜 회귀자들에게 지시를 내렸다. 주변이 한산해진 것 같은 느낌이 들었지만 잼식은 고개를 갸웃거릴 뿐이었다.

잼식은 하데스와 게임 이야기를 했다. 페르세포네는 끼어들기 위해 노력했지만 이쪽 방면에 지식이 없어 그럴 수 없었다.

"스, 스승님……! 또 다른 여, 연적이……!"

괜히 옷을 잘근잘근 씹다가 세연에게 도움을 구하려고 달려갔다.

잼식은 기분 좋게 웃었다. 조금 있으면 행사가 끝나니 이제 본래 모습으로 돌아올 수 있었다. 한탄하면서 이야기를 했는데, 하데스는 고개를 끄덕이며 그의 이야기를 들어주었다. 잼식의 어깨를 두드려주었다. 잼식도 자신처럼 고생을 참 많이 한 인물이었다.

"잼식 님이 빨리 본래 모습으로 돌아왔으면 좋겠군요. 잼식 님 집에 있는 게임 타이틀도 보고 싶습니다."

"네! 오늘 바로 가요!"

"그래도 됩니까?"

"물론이죠!"

하데스는 감동했다. 잼식은 자신을 이해해 주는 진정한 친구였다. 동료애가 싹트고 있었다.

"날이 덥네요. 아이스크림이라도 사 올까요?"

"오…… 좋습니다."

"잠시만 기다리세요!"

잼식이 아이스크림 가게로 달려갔다. 하데스는 근처의 인공 연못 앞에 있는 벤치에 앉았다. 휴대용 게임기를 꺼내 게임을 했다. 따듯한 햇살을 맡으며 게임을 하니 이곳이 바로 지상낙원이었다. 그렇게 게임에 열중할 때였다.

보글보글!

인공연못의 표면에 거품이 올라오기 시작했다. 처음에는 물고기가 뻐끔거린 게 아닌가 착각할 정도로 작았지만, 점차 거품이 많아지더니 소용돌이까지 생겨났다.

"엄마! 저거……."

"뭐지?"

인공호수 주변에 앉아 있던 시민들이 깜짝 놀라며 그 광경을 바라보았다. 주변이 시끄러워지자 하데스도 고개를 들어 연못 쪽으로 시선을 돌렸다.

'저건……'

하데스는 눈을 깜빡였다. 저렇게 등장하는 자를 너무나 잘 알고 있었기 때문이다. 소용돌이치던 연못이 갈라지며 금빛으로 빛나는 삼지창이 치솟았다.

트리아이나. 물이 있는 곳이라면 어디든 이동할 수 있는 권능이 담겨 있는 포세이돈의 삼지창이었다. 푸른빛으로 빛나는 비늘 갑옷을 입고 있는 남자가 연못 위로 올라왔다.

삼지창을 힘껏 치켜들며 자신의 위엄을 과시하고 있었다.

짝짝짝!

박수가 쏟아졌다. 주변에 있는 시민들은 전혀 겁먹지 않았다. 이곳은 JW게이트 관할 구역이었기 때문이다. 길거리 공연도 자주 있었기 때문에 공연이라고 생각하고 있었다.

"와! 공연인가?"

"G&P 행사가 있다더니 이런 것도 해주네!"

"엄마! 저거 물고기야?"

하데스는 눈을 깜빡였다.

"포세이돈?"

포세이돈이 빛나는 삼지창을 들고 포즈를 잡고 있었다. 쏟아지는 박수에 만족했는지 입가가 씰룩거렸다.

"이곳의 시민들은 예의가 바르군. 바다의 신, 모든 물을 지배하는 자! 포세이돈이 왔도다!"

포세이돈이 삼지창을 들자 연못의 물이 공중으로 치솟으며 환상적인 광경을 만들어냈다. 시민들은 갑작스럽게 펼쳐진 물쇼에 환호를 보냈다. 그가 만족하며 고개를 끄덕이다가 하데스의 옆에 착지했다. 힘있게 고개를 뒤로 넘기며 긴 장발에 묻은 물기를 털어냈다.

"형제여! 여기서 뭐 하는 것인가!"

"너 소식 못 들었어?"

"무슨 소식 말인가!"

포세이돈은 3대 주신에 속하긴 하지만 늘 바다에 있기 때문에 소식에 느렸다. 저승에 연락이 되지 않자 그를 찾기 위해 온 것이었다. 이곳은 트리아이나에 깃든 권능이 광장히 많이 소비가 될 정도로 아주 먼 곳이었다.

"나는 이제 한 명의 게이머일 뿐, 저승의 신이 아니야. 이곳의 신인 대군주 이진우에게 모든 걸 넘겼어."

"음, 은퇴인가."

"그렇지, 뭐."

포세이돈은 상황이 잘 이해가 되지 않았다.

"그건 무엇인가?"

"게임기야."

"으음……."

포세이돈이 하데스 옆에 앉았다. 그러고는 게임기 화면을 들여다보았다.

"오, 실로 아름다운 여인이군."

"그렇지? 지금 공략 중이야."

"공략? 구애를 한다는 말인가?"

"비슷해."

"하하하! 드디어 형에게도 봄날이 왔군!"

포세이돈이 호탕하게 웃었다. 하데스는 고개를 저었다.

"나에게는 유키짱뿐인데, 바람을 피는 것 같아 죄악감이 좀 있군."

"바람이 무엇인가?"

포세이돈은 하데스의 말을 이해하지 못했다. 어쨌든, 하데스가 잘 지내고 있으니 굳이 방해하고 싶지 않았다.

'외신이라…… 올림포스에 가봐야겠군.'

저승을 외신에게 넘어간 건 보통 일이 아니었다.

포세이돈은 하데스에게 외신에 대해 물어보았다. 하데스의 말을 들어보니 엄청나게 강한 신이라고 한다. 그 헤라클레스가 외신의 부하에게 농락당하고 노예가 될 정도로 강한 세력을 지니기까지 했다. 포세이돈이 올림포스로 가기 위해 트리아이나를 잡을 때였다.

"줄이 길어서 좀 늦었네요."

잼식이 아이스크림을 가지고 다가왔다. 하데스 옆에 있는 포세이돈을 보자 깜짝 놀랐다. 포세이돈은 잼식에게서 눈을 떼지 못했다. 눈이 커졌고 입이 벌어졌다.

이렇게 강렬한 감정이 치솟는 건 처음이었다.

"저, 누구……."

"제 동생 포세이돈입니다."

"그, 그렇군요. 특이하신 분이네요."

잼식은 하데스에게 아이스크림을 넘기고 포세이돈을 바라보았다.

"드실래요?"

포세이돈에게 자신의 아이스크림을 건네주려 했다.

포세이돈은 감동했다. 외모만큼이나 마음씨도 굉장히 고왔다!

갑자기 손을 잡았다. 잼식은 당황하며 주춤거렸다.

"아아, 진주처럼 영롱하게 빛나는 그대의 눈동자에 빠져 버렸소!"

"네?"

"그 어떤 여신도 당신의 아름다움에 비할 수는 없을 것이오!"

"네?"

"나와 결혼합시다. 모든 바다가 당신의 것이 될 것이오!"

"아, 잠깐……."

잼식이 당황했다. 하데스도 당황하며 자리에서 일어났다. 그러고 보니 포세이돈은 이런 놈이었다. 일이 더 커지기 전에 말리려 했다.

"포세이돈 그는……."

하데스의 말이 끊기고 말았다.

휘익!

어디선가 검기가 뿜어져 오며 포세이돈의 팔에 부딪혔기 때문이다. 비늘 갑옷에 살짝 흠집이 났다. 제임스딘과 가짜 회귀자들이 포세이돈 주변에 나타났다.

제임스딘의 손에 들린 검에서 푸른빛이 치솟고 있었다.

"성녀님에게서 떨어져!"

"음, 성녀라……. 과연! 그대와 어울리는 단어이오!"

제임스딘의 외침을 들은 포세이돈이 그렇게 말했다. 잼식은 돌아가는 상황을 도저히 이해할 수 없었다. 아이스크림을 사왔을 뿐인데, 이런 미친 광경이 펼쳐지고 있었다.

"와! 박진감 넘친다!"

"장난 아닌데?"

주변에 있던 시민들은 구경하고 있을 뿐이었다. 제임스딘과 가짜 회귀자들이 포세이돈에게 달려들었다. 포세이돈은 잼식을 한쪽 팔로 안고 있었고, 다른 팔로 삼지창을 휘둘렀다. 물보라가 뿜어져 나가며 가짜 회귀자들을 날려 버렸다.

"크윽!"

제임스딘은 물보라를 겨우 막아내며 휘청거렸다. 제임스딘이 이를 악물고 포세이돈을 공격했다.

포세이돈은 제임스딘의 공격을 삼지창으로 간단하게 흘려보냈다. 삼지창이 붉게 달아오르더니.

콰앙!

물벼락이 쏟아지며 제임스딘을 바닥에 꽂아버렸다.

포세이돈이 삼지창을 치켜들었다. 그러자 물줄기가 포세이돈과 잼식을 감쌌다.

"아, 자, 잠깐……!"

잼식의 마지막 외침이 허공에 감돌았다.

"아…….."

하데스가 말릴 틈도 없이 물줄기와 함께 그대로 사라져 버렸다. 잼식을 납치해 가버린 것이다!

"이런……."

제임스딘은 망연자실해졌다. 하데스도 마찬가지였다.

"끝내준다!"

"엄청난 공연이었어!"

짝짝짝!

화려한 엔딩에 아주 큰 박수가 쏟아졌다.

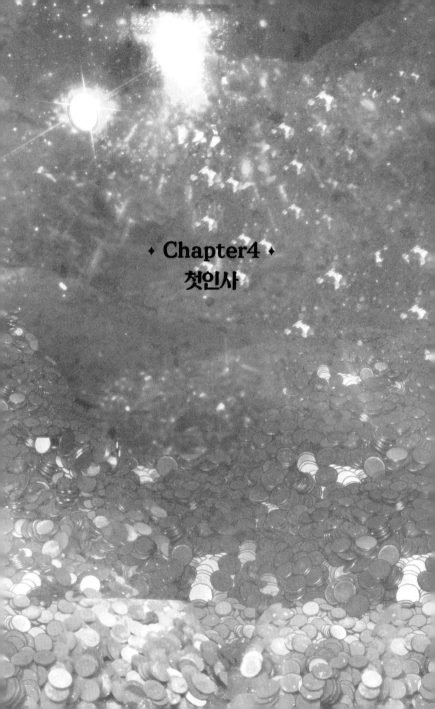

✦ **Chapter4** ✦
첫인사

　행사가 끝나고 진우는 유명인사들과의 만남을 위해 이동하는 중이었다. 요즘 은둔 상태였기 때문에 그를 만날 기회가 좀처럼 없었다. 어쩌면 마지막 기회일 수도 있었다.

　그렇게 생각한 유명인들이 진우를 만나기 위해서 줄을 서고 있었다. 만나지 않아도 상관은 없었지만 오늘 진우의 기분은 꽤 좋았다. 가볍게 만나고 빨리 집에 돌아가 쉬도록 하자. 진우는 그렇게 생각했다.

　그 생각을 단번에 박살 내버리는 일이 지금 당장 벌어질 줄은 생각지도 못했다.

　"음?"

　제임스딘과 가짜 회귀자들이 다급한 표정으로 다가왔다. 유나가 그들을 막아섰지만, 진우가 괜찮다는 제스처를 취하자 뒤로 물러났다.

제임스딘이 이렇게 존재감을 드러낸 적은 거의 없었다. 늘 JW게이트 관할 지역에서 그림자처럼 지내왔다. 아무래도 굉장히 급한 일인 것 같았다.

'부상을 입었군.'

제임스딘과 가짜 회귀자들이 상처를 입은 상태였다.

진우는 굉장히 안 좋은 예감이 들었다.

"무슨 일이지?"

"성녀님이…… 납치당했습니다."

"응? 성녀?"

진우는 눈을 깜빡였다. 성녀는 잼식을 뜻했다.

잼식이 납치를 당했다니? 누구에게?

제임스딘은 종말이 시작되었다고 말할 뿐이었다. 조금 더 정상적인 설명이 필요했다. 마침 하데스가 헉헉거리면서 달려왔다.

"허억, 허억……. 포세이돈이 잼식을 데려갔습니다."

"포세이돈이라면……."

포세이돈은 제우스, 하데스와 더불어 그리스로마신화의 3대 주신 중 하나였다. 어떻게 지구에 올 수 있었을까? 신의 세계와는 굉장히 멀어서 보통 방법으로는 불가능했다.

"그에게는 트리아이나가 있습니다. 모든 차원의 물과 바다를 자유자재로 다룰 수 있고, 물이 있는 곳이라면 어디든 이동할 수 있는 권능이 깃들어 있습니다."

"음, 꽤 괜찮은 아이템이네."

트리아이나, 꽤 좋은 아이템이었다. 포세이돈을 족치고 수집하도록 하자.

"저를 만나러 왔다가…… 잼식에게 반해 버려서……. 원래 그런 놈이라…… 그런 면은 제우스와 비슷합니다."

"발정 난 신이군."

"포세이돈이 그렇게까지 흥분하는 건 처음 봤습니다."

잼식의 모습은 신의 취향에 완벽하게 부합한다고 한다. 성소에 영향을 받고 있어 성스러운 분위기도 흐르긴 했다.

제임스딘과 가짜 회귀자들, 그리고 하데스의 얼굴은 심각했다. 진우의 눈빛에도 살기가 감돌았다. 자신에게 선전포고를 한 것과 마찬가지였으니 박살을 내줘야 했다.

페르세포네가 다가왔다. 그녀는 하데스에게 소식을 듣더니 얼굴이 새파랗게 질렸다.

"그…… 수, 순결이 위험합니다."

페르세포네가 그렇게 말했다. 그녀는 포세이돈에 대해 설명을 해주었다. 신화와 다른 부분이 있었으면 좋겠지만, 성격은 비슷했다.

"포세이돈에게는 공식적인 아내가 셋이 있어요."

"음, 아내가 많은 건 알고 있어."

"그의 할머니인 가이아가 첫 번째 부인이고, 두 번째는 누이, 셋째는 네레우스의 딸 암피트리테입니다."

"……막장이군."

페르세포네의 말에 하데스가 부끄러운 듯 고개를 떨구었다.

정말 막장 집안이었다. 하데스와 페르세포네가 가장 정상적이긴 하지만, 그들의 관계도 막장이었다.

하데스의 동생이 제우스인데, 페르세포네는 그런 제우스의 딸이었다. 페르세포네는 하데스의 아내였다. 정말 대단하지 않은가?

아무튼, 암피트리테와 결혼할 때는 잼식처럼 납치를 했다고 한다. 거기서 끝나지 않고 계속해서 바람을 피워 많은 자식들을 낳았다.

"그는…… 일단 덮치고 생각하는 성격입니다."

일단 마음에 들면 납치하고 덮치는 성격이었다. 포세이돈의 자식은 보통 거인과 괴물들이 많았다. 바다에 살아서 그런지 폭넓은 취향을 가지고 있었다. 친남매인 테메테르를 덮치기까지 했다. 그것도 말로 변해서 말이다.

참고로 테메테르는 페르세포네의 어머니였다. 페르세포네가 포세이돈을 극도로 싫어하는 이유였다.

진우는 소름이 끼쳤다. 잼식이 그런 미친 신에게 납치를 당한 것이다. 안일하게 생각할 수 없는 사안이었다.

"……큰일이군."

지금까지 그리스로마신화를 너무 만만하게 본 것 같았다.

진우는 빠르게 백과사전을 펼쳤다. 잼식의 정보를 확인해 보았다. 무언가 업데이트되어 있었다.

[대군주가 마신의 파편을 흡수하여 성소에 속한 모든 이들의

능력이 점차 강해지고 있습니다. 황금의 성녀로 전직하였습니다! 이재미는 대군주의 직속 성녀입니다.]

[A]황금의 성녀

12군주를 정복한 위대한 대군주의 성녀. 대군주는 누구보다도 강력하고 아름다운 힘을 지니고 있다. 그러한 황금의 기운이 성녀 이재미에게 깃들어 흘러 한층 더 성스러워졌다.

신적인 존재는 물론, 신의 존재를 인지하고 있는 모든 이들이 탐을 낼지도 모른다.

[S+]황금의 고난: 잼식의 트롤 성향이 꽤나 굉장한 것으로 변모했다. 지금까지와는 차원이 다른 수준의 고생 길이 열린 듯하다.

[S+]수상한 매력: 아름답고 귀여운 모습이지만 그는 원래 남자였다. 모습과 성격의 차이에서 오는 괴리감이 매력으로 승화했다.

이건 큰일이 난 정도가 아니었다. 잼식이 엄청나게 위험하다!

진우는 백과사전을 펼쳤다. 잼식을 본래 모습으로 변하게 하려 했지만, 바뀌지 않았다. 신의 세계에 있기 때문인 것 같았다.

'일단……'

진우는 잼식의 아바타에 있는 모든 것들을 잼식에게 연결시켜 주었다. 아공간도 연결해 주고, 자신의 권능 일부를 사용할 수 있게 해주었다. 이 정도면 당분간 포세이돈에게서 순결을 지킬 수 있으리라.

'정신 마법이나 저주 같은 것에도 면역이 되겠지.'

잼식은 성소에 속한 인물이니 저주 같은 것에는 완전히 면역이었다. 저주를 건다면 무지개 반사가 될 것이다.

하지만 이조차 시간 벌기에 지나지 않았다.

"신의 세계로 가야겠군."

어째 잼식은 여자가 되고 나서 훨씬 고생하는 것 같았다.

일단 우주에 있는 신전으로 이동했다. 계획이 어그러져 꽤나 열이 받은 상태였다. 이렇게 화가 나는 것도 꽤 오랜만이었다. 제우스든 포세이돈이든 또 다른 신이든 그냥 다 모조리 박살 내고 싶었다.

진우가 도착하자 신관들이 모두 고개를 숙였다.

"예언이 이루어졌도다!"

"오오!"

"절망이 모든 것을 집어삼킬지니!"

무슨 예언인지는 몰라도 신관들은 흥분 상태였다. 진우는 신의 세계로 가는 포탈을 생성할 수 있음에도 포탈을 열지 않았다. 잼식을 납치한 건 자신에게 선전포고를 한 것과 다름없었다. 얌전하게 등장하고 싶지 않았다. 권능을 이용하여 아예 길을 뚫어버릴 생각이었다.

신전의 중앙에서 마력과 권능을 일으켰다. 검은 기류가 몰아치기 시작했다. 공간을 먹어치우며 일렁였다. 그것은 모든 것을 먹어치우는 탐욕스러운 어둠이었다.

콰드드드득!

공간이 갈라지며 거대한 틈이 생겼다. 막대한 충격파가 뿜어져 나오며 신전을 날려 버렸고, 행성에 거대한 지진이 생기며 자전 궤도마저 뒤틀렸다. 신관들은 화들짝 놀라며 우주선으로 탈출했다.

'선물을 준비해야겠어.'

자고로 첫인상이 중요한 법이었다. 진우는 행성 주변에 있는 작은 위성을 향해 손을 들었다. 위성이 검은 기류에 감싸이더니 잘게 부서졌다. 가볍게 당기자 운석이 되어 진우 쪽을 향해 쏟아져 내리기 시작했다.

진우는 운석들과 함께 거대한 틈 안으로 들어갔다.

'여기가 신의 세계로군.'

상당히 아름다운 대륙이 보였다. 신화 속에 나오는 여러 국가들이 있었고, 올림포스산도 존재했다. 신의 세계는 일반적인 우주와는 전혀 달랐다. 신이 새겨 넣은 별자리들이 보였다. 우주 자체가 신의 세계를 중심으로 돌아가고 있었다.

진우의 옆으로 거대한 태양이 스쳐 지나갔다. 태양은 일반적인 태양이 아니었다. 4마리의 말이 작은 태양을 끌고 다니고 있었다. 헬리오스가 이어폰을 끼고 태양 마차를 몰고 있었다. 어렵게 구한 카세트 플레이어로 노래를 듣고 있었는데, 진우가 스쳐 지나가자 충격파에 의해 마차가 마구 흔들리기 시작했다.

"흐에에엑!?"

그런 비명이 들렸지만 진우는 신경 쓰지 않았다. 진우 뒤에 있는 수많은 운석들이 마차를 마구 때렸다. 태양을 끄는 태양 마차가 바닥으로 추락하기 시작했다.

저 멀리 병사들이 보였다. 꽤 규모가 큰 전쟁이 벌어지고 있었다. 수만에 이르는 병사들이 서로 얽혀 있었다.

[C]아레스 군단

아레스가 각별하게 키운 전사들로 피와 전투를 숭배한다. 약자를 경멸하며 적을 완전히 파괴시키는 피의 전사들이다.

[C]아테나 군단

아테나의 축복을 받은 전사. 아레스 군단과 신의 대결을 하고 있는 상황이다.

지구에 알려져 있는 것과는 다른 부분도 많은 것 같았다.

휘이이익! 콰앙!

진우는 병사들 사이에 떨어졌다. 어마어마한 충격파가 뿜어져 나왔다. 대지가 파도처럼 일렁이며 주변의 병사들을 모조리 날려 버렸다.

"무, 무슨……."

"허억!"

검은 기류에 휘감겨 있는 진우의 모습은 두려움 그 자체였다. 하늘에서 수많은 운석이 떨어져 내렸다.

첫인사로는 역시 운석만 한 게 없었다.

쾅쾅! 콰가가가!

주변의 대지를 모조리 쓸어버리며 쑥대밭으로 만들어 버렸다. 하늘에 떠 있던 태양마저 추락했다. 바닥에 파묻혀 있던 전사가 고개를 들었다. 진우가 손을 뻗자 그의 몸이 붕 뜨더니 진우의 손에 빨려 들어왔다.

진우는 전사의 목을 잡았다. 운석을 정통으로 맞고도 그럭저럭 살아 있었다. 꽤나 강력한 힘을 지닌 전사 같았지만, 진우에게는 잡몹이나 다를 바 없었다.

"커헉!"

"아, 아킬레우스!"

전사의 이름은 아킬레우스인 모양이었다. 그러나 이름 따위는 중요하지 않았다. 진우가 손을 휘젓자 바닥에서 검은 가시가 돋으며 주변을 쓸어버렸다.

"영원히 고통받고 싶지 않다면……."

진우가 천천히 몸을 일으켰다. 검은 기류가 자욱하게 퍼지며 끔찍한 괴물들의 형상을 만들어냈다.

"포세이돈을 데려와라."

강력한 힘을 자랑하던 아레스의 군단과 무엇에도 흔들리지 않던 아테나의 군단이 검게 일렁이는 괴물들에게 잡아먹혔다.

차원의 지배자. 우주의 외신이 신의 세계에 도착했다.

진우가 신의 세계에 도착하기 전, 잼식은 위기 상태였다. 정신을 차리고 보니 지구가 아닌 전혀 다른 곳으로 이동이 되어 있었다.

포세이돈은 환하게 웃으면서 그를 바라보았다. 코에서 콧김이 뿜어져 나오는 모습은 너무나 혐오스러웠다.

"우리의 결혼식은 성대하게 열릴 것이오!"

"아, 아니 저, 저는 그럴 생각이 없는데요."

"부끄러워하지 마시오. 하하하!"

말이 통하지 않았다. 당장에라도 덮쳐올 것 같은 분위기였다.

포세이돈은 올림포스로 이동했다. 외신에 대한 이야기를 하고 성대한 결혼식을 열기 위함이었다.

'이것이 진정한 사랑이군!'

포세이돈은 생전 처음으로 격렬한 감정을 느끼고 있었다. 3명의 부인 외에 수많은 아내가 있었지만, 이런 감정은 처음이었다.

순식간에 올림포스에 도착했다. 잼식은 그의 정체가 진짜 포세이돈이라는 걸 안 이후부터 방심하지 않았다. 그는 4계절 내내 발정이 난 미친놈이었기 때문이다. 여자라면 동물이든 괴물이든 가리지 않는 진짜 변태였다.

신전 안으로 들어가니 제우스와 여러 신들이 보였다. 심각한 표정으로 회의를 하고 있었는데, 포세이돈이 등장하자 모두 그를 바라보았다.

포세이돈이 먼저 입을 뗐다.

"형제여! 내가 왔다."

"그렇지 않아도 전령을 보냈는데, 빨리 왔군."

제우스가 시선을 돌려 포세이돈이 들쳐메고 있는 잼식을 바라보았다. 그의 눈이 크게 떠졌다.

"그, 그 여인은……?"

"내 아내다! 성대하게 결혼식을 할 예정이지!"

제우스는 잼식에게서 눈을 떼지 못했다. 옆에 있던 아테나가 잼식을 알아보았다. 저승을 들여다볼 때 성녀라 불리고 있는 그(?)를 본 적이 있었기 때문이다.

"외신의 성녀를 납치한 건가요? 그는 저승을 지배하고 있습니다! 헤라클레스마저 노예로 거느리고 있지요. 좋은 관계를 다지지 못할망정 그런 무책임한 짓을 하다니……!"

"크흠……."

포세이돈이 아테나의 시선을 피했다. 제우스는 팔짱을 끼고 있는 헤라의 눈치를 살폈다. 그의 표정과 몸짓이 정중하게 변했다.

"형제여. 그 여인을 내려놓으시게."

"왜, 왜 그러는가?"

"몰라서 묻는가! 형제여, 그대가 올림포스에 위기를 불러올지도 모르네!"

"아, 아니 그깟 외신이 뭐라고……. 우, 우리는 신의 세계에서도 손꼽히는 신이 아닌가!"

잼식은 중간에서 눈치를 살폈다. 제우스가 눈이 마주치자 미소를 보냈다. 걱정 말라는 듯한, 아주 상냥한 미소였다. 그러나 잼식은 소름이 끼치는 것을 느꼈다.

'저 새끼도 정상이 아니야.'

제우스가 정상일 리 없었다. 잼식은 아주 잘 알고 있었다.

'대, 대군주님. 도와주세요! 제발! 원래 모습으로 되돌려준다고 했잖아요!'

잼식은 눈을 감고 두 손을 모으며 간절히 기도했다. 기도는 역효과였다. 포세이돈과 제우스가 그런 잼식을 멍하니 바라봤다.

'아아! 아름다워!'

'저 아름다움은 오로지 나에게만 어울린다.'

포세이돈이 혀로 입술을 핥았고, 제우스의 눈이 곱게 휘어졌다. 둘은 모처럼 같은 생각을 하게 되었다.

잼식의 기도가 닿아서일까?

[대군주께서 성녀 이재미에게 권능을 나눠주셨습니다. 대군주의 아공간과 권능을 일부 사용 가능합니다.]

정보창이 떠올랐다. 마치 뉴월드를 보는 것 같았다.

'대, 대군주님 감사합니다!'

잼식은 눈치를 살피다가 아공간을 뒤졌다. 대군주님에게 SOS를 보내야 했다. SOS를 보낼 만한 걸 뒤져보다가 방송용 디바이스를 발견했다.

'이, 인터넷, 인터넷만 터지면……!'

대군주의 권능으로 어떻게든 되지 않을까?

잼식은 간절히 기도했다.

[성녀가 간절히 기도합니다. 신의 세계와 이어진 저승에서 인터넷 회선을 발견하였습니다.]

디바이스가 인터넷 신호를 잡았다. 신호가 너무 미약했다. 아공간을 뒤지니 G&P의 인터넷 신호 증폭기가 있었다.

잼식은 눈치를 살피다가 바닥에 몰래 설치했다. 아름답게 빛나는 대리석 바닥 옆에 구름처럼 보이는 곳에 떨구니 감쪽같이 숨겨졌다. 인터넷이 완벽하게 잡혔다.

'G&P 만세!'

잼식은 떨리는 손으로 디바이스를 손에 차고, 방송을 틀었다. 제목은 '도와줘요!'였다. 눈치를 살피느라 타이핑을 길게 할 수 없었다. 누구라도 좋으니 방송에 들어와서 대군주님에게 자신의 상황을 알려줬으면 좋겠다는 생각에서 나온 행동이었다. 뉴월드가 실제한다는 비밀이 드러날 수도 있었지만 잼식은 자신의 몸이 우선이었다.

-뉴월두: 어? 이 방 뭐지?

-쿠키맛: 얼ㅋ 히든 히로인 이재미? 이벤트 방송인가?

-신발맛스테이크: 제우스? 포세이돈? 그런 소리가 들리는데?

잼식은 신들의 눈치를 살폈다. 다행히 아무도 알아차리지 못했다.

"아무튼, 결혼은 할 수 없다."

"제우스! 네가 반대를 하더라도 하겠다."

"나와 대립을 할 생각인가?"

"나 포세이돈, 진정한 사랑을 위해서라면 천공조차 바다로 잠기게 만들 것이다!"

-청풍: 뭔 상황임?

-해명해요: 뉴월드 확장팩인가?

-용기맨: 억ㅋㅋ 여기 올림포스인가 봄ㅋㅋ 개꿀잼.

"사, 살려줘요."

잼식이 아주 작은 목소리로 조용히 말했다.

-판단력: 설마 제우스나 포세이돈이 히든 히로인을 보쌈해 온 건가?

-운영자아님: 억ㅋㅋㅋ, 뭔가 이벤트 한다더니 이거였나.

-깃발: 이재미의 순결이 위험해. 저놈들 진성 변태들임.

잼식은 눈치를 살피다가 고개를 끄덕였다. 시청자들은 똑똑했다. 뉴월드 짬밥이 있어서 단번에 상황을 유추했다.

잼식이 뒷걸음을 치다가 누군가와 부딪혔다. 고개를 돌려 보니 차가운 눈빛을 한 여신이 그를 바라보고 있었다.

"네년, 이름이 뭐지?"

"이, 이재미……."

"천한 계집은 아닌 것 같군. 그래, 외신의 성녀라고?"

"그, 그렇습니다."

자신의 이름을 밝힐 수는 없었다. 일단 잼식은 자신을 이재미라 소개했다. 여신의 눈빛이 날카로워졌다.

"나는 헤라, 제우스의 아내이자 신들의 여왕이다."

"어, 엇……."

-우왁: 억ㅋㅋ 헤라다.

-할머니가한국분: 이재미님, 조심하세요. 헤라 성격 장난 아닙니다.

-정치꿈나무: 헤라 라인 타는 것도 괜찮아요!

-위기돌파: 맞음. 순결이 위험한 상황이잖아. 제우스 저새끼 눈동자 돌아간 거 봐라.

잼식은 오들오들 떨었다. 헤라의 살기는 엄청났다. 그녀는 제우스가 바람을 피울 때마다 재앙을 몰고 온 여신이었다.

잼식은 시청자들의 의견을 빠르게 읽어보았다.

-한영키: 헤라한테 잘 보이세요!

-히힛: 보았다! 14만 가지의 루트 중 유일하게 순결을 지킬 루트를!

헤라와 가까워져야 한다!

그는 눈치가 빨랐다. 헤라에게 잘 보이면 어쩌면 돌파구가 생길지도 모른다!

잼식은 아공간을 빠르게 뒤적거리면서 무언가를 꺼냈다.

진우의 아공간에 들어 있던 황금사과였다. 영롱하게 빛나고 있었다. 신의 세계에 있는 것보다도 훨씬 아름다웠다.

"이, 이걸 드리겠습니다!"

"황금…… 사과?"

"엄청 아름다우십니다! 닮고 싶습니다! 헤라 님이야말로 진정한 신들의 여왕이십니다!"

"으, 으음……."

"아아! 헤라 님이 정말 너무너무너무 아름다우셔서 제 정신이 혼미해지는군요. 보, 보이십니까? 저 식은땀 흘리고 있습니다. 헤라 님의 아름다움에 오, 온몸의 수분이 증발할 것 같습니다!"

"그, 그래?"

헤라의 얼굴이 붉어졌다. 잼식이 갑작스럽게 귀여워 보였다. 자신을 이토록 강렬하게 인정해 준 사람은 많지 않았다. 특히 이 귀한 황금사과까지 주면서 말이다.

"벼, 별로 마음에 들지는 않는군. 하, 하지만 원한다면 받아 주도록 하지."

"네! 감사합니다."

잼식이 꾸벅하고 고개를 숙였다.

-흘러가: 캬, 호감도 달성!
-신들의전쟁: 헤라, 츤데레인거 보솤ㅋㅋ 완전 리얼하자너.

잼식이 안도의 한숨을 내쉴 때였다.
"잠깐, 그건 나 아프로디테를 무시하는 발언이군요."
굉장히 아름다운 여신이 헤라와 잼식에게 다가왔다.
그러고는 잼식을 표독스럽게 노려보았다.

-시프트: 아프로디테…… 엄청난 난봉꾼입니다!
-위기돌파: 성가신 신이 등장했군.
-정치꿈나무: 이재미님, 정치를 해야 합니다.

잼식은 필사적으로 머리를 굴렸다.
"아, 안녕하세요? 어, 엄청나게 아름다우신 아프로디테 님."
"흐음……."
"헤라 님이 단아함과 정결함, 그리고 위엄의 상징이라면 아프
로디테 님은 미의 여신 그 자체이시지요! 앗! 그렇다고 헤라 님
이 모자라다는 건 아닙니다! 위엄이 넘치는 아름다움과 화려
한 아름다움은 다른 종류이니까요. 예, 예를 들면 석양의 아름
다움과 무지개의 아름다움과 같은 차이라고 마, 말할 수 있겠
네요."

아프로디테가 듣기 좋은지 살짝 웃으며 고개를 끄덕였다. 헤라도 그렇게 기분이 나빠 보이지는 않았다.

꽤 적절한 중재 멘트였다. 잼식은 아공간을 뒤적였다.

'제, 제발 대군주님…….'

나와라! 이 상황을 타개할 수 있을 만한 아이템!

잼식은 허겁지겁 아공간을 뒤졌다. 손에 잡힌 걸 빼냈는데, 두꺼운 패션잡지였다. 아프로디테가 흥미로운 눈으로 바라보았다.

"유, 유행을 선도해 가실 분은 아프로디테 님뿐입니다."

아프로디테가 패션잡지를 받았다. 새로운 옷차림과 화장법에 충격을 받았는지 살짝 비틀거렸다.

-정치꿈나무: 패션잡지가…… 먹혔다?

-한영키: 얼ㅋ, 이거 무슨 장르인가요?

-쿠키맛: ㅋㅋ 환장하겠네.

"이재미라 했나요? 내 딸이 되도록 하세요."

"잠깐, 이 아이는 내가 거둘 것이다."

헤라와 아프로디테가 잼식의 팔을 각각 잡았다.

-찬성이야: 두 여신을 함락시키다니, 이재미…… 무서운 아이.

-냉철한제이: 이재미, 그야말로 정치의 신이로군.

-긍정파괴자: 일단 한시름 놓아도 될 듯.

잼식은 시청자들의 집단 지성으로 힘겨운 올림포스 생활을 어떻게든 버텨내고 있었다.

진우는 고개를 저을 수밖에 없었다. 확실히 알아들을 수 있게 첫인사를 건넸건만, 의외로 저항이 거셌다. 진우는 들고 있던 아킬레우스를 가볍게 던졌다.

바닥을 마구 구르다가 전사들과 충돌했다.

콰앙!

아킬레우스 비틀거리며 일어났다. 진우는 그를 정보의 마안으로 바라보았다.

아킬레우스는 꽤 단단한 내구력을 지니고 있었고, 재생력도 뛰어났지만, 이미 한계 이상의 대미지를 받은 상황이었다.

인간들 사이에서는 무적이라 부를 수 있는 저 능력은 진우의 세계에서는 상당히 흔한 편이었다.

'기껏해야 강철 수준이군.'

빔소드나 검기 정도로 가볍게 썰어버릴 수 있을 것 같았다. 아킬레우스처럼 반신반인이 아닌, 일반 전사들의 수준은 확실하게 떨어졌다. 아테나와 아레스의 전사들이 위기감을 느꼈는지, 연합해서 진우를 둘러쌌다.

진우의 주변으로 동그란 원이 생겼다.

"아테나시여, 힘을 주소서."

[아테나는 대군주의 무서움을 알고 있습니다. 그녀가 기도를 듣고 망설이다가 모른척합니다.]

아테나에게 기도하는 전사들이 보였다.
아테나는 줄을 잘 탔다. 조금 봐주도록 하자.
"아레스시여! 우리를 보호해 주소서!"

[아레스가 권능을 하사합니다. 힘 랭크가 한 단계 상승합니다.]

아레스는 지옥행 확정이었다. 진우는 전사들을 훑어보았다.
아킬레우스, 헥토르, 아가멤논 등 그럭저럭 유명한 영웅들이 보였다. 헤라클레스 정도는 아니지만 랭크 자체도 꽤 괜찮았다.
'이에는 이 눈에는 눈이지.'
수십 배, 수백 배로 불려서 돌려줄 것이다. 납치는 납치로 갚아주도록 하자. 진우의 입꼬리가 올라갔다. 진우는 저승에 있는 김대진 박사에게 연락했다.
"쓸 만한 놈들을 보내도록 할게. 일단 가둬놔."
[알겠습니다.]
헤라클레스는 훌륭한 일꾼이었다. 저승의 관리가 점점 힘들어지고 있으니, 영웅급 일꾼들을 공급해 주도록 하자. 어차피 여기 있는 전사들 모두 진우의 것이나 다름없었다. 죽으면 저승

로 올 테니 말이다. 미리 가져가는 것도 나쁘지 않았다.

[아! 그 이재미가 올림포스에서 방송을 하고 있습니다.]

"응?"

진우는 바로 확인을 해보았다. 잼식은 여신들에게 둘러싸여 실실 쪼개고 있었다. 위기 상황인 것 같지는 않았다.

'그냥 놔둘까.'

그런 생각이 잠깐 들었다. 하지만 원래 모습으로 돌려주겠다고 약속을 했으니 지켜야 했다. 진우는 손을 휘저어 저승으로 가는 포탈을 열었다. 저승로 향하는 포탈은 검은 기류에 둘러싸여 소용돌이치고 있었다. 포탈이라기보다는 마치 괴물처럼 보였다. 진우가 한 발자국 움직이자 그에 맞춰 모두 뒤로 물러났다.

몸을 회복한 아킬레우스가 검을 치켜들고 달려들었다. 그러자 주변에 있던 전사들도 함께 달려들었다. 그들은 괴물을 앞에 둔 영웅처럼 비장했다. 웬만한 괴물들이었다면 신화 속 이야기처럼 그럭저럭 좋은 상대가 되었으리라.

안타깝게도 그들의 상대는 대군주였다.

아킬레우스가 진우의 앞으로 달려와 검을 휘둘렀다. 그는 헤파이스토스가 만든 검과 갑옷을 두르고 있었다. 상당히 괜찮은 랭크였다.

툭!

진우가 살짝 검을 피하며 가볍게 어깨를 치자 갑옷과 검이 바닥에 떨어지더니.

"어?"

아킬레우스의 몸이 앞으로 튕겨 나가며 검은 포탈 안으로 들어갔다.

'일단 한 명.'

아킬레우스와 함께 덤벼든 전사들이 멈춰서며 멍한 표정이 되었다. 그들의 눈에는 아킬레우스가 검은 소용돌이에 잡아먹힌 것으로 보였다. 반쯤은 정답이었다.

'C랭크 이상만 골라가야겠군.'

진우가 움직이기 시작했다. 그럭저럭 쓸 만한 전사들을 모조리 포탈 안으로 던져놓았다. 헥토르와 아가멤논 역시 무구만을 남긴 채 포탈 속으로 사라졌다. 그들의 신에게 간절히 빌어봤지만 별다른 효과는 없었다.

"후, 후퇴!"

"후퇴하라!"

이름 높은 영웅들이 모조리 당해 버리자 전사들이 후퇴하기 시작했다.

진우는 주변을 둘러보았다. 시체들이 가득했다. 진우가 오기 전부터 이러한 광경이었다. 매일 이렇게 싸워대니 저승이 북적북적할 수밖에 없었다. 본래대로라면 하데스의 탑에서 잠깐의 휴식을 취하고 다시 신의 세계로 환생을 해야 했지만, 진우가 완벽히 바꿔 버린 상태였다.

신의 세계 있는 전사들은 이제 특별하지 않았다.

"올림포스는……."

하늘과 맞닿아 있는 산, 올림포스산이 보였다. 워낙 높아 아래에서는 어떤 형태인지 제대로 보이지 않을 정도였다.

진우는 올림포스산 밑으로 이동했다. 산을 중심으로 많은 국가가 들어서 있었다. 역사 속에 나오는 국가 이름과 비슷했는데, 그 크기와 규모, 그리고 결말이 달랐다. 망하지 않고 실존하고 있었다.

신들의 모습을 한 거대한 조각상들이 도시마다 세워져 있었다. 신전들도 무척이나 거대했다. 멀리 떨어져 있는 바다 역시 환상적이었다. 태양 마차가 비틀거리면서 하늘에 오르고 있어, 마침 하늘은 노을빛이었다.

'좋군.'

상당히 아름답기는 했다. 한적한 느낌이 마음에 들었다. 이런 일이 아니었다면 며칠간 관광을 하고 싶을 정도였다.

진우는 마음이 조금 풀리는 걸 느꼈다. 차분한 상태가 되었다.

'뭐, 좋은 일꾼도 받았으니……'

잼식의 일이 해결된다면, 저승를 관리하고 있는 만큼 그럭저럭 좋은 관계를 다져놓는 것도 괜찮은 방법이었다. 물론, 피해 보상은 확실하게 뜯어낼 생각이었다. 그래, 역시 평화로운 게 제일 좋았다. 대화로 해결해 보도록 하자.

그는 생각보다 변덕이 심한 편이었다.

진우는 가볍게 산을 오르기 시작했다. 수많은 신전이 들어서 있었다. 돌을 깎은 계단도 있었는데, 산 중반부터는 이어져 있지 않았다. 이곳부터는 인간이 오를 수 없는 곳이었다.

'결계가 있군.'

진우는 가볍게 결계를 통과하고 위로 올라갔다. 결계를 통과하자 기류가 급변했다. 먹구름이 주변에 가득했고 비바람이 몰아쳤다. 뛰어난 전사들도 버티지 못할 것 같았다.

그렇게 경치를 감상하며 조금 더 올라가니 에메랄드빛으로 빛나는 오로라와 수많은 별이 보였다. 하얀 구름이 주변에 가득했다. 올림포스산 끝에는 신들이 산다는 거대한 신전이 있었다. 멀리서도 보일 정도로 웅장했다. 신들이 사는 곳답게 꽤 볼 만한 경치였다.

신전으로 가려고 했지만 단단한 결계가 진우를 가로막았다. 정보의 마안으로 보니 올림포스의 모든 신, 그리고 태초에 존재했던 신들이 권능을 모아 쳐놓은 결계가 있었다.

올림포스에 속하지 않은 신은 통과할 수 없었다.

'시간만 있으면 부술 수 있겠군.'

하지만 진우는 대화를 하러 왔다. 정중하게 결계에 노크를 할 때였다.

치지지직! 콰앙!

하늘에서 거대한 번개가 진우 쪽으로 향해 날아왔다. 고개를 살짝 돌려 피하자 번개가 스쳐 지나가며 대지에 꽂혔다. 올림포스산 밑에 있는 거대한 조각상이 폭발하더니 주변의 집에 불길이 옮겨붙었다.

"제, 제우스 님이 노하셨다!"

"제, 제물을 바쳐! 그 처자를 데려와!"

그런 목소리가 들리는 것 같기도 했다.

진우는 위를 바라보았다. 번개에 휩싸여 있는 거대한 남자가 보였다. 그리고 그 옆에 여러 신이 서 있었다. 그럭저럭 괜찮았던 기분이 급격히 나빠졌다. 나름대로 정중하게 노크를 했건만 돌아온 것은 번개 세례였다.

"인사가 과격하군."

"외신이여, 돌아가거라. 그대는 올림포스에 오를 자격이 없다."

올림포스의 최고신 제우스가 진우를 바라보았다.

'제우스······.'

제우스의 랭크는 -SSS였다. 진우보다 두 단계 낮았지만, 그의 손에 있는 강력한 무기가 그에게 굉장한 권능을 부여해 주고 있었다. 천둥과 같은 목소리였다. 경외감이 생길 정도로 위엄이 넘쳤다. 그러나 진우에게는 귀가 아픈 목소리일 뿐이었다.

한 번만 더 참아주도록 하자.

"내 부하를 찾으러 왔다."

"그대의 부하는 신격을 얻어 여신이 될 것이다. 올림포스에 기거할 수 있으니 그대에게도 영광일 터. 지하세계가 그대의 영역임을 인정해 주겠다. 그러니 그만 돌아가거라!"

저승를 인정해 주는 대신 잼식을 가져가겠다는 말이었다.

진우의 눈썹이 구겨졌다. 슬슬 짜증이 났다. 올림포스의 신들이 인정하든 하지 않든 저승는 그의 것이었다. 잼식을 특별히 아끼거나 하지는 않았지만, 성소에 속한 부하였다.

"다시 한번 말하지."

진우의 목소리가 낮아졌다.

"내 부하와 함께 네 손에 있는 아스트라페, 트리아이나를 내놓아라."

진우의 기분이 나빠졌기 때문에 요구 조건이 올라갔다. 제우스가 들고 있는 번개의 이름은 아스트라페였다. 키클롭스들이 만든 무기로 진우가 탐을 낼 만큼 강력했다.

[SSS]아스트라페

올림포스의 최고신 제우스의 무기. 키클롭스들이 알 수 없는 물질을 연성하여 만들었다고 전해져 온다.

오딘의 궁니르와 함께 모든 번개의 근원으로 불리고 있다. 모든 랭크를 한 단계 올려주며 불사신인 신을 멸할 정도로 강력한 번개를 발산한다.

[SSS]신격상승, [SSS]번개의 근원, [SSS+]마신의 권능.

최고신의 무구답게 굉장히 강력했다. 강력한 이유를 알 수 있었다. 신의 세계에 있는 마신의 힘을 이용하여 만든 무구였다. 포세이돈의 트리아이나도 마찬가지였다.

'모두 모아야겠군.'

진우에게 새로운 목표가 생겼다.

제우스와 신들은 잠시 말을 잊었다. 진우가 이렇게 강하게 나올 줄은 예상하지 못한 모양이었다. 그들은 손꼽히는 신이었다. 북쪽에 강력한 신들이 있기는 했지만, 그들도 진우처럼 막나갈 수는 없었다.

"우리와 적대할 생각인가? 올림포스의 모든 신과 전쟁을 벌일 생각인가!"

"마지막으로 말하마."

진우의 눈빛이 싸늘해졌다.

"내 부하와 함께 네 손에 있는 아스트라페, 트리아이나, 그리고 올림포스산 전체를 내놓아라."

요구 조건이 또 올라갔다. 진우는 저들이 이 조건을 받아들이지 않는다면 용서해 줄 생각이 없었다. 적어도 노예로 만들지 않으니 얼마나 평화로운 제안이란 말인가.

"건방진……!"

제우스의 옆에 물길과 함께 포세이돈이 등장했다. 그가 하늘로 창을 올리자 거대한 폭풍이 쏟아져 내렸다. 거기에 제우스가 번개를 던졌다. 번개가 소용돌이치며 폭풍과 합쳐지며 천지개벽을 보는 것 같은 광경을 만들어냈다.

진우는 마력을 끌어올리며 막아냈다. 검은 기류가 치솟으며 번개와 폭풍을 집어삼켰다. 충격을 모두 없앨 수는 없었다. 진우의 밑으로 밀렸고, 손바닥이 까져서 피가 흘러나왔다. 멀쩡한 모습에 제우스와 포세이돈이 흠칫하며 놀란 표정이 되었다.

"이건……. 선전포고로 봐도 되나?"

그렇게 말하자 제우스가 살짝 움찔했다. 기세에 밀린 탓이었다. 그는 자존심이 상했는지 얼굴이 험악해졌다.

"외신이여! 대결이 아닌 전쟁이다! 지하세계를 되찾고 너의 세계 역시 모두 정복하겠다. 너의 모든 것들이 올림포스의 양분이 될 것이다!"

제우스가 그렇게 선언했다.

진우는 잠시 그를 바라보았다. 제우스는 자신의 세계를 정복하겠다고 말했다. 그 말은 성소의 부하들, 황금의 여성회 회원들, 가족들을 모두 지배하겠다는 말과도 같았다.

그것은 결코 넘어서는 안 되는 선이었다.

'열 받는군.'

진심으로 열이 받았다. 머릿속에 있는 스위치 하나가 꺼진 느낌이었다. 점차 이성이 차갑게 굳기 시작했다.

"선을 넘었군."

먼저 선을 넘었다. 진우도 선을 지킬 필요가 없었다.

이제 전쟁이었다.

'참을 필요 없겠지.'

진우의 주변이 급격히 어두워지기 시작했다. 그러고 보면 자신의 근원은 완벽한 악이었고, 마신의 파편까지 흡수한 상황이었다.

'악이라……'

올림포스의 신들에게 아주 훌륭한 악신이 되어주는 것도 나쁘지 않을 것 같았다. 신화에나 나올 법한 아주 사악한 신이 되어주도록 하자. 그렇게 생각하며 권능을 개방했다. 저승을 지배하고 신이 되면서, 그리고 마신의 파편을 흡수하면서, 그는 영혼의 근원을 들여다본 적이 있었다.

어째서 탐욕의 군주가 자신의 말을 철석같이 믿었는지 알 수 있었다. 어째서 자신의 진명을 말하면 마력이 폭주하는 이상현상이 생기는지 알 수 있었다.

영혼 자체가 악 그 자체였다. 굉장히 강력한 힘을 지니고 있었다. 마신의 파편이 녹아버릴 정도로 말이다.

지금까지 외면했던 이진우의 악을 받아들인다면 어떻게 될까?

마침 이곳은 신의 세계였다. 신기가 충만하니 권능이 마구 차올랐다. 진우는 지금까지 건드리지 않았던 영혼의 힘을 개방했다. 신의 세계는 다른 차원과 엄격하게 분리가 되어 있어서 날뛰어도 상관없었다. 다른 차원에 영향이 갈 일은 없었다.

[대군주가 영혼의 힘을 개방합니다. 영혼의 힘이 모든 권능에 깊숙이 스며듭니다. 악의 화신이 사악한 힘에 의해 녹아버렸습니다.]

진우의 주변에서 일렁이는 검은 기류가 공간을 먹어치우기 시작했다.

치지직!

제우스가 진우를 향해 번개를 쏘았다. 그러나 제우스의 번개도 진우에게 닿을 수 없었다. 너무나 허무하게 빛이 약해지더니 사라졌다.

[대군주가 근원을 깨달아 진정한 모습으로 각성하였습니다.]

[SSS++]악신

'그는 신의 멸망이다.'

이진우가 자신의 영혼을 인정하여 각성했다. 중구난방이었던 권능이 악신의 권능으로 통합되었다. 신과 군주로서의 한계를 돌파하여 새로운 차원으로 도약하였다.

모든 신이 그를 두려워할 것이다.

검은 기류가 몰아쳤다. 올림포스산에 부딪히며 산 전체를 뒤흔들었다. 올림포스 신전에 펼쳐져 있는 결계가 마구 흔들리며 균열이 생겼다. 지금까지 황금의 권능이나 악의 화신, 지배의 권능이 독자적인 이성을 가지며 말썽을 일으킨 것도 이진우가 지닌 근원을 외면해서였다.

하지만 이제는 아니었다. 그가 지닌 모든 권능이 악신의 권능으로 통합되었다. 제우스와 포세이돈이 크게 놀라며 진우를 바라보았다. 아레스가 기겁하며 몸을 부르르 떨었다.

진우가 손을 들자 검은 입자가 모이더니 제우스와 포세이돈을 향해 진득한 마력이 뿜어져 나갔다.

결계를 뚫어버리고 제우스와 포세이돈을 덮쳤다. 아스트라페와 트리아이나를 들어서 막았는데, 모두 없애지 못하고 옆으로 튕겨 나가며 신전 일부가 박살 났다.

부서진 결계가 곧 회복되었다. 올림포스 신전이 저들에게 계속해서 힘을 불어넣어 주고 있었다. 제우스와 포세이돈뿐이라면 무난하게 상대할 수 있었지만, 올림포스 신전에서 모든 신을 상대하는 건 무리였다.

진우는 일단 물러나기로 했다. 올림포스산에 손을 대자 산 전체가 검게 물들기 시작했다. 날카로운 가시가 달린 덩굴들이 뿜어져 나왔다. 덩굴에는 거대한 입이 달려 있었는데, 올림포스산을 갉아먹기 시작했다. 진우의 선물이었다.

가볍게 올림포스산 밑에 착지했다. 진우가 착지한 바닥이 갈라지며 정면에 있는 거대한 제우스의 석상이 무너졌다.

첫 만남은 최악이었다. 최악을 멸망으로 바꿀 만한 것들이 필요했다. 가장 비극적인 형태로 만들어줄 것이다.

다행히 진우에게는 그럴 만한 세력이 있었다. 그리고 이곳 신의 세계에는 올림포스 신들에게 적의를 품고 있는 많은 괴물이 있었다.

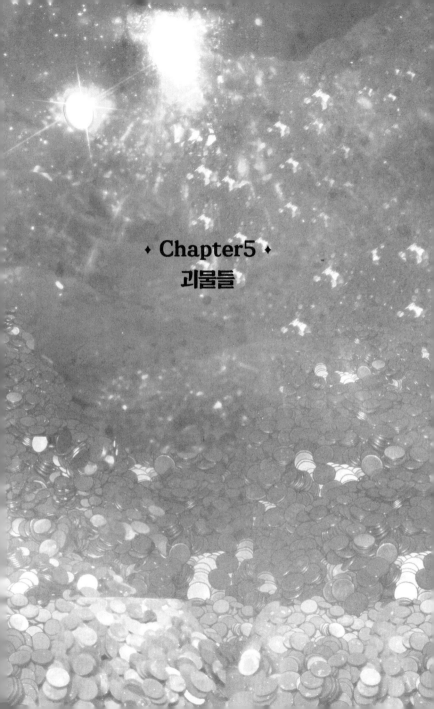

◆ **Chapter5** ◆
괴물들

　진우는 올림포스산에 권능을 불어넣었다. 산 전체가 검게 물들기 시작했다. 지배는 하지 못하더라도 올림포스 신들을 아주 바쁘게 만들어줄 수는 있었다. 당분간 올림포스 신전에서 내려오지 못할 것이다.

　'올림포스 신들이 모두 덤빈다면⋯⋯.'

　혼자서는 힘들었다. 모든 힘을 사용하면 질 것 같지는 않았지만 변수는 역시 마신의 권능이 깃들어 있는 신의 무구였다. 그렇다면 방법은 간단했다.

　대등한 존재를 부하로 만들면 되었다. 진우는 수단과 방법을 가릴 생각이 없었다. 정의로운 전쟁, 공평한 전쟁, 그런 건 존재하지 않았다. 올림포스 신들과 진우가 지배하고 있는 차원이 벌이는 진짜 전쟁이었다.

　"이곳이 좋겠어."

신의 세계를 둘러보던 진우는 저승 세계와 가장 가까운 대지에 자리를 잡았다. 올림포스산과 멀리 떨어져 있는 불모지였다. 이곳이 불모지가 된 까닭은 저승와 가깝다는 이유도 있었지만, 저승보다 더 깊숙한 곳에 있는 타르타로스로 향하는 길이 있기 때문이었다.

올림포스 신들에게 원한이 있는 존재들이 타르타로스에 봉인되어 있었다. 신화와 다른 점이 많기는 하지만, 큰 맥락에서 볼 때 비슷했다.

'준비를 해야겠군.'

진우가 권능을 일으키며 가볍게 발을 구르자 주변이 모조리 반듯한 평지로 변했다. 기지를 세우기에는 딱 좋았다.

진우는 권능을 일으켜 부하들을 소집했다. 그러자 검게 일렁이는 포탈이 떠올랐다. 이렇게 부하들을 모두 소환하는 건 마계 이후 처음이었다. 그때에는 숫자가 적었지만 지금은 아니었다. 12군주를 지배하며 많은 차원을 정복했고, 부하들도 굉장히 많아졌다.

모든 부하들이 진우의 소집에 응했다. 제일 먼저 모습을 드러낸 건 황금의 여성회였다. 여성회 회원들이 포탈에서 걸어 나왔다.

유나는 주변을 살펴보았다.

"여기가 그 신의 세계로군요. 특별한 건 없네요."

"오, 오오! 힘이 차오르고 있어요!"

루나의 몸이 은은하게 빛났다. 그녀 여신이기는 했다. 신의 세계로 오니 랭크가 크게 올라 단번에 군주급이 되었다.

"이 정도면 샤이닝 기간틱 펀치를 구현할 수 있겠는데요?"

"오, 멋짐!"

루나가 반짝반짝 빛나는 주먹을 치켜들자 미궁이 옆에서 감탄했다. 불안한 듯 주변을 살피고 있는 희연도 보였다. 그러고 보니 희연의 모습을 보는 건 굉장히 오랜만이었다.

"저……!"

희연이 진우에게 말을 걸려고 다가올 때 그녀의 앞에 천족들과 마족들이 나타났다. 루나가 강해지니 천족들도 강해졌다. 마족들도 진우의 영향을 받아 한층 더 강력한 마기를 지니게 되었다. 사라 브리악은 여전히 약했지만 말이다.

단우천과 M룡회도 모습을 드러냈다. 단우천은 빨간 고무장갑을 끼고 있었는데, 굉장히 잘 어울렸다. 마지막으로 김대진 박사와 연구진들, 저승정복단도 도착했다.

유나가 소집에 응한 진우의 부하들을 살펴보다가 진우에게로 시선을 옮겼다. 그녀는 잼식의 방송을 봐서 대충 상황은 짐작하고 있었지만 정확한 상황을 알고 싶었다.

"정확히 어떤 상황입니까?"

유나의 물음에 진우는 현재 상황을 말해주었다.

차원 전쟁! 전쟁이 언급되자 마족들은 흥분에 빠졌다. M룡회는 혀로 입술을 핥으며 낮게 웃었고, 단우천은 주먹을 불끈 쥐었다. 그는 유난히 기뻐했다. 그동안 쌓인 스트레스를 풀 수 있을 것 같았기 때문이다.

진우의 계획을 들은 유나가 고개를 끄덕였다.

"괴물들을 포섭하는 건 좋은 방법인 것 같습니다. 그들이 신에 대해 가장 잘 알고 있겠지요. 직접 당한 당사자이니 말입니다."

"후, 후후……."

유나의 옆에 있던 김대진 박사가 음침하게 웃었다. 유나도 흠칫할 정도로 소름 끼치는 웃음이었다.

"보통 신화 속 괴물들은 약점이 노출되거나 치명적인 무기 때문에 진 게 대부분입니다."

"그렇지."

"약점을 없앨 뿐만 아니라 능력을 업그레이드시켜 준다면 어떨까요?"

김대진 박사의 말에 진우는 고개를 끄덕였다. 우주와 저승를 거치며 이쪽 분야의 전문가가 되었다. 헤라클레스 덕분에 신의 육체에 대해서도 파악한 상태였다. 재료만 충분하다면 개조를 진행할 수 있었다.

김대진 박사의 개조는 일반 상식을 초월한 수준이었다. 잼식의 제2형태인 잼식트를 보면 잘 알 수 있었다.

"좋아. 그 부분은 맡기도록 할게."

"알겠습니다!"

김대진 박사와 연구팀이 흥분했다. 중간에 '헤라클레스의 세포를 복제해서……'라는 말이 들린 것도 같았다.

헤라클레스는 낮에는 세계수 랜드에서 일하고 밤에는 실험체가 되었다. 불사의 육체는 굉장히 편리해서 폭넓은 실험이 가능하다고 한다. 그리고 그의 몸 역시 개조를 하고 있었는데, 그도 동의한 부분이었다.

유나가 진우를 바라보았다. 진우는 그녀를 바라보며 살짝 고개를 끄덕였다.

"이번에는 진짜 전쟁입니다."

그녀는 부드럽게 웃었다. 악의 여 간부 같은 느낌이 들었다.

"자, 그럼 작업을 시작하도록 하죠. 신의 세계를 접수하도록 합시다."

유나의 말에 모두 바삐 움직이기 시작했다. 그동안 진우가 벌인 모든 것들이 경험치가 되어 부하들에게 쌓여 있었다.

진우가 고른 땅 위에 임시 기지가 차려졌다. 임시라고 해도 마을을 떠올릴 수 있을 만큼 컸다. 김대진 박사와 세연이 스카웃 리스트를 적어 진우에게 가져왔다. 기존 지구에 알려진 신화와 헤라클레스, 라디우스에게서 직접 들은 내용을 바탕으로 만든 스카웃 리스트였다.

"많군."

수많은 괴물이 있었는데, 그중 가장 눈에 띄는 건 우라노스와 티탄족, 그리고 티폰이었다. 중간에 익숙한 이름인 히드라, 메두사도 보였다. 우라노스와 티탄족은 타르타로스에 봉인되어 있었고, 티폰은 제우스에 의해 에트나 화산이라는 곳에 봉인되어 있었다.

"음, 가장 가까운 곳에 있는 건…… 메두사군."

의자에 앉아 있던 진우가 자리에서 일어났다. 페르세우스가 메두사의 목을 자르고, 그 머리를 방패에 붙여서 무기로 썼다고 알려져 있었다.

헤라클레스가 말해준 정보에 의하면 이곳에서도 그런 취급 당했지만 조금 이야기가 달랐다. 포세이돈이 메두사를 겁탈하려고 할 때, 신들의 음료인 넥타르를 먹여서 약하기는 하지만 불멸의 육체를 가지게 되었다고 한다.

김대진 박사가 혀를 차며 고개를 저었다.

"참으로 불쌍한 여인입니다. 본래 아테나의 무녀였는데 포세이돈에게 몹쓸 짓을 당했다고 합니다."

"음……."

"처녀성을 잃은 메두사는 아테나 신전의 규율에 따라 저주가 걸려 목숨이 끊어져야 했습니다. 하지만 메두사를 덮치기 위해 포세이돈이 먹인 넥타르가 문제였다고 합니다."

넥타르가 부여한 불멸과 아테나 신전의 저주 때문에 흉측한 모습이 되었다고 한다. 넥타르와 저주가 섞이며 그녀는 저주 그 자체가 되었는데, 그때부터 신화에 나와 있는 것처럼 눈이 마주친 것들을 돌로 만들어 버리게 되었다.

"현재 메두사는 페르세우스의 무구와 함께 뱀의 숲이라는 곳에 봉인되어 있습니다."

현재에도 뱀의 숲에는 전사들의 발길이 끊기지 않았다.

페르세우스의 무구 때문이었다.

"포세이돈과 아테나에게 원한이 깊겠군."

"네, 저희 '복수자연맹'의 멤버로서 적합합니다."

"……그 이름 말고 다른 걸로 하자."

김대진 박사는 아쉬운 눈초리로 다시 이름을 붙이기 시작했다. '악신과 괴물들', '이진우의 괴물사단', '신나는 괴물파티' 등이 있었다. 끔찍한 이름을 듣고 있던 세연이 가만히 생각하다가 입을 뗐다.

"라그나로크, 어때요?"

"라그나로크?"

"네, 북유럽 신화에 나오는 단어인데 가져다 써도 괜찮지 않을까요? 그리스로마신화에 그와 비슷한 사건인 티타노마키아, 기간토마키아 같은 것도 있는데, 결국 올림포스 신들의 승리로 끝나니 별로 일 것 같아서요."

라그나로크는 신들의 몰락으로 끝난다. 진우의 의도와 딱 부합되었다. 어차피 저작권은 없으니 괜찮을 것 같았다. 신의 세계에 올림포스 신들 말고도 다른 신들이 있는 것 같았지만 뭐어떤가.

김대진 박사도 마음에 드는지 연신 고개를 끄덕였다.

"좋군요! 저도 라그나로크가 좋을 것 같습니다. 팀 라그나로크! 멋지군요!"

괴물들로 이루어진 팀 이름은 라그나로크로 정해졌다.

진우가 메두사가 있는 곳으로 떠나려고 할 때였다. 김대진 박사가 간절한 눈빛으로 바라보았다. 같이 가고 싶다는 표정이었다. 세연도 그러했지만 그녀에게는 따로 임무가 있었다.

"으, 저도 같이 가고 싶지만…… 타르타로스 조사가 우선이라……."

그녀에게는 타르타로스 조사를 맡긴 상황이었다.

진우는 김대진 박사를 데려가기로 했다. 그에게 라그나로크의 팀장을 맡기는 것도 좋을 것 같았다. 개조나 업그레이드를 하려면 아무래도 그런 지위가 있는 게 편할 것이다.

"네가 라그나로크의 팀장을 맡아라."

"오, 오오! 크흑, 영광입니다."

김대진 박사가 눈물을 흘렸다. 지금까지 여러 컨셉을 하고 지금은 세계수 랜드에서 재미를 보고 있었지만, 그건 진정한 그의 꿈이 아니었다. 그의 꿈은 괴물들을 연구하고 개조하여 승리하게 만드는 것이었다. 어린 시절 보았던 모든 이야기에서는 영웅이 승리했다. 그는 늘 괴물을 동정했다.

전대물을 볼 때도 괴수들을 동정했다. 자신이 만들었다면 저렇게 허무하게 당하지는 않았을 것이다!

그 마음이 그가 과학자가 된 동기였다.

진우는 우주선에 올랐다. 메두사가 있는 지역은 뱀의 숲이라 불리는 곳이었다. 도시국가인 스파르타 옆에 있었는데, 그들이 성년식을 하는 장소이기도 했다.

물론, 뱀의 숲 깊숙이는 들어가지 않았다. 근처에 있는 돌이 된 뼈를 무사히 가지고 오면 성인으로 인정을 받을 수 있다고 한다.

스파르타의 군대가 보였다.

"신탁이 내려왔다!"

"스파르타의 전사들이여! 전쟁을 준비하라!"

"아세우스와 전사들이 신탁대로 메두사의 목을 따올 것이다! 메두사의 머리를 무구로 만들어 쓴다면 우리는 반드시 승리할 것이다!"

올림포스 신들에게 신탁이라도 받았는지, 제법 많은 숫자가 모이고 있었다. 거대한 신전과 조각상이 보였다.

김대진 박사가 버튼을 누르자 빔입자포가 뿜어져 나가며 조각상과 신전을 날려 버렸다. 스파르타군이 경악하며 하늘을 올려다보았다. 우주선은 그대로 하늘을 가로질러 뱀의 숲 주변에 내려섰다. 우주선 밖으로 나오니 음습한 안개가 진우와 김대진 박사를 맞이했다.

스스슥!

뱀들이 주변을 스쳐 지나갔다.

덥썩!

김대진 박사가 뱀을 잡아들고는 독니를 살펴보다가 그대로 자신의 팔에 찔러넣었다.

"음, 괜찮은 독이군요. 연구해 볼 가치가 있습니다."

"그래?"

그는 이미 인간이 아닌 다른 무언가가 되어 있었다. 그러고 보니 김대진 박사의 육체 랭크도 상당히 높았다. 처음에 만났을 때는 분명 일반인이었는데, 지금은 기사급을 능가하는 육체 능력을 가지고 있었다.

도대체 몸에 무슨 짓을 한 걸까?

"오, 머리 구조가 특이하군요."

김대진 박사가 뱀의 머리를 누르자 삐이이익! 하는 큰 소리가 났다. 김대진 박사는 신기한지 몇 번 눌러보고는 아공간에 넣었다. 뱀의 숲은 대부분 돌로 변해 있었다. 나무도, 잎도, 풀도 돌처럼 변했는데, 만지면 바로 바스라졌다.

뱀의 숲 중앙에는 메두사가 있다는 동굴이 있었다. 많은 전사들이 들어갔지만 살아 돌아온 전사는 아무도 없었다.

동굴 앞에 도착하니 수많은 석상들이 보였다. 본래 인간이었던 것들이었다. 숲에 깔린 자욱한 안개와 어울려 마치 호러 영화를 보는 것 같은 분위기였다.

"분위기 장난 아닌데?"

"크흐, 정말 좋군요."

고개를 돌려보니 석상들 사이에 숨어서 몸을 숙이고 있는 전사들이 보였다. 스파르타의 전사들이었다.

가장 앞에 있는 전사가 조심스럽게 몸을 움직이더니 동굴 앞에 무언가를 가져다 놓고 불을 붙였다.

[B]제우스의 수면꽃

제우스 신전에서만 자라는 꽃. 불에 태우면 강력한 수면효과가 있는 연기가 뿜어져 나온다. 한 번 잠들면 쉽게 깨어날 수 없다. 제우스가 일을 치를 때 자주 애용하는 꽃이기도 하다.

스파르타의 전사들은 페르세우스가 그랬던 것처럼 거울과 같은 방패를 들고 있었다. 방패에서 신의 권능이 느껴졌다.

'재워놓고 목을 칠 생각이군.'

누구의 생각인지는 몰라도 꽤 그럴듯한 작전이었다. 아마도 올림포스 신들이 지시한 것 같았다.

그 페르세우스도 메두사를 정면에서 상대하여 이긴 건 아니었다. 스파르타의 전사들은 숨을 죽이며 동굴의 상황을 지켜보고 있었다.

"꽤 괜찮은 작전이네."

"그러게 말입니다."

뚜벅뚜벅!

진우와 김대진 박사가 태평하게 이야기를 나누며 그들에게 다가갔다.

"어?"

"미, 미친!"

"조, 조용……!"

스파르타의 전사들이 사색이 된 얼굴로 손짓 발짓 하며 허둥거렸다. 진우에게 욕을 잔뜩 내뱉고 싶은 심정이었지만 간신히 입을 막고 있었다. 이제 막 향이 올라오고 있는 상태라 동굴에 효과가 퍼지려면 두 시간은 더 기다려야 했다. 소란을 피운다면 메두사가 밖으로 나오게 되어 작전은 실패로 돌아갈 것이다. 그렇게 된다면 자신들의 목숨도 위험했다.

스파르타의 전사들은 진우가 누군지는 몰랐지만, 사력을 다해 조용히 하라는 몸짓을 했다.

'재미있는 상황이네.'

진우는 그들을 보며 웃었다. 지금은 전쟁 중이었고, 저들은 적이었다. 발아래를 바라보았다. 뱀이 바닥을 기어 다니고 있었다.

스윽!

진우가 발을 들고는 스파르타 전사들을 바라보았다.

도리도리!

스파르타 전사들이 빠르게 고개를 저었다. 제발 그러지 말라는 표정이었다. 진우가 뱀 위에 발을 올리자 그들은 머리를 움켜쥐었다.

'아, 안 돼!'

'이 미친놈아! 제발 그러지 마!'

'으, 아아악!'

입만 뻥긋거릴 뿐이었다. 그들은 진우의 발에서 시선을 떼지 못했다. 하지 말라고 하면 더 하고 싶어지는 법이다.

진우는 더욱더 진한 미소를 지으며 그들을 바라보았다.

그러고는 뱀의 머리를 발로 꽉 밟았다.

삐이이이이이익!

조용한 가운데 흡사 사이렌 소리와도 비슷한 소리가 울려 퍼졌다. 스파르타 전사들은 기겁하며 동굴을 바라보았다. 동굴에서는 아직 반응이 없었다.

다행이었다. 하지만 진우의 행동은 이제 시작이었다.

"밟아."

진우가 그렇게 말하자 김대진 박사도 진우와 함께 주변에 있는 뱀의 머리를 마구 밟았다.

삐이익! 삐익! 삐이익!

굉장히 시끄러운 소리가 울려 퍼졌다. 스파르타 전사들은 벌떡 일어나며 진우와 김대진 박사를 노려보았다.

"야! 이 개새끼들아! 무슨 짓이야!"

"아테네 놈들이냐!"

"이런 시……."

스파르타 전사들이 욕을 해댔다. 그러나 곧 입을 다물 수밖에 없었다.

스스스슥!

동굴 쪽에서 거대한 진동과 함께 무언가 스쳐 지나가는 소리가 들려왔기 때문이다.

"제, 젠장!"

"전투 준비!"

"하, 하지만 아세우스! 저, 정면으로는……!"

"치, 침착해! 우, 우리에겐 헤파이스토스 님의 무기가 있다!"

소리가 점점 가까워지자 스파르타 전사들은 방패와 무기를 들었다. 긴장이 가득한 표정은 꽤 볼만했다.

김대진 박사도 흥미진진한 눈으로 상황을 바라보았다. 그러다가 무언가 생각이 났는지 아공간을 뒤적거렸다.

"아! 이걸 받으시지요."

선글라스를 꺼내 건네주었다. 진우는 선글라스를 바라보다가 착용했다. 김대진 박사도 선글라스를 썼다.

두드드드!

바닥에 있는 돌들이 진동했다. 석상이 넘어지며 박살 났다. 동굴에서 메두사가 튀어나왔다. 동굴 앞에 불타고 있던 제우스의 꽃이 허무하게 터지며 사방으로 날아갔다.

메두사의 크기는 거대했다. 하반신이 뱀이었고 상반신은 비늘로 덮여 있었다. 얼굴 자체는 미인에 속했지만 머리카락이 두꺼운 뱀으로 되어 있었다.

그녀의 손에는 삼지창이 들려 있었다. 포세이돈의 삼지창과 비슷했는데, 그녀가 직접 만든 걸로 보였다.

"으, 으아아악!"

스파르타 전사 하나가 눈을 감으며 검을 마구 휘둘렀다. 메두사의 꼬리가 그를 휘감았다. 온몸이 부서질 것 같은 고통에 눈을 뜨자 메두사의 얼굴이 보였다.

스르르!

바로 돌이 되어버렸다.

"자, 자세를 낮춰!"

"숨어!"

스파르타 전사들이 석상과 바위 뒤에 숨었다. 진우와 김대진 박사는 여전히 그 자리에 서서 메두사를 바라보고 있을 뿐이었다.

"박력이 넘치는군."

"예상보다 크군요."

둘은 감탄을 하고 있을 뿐이었다. 메두사가 창을 던지자 석상이 박살 나며 스파르타 전사 하나가 창에 꿰뚫렸다.

메두사의 몸놀림은 굉장히 날렵했다. 페르세우스처럼 방패로 메두사의 시선을 막으며 검을 휘두르는 건 말이 되지 않았다.

메두사가 울부짖었다. 날카로운 비명이 뱀의 숲을 뒤흔들었다. 사냥을 하듯 스파르타 전사들을 쫓다가 진우와 김대진 박사를 발견했다.

진우의 앞에 빠르게 다가오더니 얼굴을 들이밀었다.

"어?"

메두사가 당황했다. 진우와 김대진 박사가 멀쩡했기 때문이다. 진우는 저주에 완전면역이었고, 김대진 박사도 성소에 보호를 받고 있어서 저주가 통하지 않았다.

"앗! 꺄악, 누, 눈이……! 으앗! 으윽!"

메두사가 두 눈을 손으로 가리며 비틀거렸다. 성소에 속한 인물에게 저주를 걸 경우 저주가 반사되며 본인에게 걸린다.

김대진 박사도 그걸 알고 있었다. 반사를 약하게 만들기 위해 선글라스를 착용한 것이다. 메두사가 돌이 되어버리면 곤란했기 때문이다.

메두사가 눈이 매운지 눈을 마구 비볐다. 조금 괜찮아지자 다시 둘을 바라보았다.

"앗, 앗 따거! 윽! 으윽!"

다시 눈을 비볐다. 뱀 머리들의 눈도 X자가 되었다. 결국, 메두사는 바닥에 있는 방패를 들고 조심스럽게 진우와 김대진 박사를 바라볼 수밖에 없었다.

"일단 하던 거 계속해."

진우가 바위 뒤에 숨어 있는 스파르타의 전사들을 가리키며 말하자 메두사가 흠칫하더니 고개를 끄덕였다.

키에에엑!

비명을 지르며 스파르타 전사들에게 달려들었다.

"으, 으아아악!"

"커헉!"

스파르타 전사들이 돌이 되거나 창에 꽂혔다. 그 모습을 보며 김대진 박사가 흡족한 듯 고개를 끄덕이다가 노트를 꺼내 여러 항목을 체크하기 시작했다.

"이 정도면 합격이군요."

"제법 괜찮은데?"

라그나로크의 첫 멤버, 메두사는 예상했던 것보다 훨씬 괜찮았다. 메두사가 날뛰며 스파르타 전사들을 모조리 박살 냈다. 아세우스라는 전사 하나만 남게 되었다. 메두사가 아세우르스 노려보며 창을 휘둘렀다.

"크웃!"

아세우스는 간신히 방패로 시선을 가리며 메두사의 창을 피했다.

진우는 감탄했다. 꽤 괜찮은 몸놀림이었기 때문이다. 반사

신경도 뛰어났고, 주변 지형을 이용하는 지혜까지 엿볼 수 있었다. 전형적인 영웅의 모습이었다. 정보의 마안으로 살펴보니 제우스의 피가 섞여 있었다. 선조 중에 제우스의 자식이 있는 모양이다.

아세우스가 바위틈으로 들어가자 메두사가 바위에 창을 찔러댔다. 저주와 넥타르 덕분에 육체 스펙이 엄청나게 강해졌지만, 창술을 배운 적이 없는 그녀의 공격은 꽤 단순했다. 석화의 저주 때문에 모두 돌이 되어버리니 경험을 쌓을 기회도 많지 않았다.

"키아아악!"

메두사는 열이 받는지 비명을 질렀지만, 아세우스는 침착했다. 바위틈에서 자세를 낮추고 기도를 하기 시작했다.

"제우스시여, 괴물을 물리칠 힘을 주소서."

[제우스가 기도에 응답합니다.]

검에서 번개가 뿜어져 나왔다. 바위를 녹일 정도로 강력한 힘이었다. 바위가 박살 나자 메두사가 달려들었다. 아세우스가 검을 치켜들었다.

번쩍!

강렬한 번개가 메두사의 두 눈을 잠시 멀게 했다.

진우는 그 모습을 보며 고개를 설레 저었다. 김대진 박사의 인상이 구겨졌다.

"반칙이군요. 영웅이라는 놈들은 항상 반칙을 하지요."

"저런 게 전형적인 신화의 이야기이기도 하지."

신의 도움으로 악을 물리친다는 내용은 너무나 흔했다. 아세우스가 메두사를 공격하기 시작했다.

메두사는 아세우스를 볼 수 없었다. 눈부신 빛이 저절로 눈을 감게 만들었기 때문이다.

아세우스는 영리하게 검에서 뿜어져 나오는 빛을 방패로 반사하며 빛을 집중시켰다. 메두사의 얼굴만을 노리며 빛을 쐈댔다. 계속해서 메두사를 베었지만, 메두사는 강력했다. 비늘은 단단했고 재생능력까지 있었다.

진우는 정보의 마안으로 메두사를 바라보았다.

[S]메두사

'포세이돈, 개자식.'

'아테나, 나쁜 계집애.'

포세이돈 때문에 괴물이 된 비운의 여인. 아테나의 신관 중 가장 아름답던 메두사는 아테나에게 총애를 받았다. 포세이돈이 그녀를 재우기 위해 넥타르를 강제로 마시게 했다.

페르세우스에게 머리가 잘린 이후로, 목이 약점이 되었다. 머리가 방패에 장식되어 있던 탓에 멀미에 약하다. 포세이돈을 상징하는 삼지창으로 포세이돈을 찔러 죽이고 싶어 하고 있다.

[S+]석화의 저주, [S]뱀의 육체, [B]불운.

S랭크라면 군주급 바로 아래였다. 육체 능력도 뛰어났지만, 석화의 저주가 워낙 뛰어나서 랭크가 대폭 오른 것 같았다.

아세우스가 승기를 잡았다. 그는 메두사가 비틀거리자 빠르게 그녀의 뒤로 이동했다. 아세우스는 메두사의 약점을 알고 있었다.

메두사의 목은 비늘이 없었다. 연약한 하얀 살갗이 노출되어 있었다.

"죽어라, 이 괴물!"

도약해서 메두사의 목을 향해 검을 휘두르려는 순간이었다. 진우가 살짝 손을 올리자 아세우스의 몸이 뒤로 크게 밀려났다. 검이 아슬아슬하게 목 뒤를 스쳐 지나갔다.

메두사가 화들짝 놀라며 아세우스를 바라보았다. 그러다가 진우에게 시선을 옮기려 했는데, 그랬다가는 눈이 따가워질 걸 알고 제대로 바라보지 못했다.

"힘들어 보이는군. 도와줄까?"

"네?"

"너도 나한테 기도해 봐."

메두사는 눈을 깜빡였다. 아세우스가 빛나는 번개 검을 들고 다시 달려들었다. 포세이돈에게 당하고, 괴물이 된 것만 해도 억울해 죽겠는데, 신이라는 놈들은 대놓고 사냥감 취급했다.

메두사는 진우가 보통 존재가 아님을 느끼고 있었다. 어차피 사냥을 당할 처지였다. 진우를 믿어보는 것도 나쁘지 않을 거란 생각이 들었다.

'뭐든지 할 테니……. 도와줘요!'

아세우스의 몸이 어느새 메두사의 앞까지 도달했다. 메두사가 눈을 꼭 감고 그렇게 기도하는 순간이었다. 그녀의 주변에서 검은 기류가 몰아쳤다.

[메두사의 기도에 악신이 응답합니다. 악신과 계약을 하겠습니까?]

메두사의 귀에 달콤한 목소리가 들려왔다. 그녀가 고개를 끄덕이자 진우는 미소를 지었다.

[메두사가 팀 라그나로크에 합류하였습니다.]
[메두사가 팀 라그나로크에 합류함에 따라, 성소에 속한 모든 이에게 석화의 저주가 통하지 않습니다.]
[악신의 권능이 메두사의 창에 깃듭니다.]

진우는 메두사가 들고 있는 창에 권능을 잔뜩 부여했다. 메두사의 창은 조잡했는데, 이제는 그렇지 않았다. 검게 물들더니 뱀처럼 꿈틀거리기 시작했다. 아세우스가 메두사를 향해 검을 휘두르는 순간이었다. 메두사가 엉겁결에 손에 든 창을 앞으로 찔렀다. 그 순간 어둠이 터져 나왔다.

콰가가가가가!

메두사는 정신이 멍해졌다. 아세우스는 그대로 굳어버렸다. 딱딱하게 굳은 고개를 돌려 뒤를 바라보았다.

쨍그랑!

아세우스는 바닥에 검과 방패를 떨어뜨렸다. 뱀의 숲이 모조리 날아가 버리고 그 건너편에 있던 스파르타의 도시까지 폭발했기 때문이다. 스파르타의 군대 역시 사라지고 없었다.

멍한 표정의 메두사와 경악에 빠진 아세우스의 눈이 마주쳤다.

"아……."

스륵!

아세우스가 그대로 돌이 되며 바닥에 쓰러졌다. 영웅치고는 허무한 최후였다.

정신을 되찾은 메두사는 깜짝 놀라며 창을 바닥에 던졌다.

"뭐, 뭐야, 이거……. 무서워."

바닥에 떨어진 창이 마구 꿈틀거렸다. 마치 불판 위에 올라온 꼼장어를 보는 것 같았다. 김대진 박사가 꿈틀거리는 창을 두 손으로 들고는 흥미롭게 바라보다가 아공간에 넣었다.

진우는 선글라스를 벗고 그녀를 바라보았다. 메두사도 눈이 마주쳤다. 눈에 눈물이 맺혔다. 머리카락 뱀들도 눈물을 흘렸다. 이렇게 눈을 마주치고 있는 것이 굉장히 오랜만이었기 때문이다.

김대진 박사가 두 손을 펼치며 메두사를 바라보았다.

"팀 라그나로크에 온 것을 환영하네!"

"라그나로크요?"

"그래, 우리는 자네 같은 유능한 인재들을 모으고 있네."

그녀는 손을 꼼지락거리며 진우를 바라보았다.

"저 추하지 않나요?"

"음, 뭐……."

진우는 대답을 하려다가 말을 멈추었다. 얼굴 자체는 미인이었지만 뱀 머리카락이 조금 징그럽기는 했다. 잠시 고민하다가 아공간에서 헤어밴드를 꺼냈다.

"이리 와봐."

진우가 손가락을 까딱이자 메두사가 다가왔다. 헤어밴드로 뱀 머리카락을 뒤로 넘겨주었고, 김대진 박사가 메두사에게 안경을 건네주었다. 석화의 저주를 약하게 만드는 안경이었다. 산발이었던 뱀 머리카락을 뒤로 넘기고 안경을 쓰는 것만으로도 인상이 확 바뀌었다. 포세이돈이 반할 만했다.

"음, 레게머리 같아 꽤 괜찮은데?"

"그렇군요. 꽤 힙해 보입니다. 아이돌 해도 되겠는데요?"

뮤지션 같은 인상이었다. 메두사가 얼굴을 붉히며 몸을 배배 꼬았다. 괴물이 된 이후로 처음 받아보는 칭찬이었다.

"따라와. 포세이돈을 박살 낼 힘과 기회를 주지."

"저, 정말입니까?"

"그래, 그래서 팀 이름이 라그나로크야."

진우의 말에 메두사는 고개를 끄덕였다.

"아테나에게도 원한이 있지?"

"저주에 걸린 건 아테나 때문이 아니라, 아테나 신전의 규율 때문이에요. 규율을 어긴 신관들이 저승으로 가면 아테나가 다시 이승으로 데려오곤 했지요. 제 머리를 무기로 쓴 건 용서할 수 없지만……. 머리카락을 자르는 것으로 용서해 줄 의향이 있어요."

김대진 박사가 메두사의 말에 감동했다.

"크흑, 우리 팀원……. 참 착하군요."

김대진 박사가 울기 시작했다. 메두사가 망설이다가 손을 뻗어 등을 토닥여 주었다.

"메두사! 내가 너를 최고로 만들어주겠다! 따라올 수 있겠나?"

"네? 네! 부, 부탁드립니다!"

"좋아! 우리의 만남은 전설이 될 것이네!"

메두사와 김대진 박사의 뒤로 석양이 비치고 있었다. 진우는 잠시 그들을 바라보다가 페르세우스의 무구를 챙기고 우주선에 올랐다.

진우는 메두사를 데리고 기지로 돌아왔다. 기지에 있는 모든 이들이 성소에 속했기 때문에 석화의 저주에 면역이었다.

메두사는 감동했다. 다른 사람들이 자신의 모습을 보고도 전혀 이상하다고 생각하지 않았다. 곧 왜 그런지 알 수 있었다.

"흠, 냉각효율이 떨어지는군. 냉각기를 더 달아야겠어."

"그대에게는 녹색이 부족하다."

"음, 그럼 녹색 연기도 괜찮겠군."

"좋은 생각이다."

저승정복단을 본 순간 자신은 평범하다는 것을 깨달았다. 드래곤도 있었고, 페로라는 정체불명의 괴물도 존재했다.

특히, 총지배인은 상상 이상의 괴물이었다.

"메두사라 했나? 기어 다니는 소리가 시끄럽군."

"네?"

"주인님께서는 조용한 걸 좋아하신다. 예절 교육을 받도록."

메두사는 총지배인에게 끌려가 따로 교육을 받았고, 남는 시간은 모두 김대진 박사에게 개조 수술을 받았다.

헤라클레스와 같은 병실을 쓰게 되어 상당히 친해졌다.

메두사와 헤라클레스의 개조가 모두 끝났다.

헤라클레스도 라그나로크의 팀원이 되었다. 제우스의 아들이 제우스를 멸하는 건 꽤 볼만한 광경일 것이다.

헤라클레스는 딱히 아무 생각이 없어 보였다.

진우가 물은 적이 있었다.

"생전에는 고생만 죽어라 하고, 신이 되어서도 올림포스를 위한 일이라며 의미 없는 일만 시키더군요. 세계수 랜드에서의 생활이 훨씬 더 의미 있습니다. 어린아이들에게 꿈과 희망을 심어주는 일은 올림포스보다도 가치가 있는 일입니다."

헤라클레스의 애사심은 대단했다! 세계수 랜드의 복지에 큰 감명을 받은 상태였고 하는 일도 마음에 든 모양이었다.

역시 최고의 영웅다웠다.

헤라클레스는 안 그래도 현자 타임이 강하게 왔었는데, 세계수 랜드에서 일하며 극복한 상태였다. 도대체 올림포스 놈들은 무슨 일들을 시켜온 걸까? 페르세포네와의 대결을 떠올려 보면 대충 짐작이 되긴 했다.

진우는 자잘한 괴물들은 부하들에게 맡기고 진우는 신급 존재들만 직접 모으기로 했다. 다음 타깃은 에트나 화산 밑에 있는 티폰이었다. 대지의 여신 가이아와 타르타로스 사이에서 탄생한 괴물로 알려져 있다. 이곳에서는 조금 달랐다. 타르타로스에서 스스로 탄생한 신급 존재였다.

티폰을 영입한다면 그가 낳은 자식들은 모두 영입되는 것과 다를 바 없었다. 물론 헤라클레스에게 대부분 맞아 죽기는 했지만 말이다. 그 부분은 진우와 김대진 박사가 해결해 줄 수 있었다. 저승에 영혼이 있다면 되살리는 건 일도 아니었다.

진우의 앞에 김대진 박사와 메두사가 도착했다.

"자! 어서 가도록 하죠!"

"와아!"

김대진 박사가 주먹을 불끈 쥐며 외치자 메두사가 김대진 박사의 옆에서 손뼉을 치며 작게 환호했다.

진우는 메두사를 살펴보았다. 헤어밴드가 조금 더 커졌고, 티셔츠를 입고 있었다. 티셔츠 앞에 달린 주머니에 스마트폰이 보였다.

안경도 다른 것으로 바뀌었다. 모두 일상적인 부분이라 개조의 흔적을 찾을 수 없었다.

'음……'

정보의 마안으로 살펴보려다가 그만두었다. 이런 건 미리 알면 재미가 없었다.

아마 육체 랭크를 대폭 올린 게 아닐까?

"이게 바로 팀 라그나로크 우주선입니다!"

김대진 박사가 새롭게 제작한 우주선을 보여주었다. 만화에나 나올 법한 화려한 색상이었다. 성능은 최신 전함을 압축해놓은 것과 같았다. 마장기로 변신까지 한다는데, 진우는 그쯤에서 설명을 듣는 걸 멈추었다.

"일단 이동하자."

벌써 해가 저물고 있었다. 헬리오스를 납치해서 태양 마차를 공중에 머물게 하면 계속 낮일 테지만 그러기는 귀찮았다. 진우는 그들과 함께 우주선에 올라 에트나 화산으로 이동했다.

"크윽! 머, 멀미가……"

메두사는 멀미 때문에 몸을 쭈그렸다. 뱀 머리카락도 혀를 내밀고는 모두 기절했다. 에트나 화산은 끊임없이 용암을 분출하고 있는 활화산이었다. 에트나 화산 밑에 있는 티폰이 계속 난동을 부려 그런 것이었다.

티폰도 일단 신이기 때문에 불사였다. 온갖 고통 속에서도 죽지 않고 맨정신으로 갇혀 있으니 미칠 노릇일 것이다.

"화산지대가 꽤 크군."

"화산이 계속해서 폭발한다고 합니다. 쏟아지는 용암만 해도 엄청나겠지요."

화산지대는 대륙을 보는 것처럼 컸다. 신도, 인간도 접근하지 않는 불의 땅이었다. 본래는 찬란한 문명이 주변에 있었지만, 제우스가 티폰을 봉인한 순간 모두 멸망했다.

"이대로 진입하겠습니다."

"괜찮겠어?"

"결계가 있기는 한데, 분출구로 들어가면 문제없습니다."

폭발하고 있는 에트나 화산의 분출구로 들어갔다. 이 정도 고온으로는 우주선에 어떤 영향도 줄 수 없었다.

우주선에서 작은 구체들이 사출되며 주변을 탐색하기 시작했다. 바로 홀로그램 맵이 떠올랐다.

'장르가 바뀐 것 같은데……'

진우는 피식 웃었다. 에트나 화산 깊숙한 곳에 거대한 물체가 감지되었다. 아르카나의 본체보다 3배는 더 커 보였다. 신화 속의 설명에서는 키가 별에 닿을 정도로 크고, 두 팔을 벌리면 동쪽과 서쪽의 끝까지 닿는다고는 하는데, 그 정도로 거대하지는 않았다. 역시 신화는 과장이 심했다.

우주선이 티폰 쪽으로 다가갔다.

"저게 티폰이군."

거대한 지각에 짓눌려 있는 티폰이 보였다. 용암이 분출되며 지각에 계속 쌓이니 무게는 점점 더 늘어났다.

신화 속에서는 상반신은 인간, 하반신은 뱀이라 묘사되었지만, 그냥 날개 달린 거인의 모습이었다. 하반신에 마그마가 엉겨 붙어 뱀처럼 보일 뿐이었다.

우주선이 마그마 옆에 있는 뜨거운 바위 위에 착륙했다. 밖으로 나가자 후끈한 열기가 진우를 맞이했다. 사우나에 온 느낌이었다. 김대진 박사는 보호구를 착용한 상태였고, 메두사는 그냥 맨몸이었다.

메두사가 후다닥 우주선 밖으로 나왔다. 멀미가 사라지니 너무 행복해 보였다.

"크아아아! 제우스……! 으아아!"

티폰이 난동을 피우자 마그마가 치솟았다. 그는 간신히 몸을 일으키며 쭈그려 앉는 자세가 되었다.

티폰이 진우를 바라보았다.

"네놈……. 제우스가 보내서 온 건가!"

티폰이 거대한 손을 뻗어 진우를 공격했다. 진우가 가볍게 손을 쳐내자 티폰이 휘청거리며 쓰러졌다.

티폰은 긴장하며 진우를 바라보았다. 진우가 마력을 일으키자 마그마가 순식간에 얼어붙기 시작했다.

티폰은 크게 놀랐다. 열기가 식자 티폰의 이성 역시 돌아왔다. 눈앞에 있는 저 사내는 자신이 결코 범접할 수 없는 존재였다. 그걸 단번에 깨달았다.

"널 꺼내주겠다. 그리고 제우스에게 도전할 기회를 주지. 나에게 복종해라."

"제우스……!"

제우스라는 이름이 들리자 티폰의 얼굴이 구겨졌다.

"날 어떻게 꺼낼 생각이지? 나는 이제 손목과 발목의 힘줄이 없어 제대로 힘을 쓸 수 없다."

티폰이 그렇게 말했다. 그의 힘줄은 제우스가 가져갔다고 한다.

듣고 있던 김대진 박사가 씨익 웃으며 입을 뗐다.

"후후후! 그건 팀 라그나로크가 해결해 주겠네."

"팀 라그나로크?"

"그래, 내가 팀 라그나로크의 팀장일세. 그리고 이쪽은 첫 멤버인 메두사라고 하네."

갑작스러운 소개에 메두사가 화들짝 놀라면서 티폰에게 고개를 숙였다.

"저, 저는 포세이돈에게 겁탈당하고 괴물이 되었어요. 가, 같이 올림포스 신들을 없애 버려요!"

"……포세이돈, 제우스만큼이나 죽이고 싶은 놈이다."

피해자들끼리 이야기가 잘 통했다.

티폰은 진우를 바라보았다.

"좋다! 날 꺼내다오. 제우스를 없앨 수만 있다면 노예든, 뭐든 되겠다!"

"계약 성립이군."

티폰을 이곳에서 꺼내준다면 바로 계약이 성립될 것이다. 그 방법은 김대진 박사가 알고 있었다.

김대진 박사는 음침하게 웃었다.

"후, 후후! 팀 라그나로크의 첫 멤버 메두사가 활약할 차례로군! 메두사!"

"네! 팀장님!"

메두사가 티셔츠를 벗고 헤어밴드를 풀었다. 그리고 마지막으로 안경을 조심스럽게 벗어 바닥에 내려놓았다.

진우는 메두사가 어떤 모습을 보여줄지 궁금했다. 메두사는 고개를 들며 티폰을 누르고 있는 지각을 바라보았다.

뱀 머리카락이 곤두섰다. 뱀 눈이 붉게 달아올랐다. 메두사의 두 눈도 마찬가지였다.

김대진 박사가 지각을 향해 손을 뻗었다.

"가랏!"

김대진 박사가 외치자 메두사가 입을 크게 벌리며 비명을 질렀다. 그러자 메두사의 두 눈에서 빔이 뿜어져 나왔다.

그뿐만 아니었다. 뱀 머리카락의 뱀들이 일제히 입을 벌리자 수십 개가 넘는 빔이 뿜어져 나왔다.

콰가가가가가!

빔에 닿는 모든 것들이 부서지기 쉬운 돌로 변하기 시작했다. 그를 내리누르고 있던 지각이 가루가 되어 떨어졌다.

진우는 엄청난 광경에 멍한 표정이 되었다. 티폰도 마찬가지였다.

"뭐, 뭐야, 저건……."

티폰의 벌어진 입이 다물어지지 않았다.

"으하하하하! 이것이 바로 석화의 빔!"

그것은 석화의 저주, 그리고 소형 마력 엔진이 합쳐져 탄생한 석화의 빔이었다! 석화의 빔은 강력했다. 석화의 저주는 생명체에 한정된 저주였지만, 석화의 빔은 그렇지 않았다.

빔에 닿는 모든 대상이 부서지기 쉬운 돌이 되어버렸고, 조그마한 진동에도 바로 바스라지며 가루가 되었다. 더군다나 범위 역시 굉장히 넓었고, 물이 스며드는 것처럼 전염성마저 있었다. 도대체 어떻게 개조를 하면 저렇게 될까?

'세연은 그래도 선을 지키는 느낌이었지만……'

김대진 박사는 아니었다. 선을 아득히 넘어서고 있었다.

메두사의 머리카락인 뱀들이 미친 듯이 빔을 쏴댔다. 석화의 저주를 기반으로 하기 때문인지 에너지 효율이 좋았다.

그러나 곧 출력에 한계가 찾아왔다.

"더, 더! 더 출력을 높여야 한다!"

"팀장님…… 이제 하, 한계가……."

김대진 박사가 그렇게 말했지만 메두사의 빔이 조금씩 열어지기 시작했다. 아직 지표면까지 도달하려면 꽤 남았는데, 출력이 급격히 떨어졌다.

김대진 박사가 메두사를 보며 고개를 끄덕였다.

"음, 아직 조정이 필요하군요. 그녀의 정신이 출력을 막고 있습니다."

"그래?"

이 정도만 해도 엄청난 것이다. 메두사는 대량살상병기 그 자체였다. 빔에 닿으면 모조리 돌이 되니, 작은 전함이나 마찬가지였다.

"분노를, 더욱 큰 분노를 일으켜라!"

김대진 박사가 리모콘을 꺼내 버튼을 눌렀다. 그러자 우주선의 날개 부분이 변형되더니 커다란 스피커가 되었다.

스피커에서 규칙적인 소리가 흘러나왔다. 피리 소리 같기도 하고 비가 내리는 소리 같기도 했다. 메두사의 눈빛이 흔들리기 시작했다. 뱀 머리카락도 마찬가지였다. 동공이 마구 소용돌이치다가 눈이 뒤집혔다.

"으, 으아아! 포세이돈 개새끼!"

메두사의 전신에서 붉은 기운이 흘러나오더니 전과는 비교도 되지 않을 크기의 빔이 뿜어져 나왔다.

"오……."

진우는 또다시 감탄했다. 저 기세라면 지표면까지 순조롭게 뚫릴 것 같았다. 설명해 달라는 표정으로 김대진 박사를 바라보자 김대진 박사가 씨익 웃었다.

"최면 요법입니다."

"최면?"

"최면을 걸어 정신적인 리미트를 해제하는 수법입니다. 지금 메두사의 눈에 모든 것이 포세이돈으로 보일 겁니다. 메두사는 기본적으로 뱀이니 피리 소리를 베이스로 했습니다."

메두사처럼 괴물의 본능이 남아 있지 않으면 걸리지 않는다고 한다.

김대진 박사. 역시 여러모로 위험한 존재였다.

콰가가가가!

순식간에 지표면까지 거대한 구멍이 뚫렸다. 구멍을 중심으로 회색빛이 점차 퍼져 나가며 모두 가루가 되어 흩날리기 시작했다. 이 정도면 거대한 티폰이라고 하여도 밖으로 나갈 수 있을 것이다.

진우는 티폰을 바라보았다.

"어때? 이 정도면 탈출할 수 있겠지?"

반응이 없었다. 메두사의 빔을 보고 멍한 표정이었던 티폰은 고개를 숙이고 있었다.

"티폰?"

티폰이 천천히 고개를 들었다. 그의 얼굴은 잔뜩 일그러져 있었고, 두 눈에서는 붉은 기운이 흐르고 있었다. 전신 근육이 꿈틀거렸다. 사지에 힘줄이 없었지만 강인한 근육은 여전히 남아 있었다.

"이건 흥미로운 반응이군요. 일단 우주선으로 가시지요."

"그러는 게 좋겠군."

진우와 김대진 박사가 우주선에 타고는 밖으로 나갔다.

음악이 끊겼음에도 메두사의 빔은 멈출 기세를 보이지 않았다. 아래를 내려보니 에트나 산맥이 잿빛으로 물들며 바스라졌다. 흩날리는 가루가 마치 화산재처럼 보였다.

거대한 구멍이 점점 넓어지기 시작했다.

[티폰이 팀 라그나로크에 합류하였습니다.]

콰아아앙!

메두사의 빔에 의해 물렁해진 대지를 뚫고 무언가 튀어 올랐다. 거대한 육체를 지닌 티폰이었다.

"제우스! 제우스 이 개자식!"

티폰이 날뛰자 물렁한 대지가 마구 박살이 나며 용암처럼 치솟았다. 메두사는 지치지도 않는지 계속 빔을 쏴댔다. 대륙처럼 넓은 화산지대가 순식간에 지옥으로 변했다. 그뿐만 아니라 화산지대 지각이 모조리 내려앉으며, 거대한 지진이 발생했다. 주변 바다에 해일이 일기 시작했다.

마침 제우스, 포세이돈, 그리고 아레스의 권능을 받은 아테네 전사들이 거대한 배를 타고 화산지대로 오고 있었다.

그들은 티폰의 숨결을 완전히 끊기 위해 파견된 이들이었다. 용암을 견딜 수 있는 망토가 있었고, 티폰을 확실히 멸하기 위해 헤파이스토스가 수십 년 동안 제련한 검이 있었다. 신의 힘을 빼앗는 검이었다. 제우스가 숨겨놓은 비장의 무기였다. 전사들은 모두 제우스와 포세이돈, 또는 다른 신들의 피를 이어받은 반신반인이었다. 티폰을 멸한 신화적인 이야기가 자손 대대로 퍼져 나갈 것이다!

"올림포스의 신이시여, 우리에게 괴물과 맞서 싸울 힘을!"

"어?"

"저, 저건?"

그들은 포세이돈이 축복을 내려 건조한 배를 타고 있었다. 지각이 완전히 박살 난 충격으로 발생한 해일은 엄청났다. 너무나 거대해서 올려다봐도 그 끝이 보이지 않을 정도였다.

그들이 탄 배가 너무나 작아 보였다.

"아……."

"포, 포세이돈이시여……."

"으악! 뭐야, 저건!"

해일이 그들을 덮쳤다. 그들의 배는 해일을 견디기에 너무 나약했다. 그들이 두르고 있던 망토는 용암을 견디는 망토일 뿐, 바다에서는 아무런 소용이 없었다.

오히려 바닷물을 머금은 망토가 온몸을 결박했다. 바다에 빠져 바둥거리다가 그대로 해일에 휩쓸리며 사라졌다.

[포세이돈이 눈을 깜빡입니다. 바다의 신이지만 워낙 순식간에 일어난 일이라 손을 쓸 수 없었습니다.]

[제우스가 할 말을 잃습니다.]

[아테나가 발을 빼기 시작합니다.]

진우는 그런 상황은 모르고 있었다. 그저 마구 날뛰고 있는 티폰과 미친 듯이 빔을 사방에 뿌리고 있는 메두사를 멍하니 바라보고 있을 뿐이었다.

"하하하! 역시 광기는 위대하군요."

"저거 멈추게 할 수는 없는 거야?"

"아! 그러고 보니 해제 음악을 만들지 않았습니다."

"……그렇군. 그럼 기다리는 수밖에 없겠네."

잠잠해질 때까지 기다리는 수밖에 없었다. 메두사가 비명을 지르며 하늘을 향해 빔을 쏘았다. 거대한 빔이 하늘에 떠 있는 태양을 향해 뿜어져 나갔다.

"무, 무슨?! 으악!"

헬리오스가 비명을 질렀다. 얼마 전 태양 마차가 박살 난 이후에, 막대한 차원 금화를 투자해서 새로 태양 마차를 뽑은 상태였다. 기스라도 날까 애지중지했는데, 빔이 스쳐 지나가더니 순식간에 가루가 되어버렸다.

"아……."

다시 노을이 지기 시작했다.

[헬리오스가 파업을 선언합니다. 아폴론이 헬리오스 대신 태양 마차를 운행하기 시작합니다.]

태양 마차를 끄는 건 중노동이었다. 뜨거운 태양 때문에 신이라고 하더라도 피부가 다 망가졌고, 휴일도 없었다. 아폴론은 얼떨결에 그런 중노동을 이어받게 되었다.

메두사와 티폰이 진정하기까지는 꽤 시간이 걸렸다.

아무튼 그렇게 티폰이 팀 라그나로크에 합류하게 되었다.

그 후로도 팀 라그나로크의 멤버들이 하나둘씩 늘어났다. 진우는 메두사와 티폰을 시작으로 여러 괴물들을 모았다. 메두사 이외에 가장 대중에게 잘 알려진 괴물은 히드라와 스핑크스였다.

히드라는 9개의 머리를 지닌 뱀이었다. 한 개의 머리가 불사여서, 헤라클레스에게 8개의 목이 베어지고 봉인되어 있던 것을 진우가 기지로 데려왔다. 김대진 박사가 기존의 머리 대신 여러 기능이 달린 8개의 머리를 달아주었다. 이제 히드라가 아니라 '엘레멘탈 히드라'였다. 헤라클레스와 과거의 일을 잘 청산해서 잘 지내게 되었다. 가끔 맥주도 한잔한다고 한다.

'스핑크스는······.'

스핑크스를 데려오는 건 어렵지 않았다. 지구의 수수께끼와 넌센스 퀴즈를 알려주는 조건이었다. 스핑크스는 굉장히 만족해했다.

스핑크스가 헤라클레스를 바라보았다.

"미소의 반대말은?"

"으, 음, 슬픈 표정? 화남? 눈물?"

"당기소. 흐, 흐하하하!"

스핑크스 역시 팀 라그나로크의 멤버답게 제정신이 아니었다. 거대한 티폰은 예상외로 인기인이었다. 골든 엔젤과 천족들이 티폰을 졸졸 따라다녔다.

"와, 천사인데 엄청 크네요!"

"대박! 이렇게 크다니!"

"아저씨 키 몇이에요?"

"대장으로 모실게요!"

티폰은 날개가 달린 거인이었다. 천족이나 골든 엔젤이 볼 때는 엄청나게 커다란 천사처럼 보였다. 신의 힘도 가지고 있으니 더더욱 그렇게 보일 수밖에 없었다.

티폰도 갑작스러운 인기가 기쁜 모양이었다.

'조금 특이하긴 하지만 다 그럭저럭 착하군.'

제우스나 포세이돈 같은 올림포스 신들에 비하면 양반이나 마찬가지였다. 메두사와 저승정복단은 굉장히 친해져서 거의 매일 붙어 있었다. 저승정복단 사이에 메두사가 끼니 메두사가 오히려 평범해 보였다.

진우가 기지 중앙에 세워진 천막에서 아르카나가 따라준 커피를 마시고 있을 때 세연이 다가왔다.

"악신이시여!"

"……그건 뭐야?"

"악신의 신도 컨셉입니다!"

세연은 검은 로브를 두르고 있었고, 얼굴에 검은 문양이 그려져 있었다. 그러고 보니 유나도 그렇고 모두 비슷한 차림이었다. 취향은 존중해 주도록 하자.

"드디어 타르타로스의 입구를 발견했습니다. 티폰의 도움이 컸습니다."

티폰은 타르타로스에서 태어난 터라 타르타로스에 대해 잘 알고 있었다. 세연이 홀로그램 장치를 작동시켰다.

"이게 타르타로스의 모습입니다."

"이건……."

홀로그램 장치에 떠오른 타르타로스의 모습은 흡사 미궁을 보는듯했다. 내부 모습은 아직 정확히 파악하지 못한 터라, 자세히 알 수 없었지만 상당히 높은 수준의 미로일 거라 짐작하고 있었다.

"미로를 통과해야 타르타로스의 깊은 곳에 닿을 수 있을 것 같아요. 아마도 그곳에 티탄들이 봉인되어 있겠지요."

"미로 이외에 다른 방해는 없나?"

"있습니다. 저승정복단이 들어가 봤는데, 자신과 같은 랭크의 몬스터들이 나타났다고 하더군요. 티폰의 말로는 그것이 타르타로스의 그림자라고 합니다. 그 때문에 제우스조차 함부로 타르타로스 밑으로 갈 수 없다고 합니다."

타르타로스는 미궁의 업그레이드판이었다. 저승정복단은 자주 들어간다고 한다. 그 이유는 미궁보다 훨씬 많은 경험치를 획득할 수 있어서였다.

세연은 그 이유를 분석해서 설명해 주었다.

"그림자를 없애면 흩어진 권능이 아바타에 깃들게 됩니다. 일종의 경험치라고 보시면 됩니다."

"미궁보다 경험치 효율이 좋은가 봐?"

"네, 대략 10배입니다."

"엄청나군."

현재 뉴월드 플레이어들은 미궁에서 랭크를 올리고 우주에서 돈을 벌고 있었다. 미궁의 10배라면 엄청난 수치였다. 전사들이 타르타로스에서 수련만하더라도 굉장하겠지만 그럴 수 없는 이유가 있었다.

타르타로스에서 죽게 되면 심연으로 끌려간다고 한다. 아바타는 애초부터 죽는 게 아니니 그럴 일은 없었다.

'신의 세계라 그런지 여러모로 까다롭군.'

타로타로스의 그림자가 침입한 상대와 같은 랭크의 적을 만들어낸다면, 자신이 들어가는 건 곤란했다.

진우가 잠시 고민하고 있을 때였다.

콰아앙!

밖에서 무언가 부딪히는 소리가 들렸다. 밖으로 나가보니 무언가 공중에서 떨어지며 진우 앞에 처박혔다. 티폰이 주먹을 쥐고 있었는데, 그에게 당한 것 같았다. 메두사 역시 차가운 눈빛으로 진우 앞에 처박혀 있는 것을 바라보았다.

"으윽……."

신음을 흘리며 몸을 뒤집었다. 진우는 아래를 바라보았다. 진우뿐만 아니라 주변에 있던 모두의 시선이 그것에 닿았다.

[SS+]아테나

지혜와 전쟁의 여신. 올림포스 12신 중 하나이다. 뛰어난 무력과 지혜, 지성을 겸비하여 신의 세계 백성들에게 제우스 다음으로 숭배를 받는 신이기도 하다. 아레스와 대립 관계에 있지만, 올림포스에서 전쟁이 선포되자 제우스가 강제로 화해시켰다. 제우스의 잔인한 전쟁 전략에 반감을 품고 있다.

그녀는 지혜를 상징하는 여신답게 줄을 잘 탄다.

[SS]전쟁의 여신: 모든 병장기를 자유자재로 다룬다.

[S+]지혜의 여신: 전술, 전략에 능하다.

[S+]순결한 사랑: 스틱스 강의 맹세를 뛰어넘을 만한 상대를 찾은 상태다.

바닥에 처박혀 있는 것은 아테나였다. 검은 촉수와 점액질이 몸에 잔뜩 묻어 있었다. 이곳까지 오면서 고생이 심한 것 같았다. 티폰이 아테나를 멸하고 싶어 했지만 진우가 바라보자 뒤로 물러났다.

"올림포스의 신이 여기에 왜 왔지?"

"이, 이야기를 나누러 왔습니다."

"그 전에 청산해야 할 일이 있지 않을까?"

진우가 메두사를 바라보자 아테나 역시 메두사에게 시선을 옮겼다. 아테나는 침을 꿀꺽 삼키며 고개를 끄덕였다.

진우는 메두사가 아테나를 고문하거나 노예로 만들어도 관여하지 않을 생각이었다. 그러나 메두사는 착했다. 아테나의 긴 머리카락을 단발로 만드는 것으로 용서를 해주었다.

김대진 박사가 아테나의 머리카락을 가지고 실험에 들어갔다. 여러 가지 검사를 거친 끝에 아테나는 진우와 면담을 나눌 수 있었다. 그녀의 표정은 초췌했다.

진우가 따뜻한 코코아를 건네자 조심스럽게 마셨다.

"그래, 할 이야기는?"

"저는…… 올림포스의 위선에 환멸이 났습니다. 신의 위엄을 위해 전쟁을 일으키고…… 죄 없는 사람들이 고통받곤 했지요. 신들은 넥타르를 마시면서 그걸 즐길 뿐입니다."

"그쪽 집안이 막장이기는 하지."

진우의 말에 아테나는 반박할 수 없었다.

"아레스는…… 수천만이 넘는 인간을 학살한 신입니다. 그런 아레스와 같이 있느니 차라리 올림포스를 떠나는 게 낫습니다."

"올림포스를 배신하겠다는 건가?"

"제가 생각하는 정의를 따를 뿐입니다."

진심으로 보였다. 아테나가 올림포스의 상황을 말해주었다.

"제우스가 병사를 모으고 있습니다. 벌써 수억에 이르는 병사들이 올림포스산 주변에 집결하였습니다. 제우스는 신의 규율을 깨고 넥타르를 병사들에게 먹이고 있습니다."

"넥타르?"

"네, 신에게 불멸을 깃들게 하는 음료이지요. 병사들은 죽어도 저승로 가지 않고 다시 부활할 것입니다. 여러 번 죽이지 않으면 죽지 않습니다. 죽는다고 하여도 결국…… 끔찍한 괴물이 되어 다시 태어날 것입니다. 그게 넥타르를 마신 인간의 말로입니다."

그건 조금 까다로웠다. 불멸의 전사를 거느린 제우스는 기세등등했다. 죽으면 모두 저승로 가게 된다. 제우스는 그걸 막기 위해 넥타르를 먹이고, 불멸의 군대를 만들었다. 최종적으로는 괴물이 되겠지만 그런 건 신경도 쓰고 있지 않았다. 제우스의 그런 생각에 아레스가 가장 좋아했다고 한다.

아테나가 환멸할 만했다.

진우는 아테나를 받아들이기로 했다. 어차피 성소에 속하게 되면 배신을 할 수 없었다.

"좋아, 받아주지. 단우천 밑에서 배우도록."

"네?"

진우가 호출하자 단우천이 천막 안으로 들어왔다.

"부르셨습니까!"

"그래, 신입 왔으니 잘 가르쳐 줘."

단우천의 얼굴에 진한 미소가 그려졌다.

"크흑, 저도 드디어 설거지에서 졸업을……."

"무, 무슨 소, 소리인가요?"

덥썩!

단우천이 아테나의 어깨를 잡았다.

"무슨 짓……."

"야, 미쳤냐?"

"네?"

"미쳐 가지고 선임에게 말대답한다?"

"아, 그, 그게 가, 갑작스러워서……."

"갑작스러우면 신 생활 끝나냐?"

"아, 아니요."

"니요? 니이이요? 니이이이이요?"

"아닙니다!"

아테나의 군기가 바짝 들었다. 역시 전쟁과 지혜의 여신답게 눈치가 빨랐다.

[아테나가 성소에 합류하였습니다. 칭호가 변경됩니다.]
[SS+]전쟁과 지혜의 여신 -> [A]성소의 막내

아테나는 스스로 지옥으로 굴러들어 왔다.

"불멸의 군대라……."

진우는 잠시 고민했다. 죽음조차 두려워하지 않는 군대. 그런 군대는 진우에게도 있었다. 그들은 오히려 죽음을 즐기기까지 하는 미친 자들이었다. 그들이야말로 진정한 괴물일 것이다.

"나도 치트키를 써야겠군."

진우는 씨익 웃었다. 그는 미친 자들을 더욱 미치게 하는 방법을 아주 잘 알고 있었다.

얼마 후 뉴월드 공식 홈페이지에 티저 영상이 올라왔다. 새로운 대형 컨텐츠의 예고였다.

'뉴월드 : 신들의 몰락!'

부제가 완전히 바뀌었다. 잼식 덕분에 이미 홍보는 확실하게 되고 있었다. 그러나 플레이어들을 흥분시킨 건 따로 있었다.

[신의 세계가 곧 여러분을 찾아갑니다!]

[뉴월드 플레이어 10억 돌파 감사 이벤트!]

1. 경험치 10배 이벤트! 타르타로스 미로를 돌파하라!

2. 이벤트 기간 동안 아바타 무한 부활(초기화×)!

접속만 해도 초보자 지원 상자 지급!

(D랭크 무기 상자, D랭크 방어구 상자, D랭크 악세사리 세트, D+랭크 악의
신도 코스튬 세트)

라그나로크에 합류하라! 팀 라그나로크와 연합을 결성하도록 하자.
(성좌들이 기술을 내려줄지도 모릅니다!)

이벤트 기간 동안 아바타 초기화가 되지 않습니다. 안심하고 마음껏
죽으세요!

경악할 만한 이벤트였다. 모두 미쳐 버렸다!

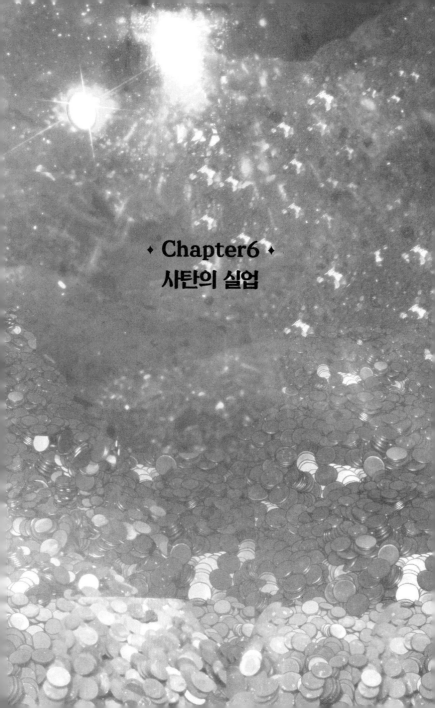

◆ **Chapter6** ◆
사탄의 실업

　진우의 지시로 공식 홈페이지에 간단한 티저와 함께 공지를 올렸다. 이번 뉴월드 : 신의 몰락은 우주 세계보다도 훨씬 더 매력적인 무대가 될 것이다. 굉장한 규모의 전투가 벌어질 예정이었으니 말이다. 우주 세계의 스케일보다 작을지는 몰라도 내용은 훨씬 알찼다.

　진우는 기지를 테마에 맞게 꾸미기 시작했다. 스토리는 대부분 사실 그대로 가져다 썼다. 올림포스 신들이 이재미를 납치했고, 선전포고를 해서 뉴월드를 침략한다는 내용이었다.

　뉴월드 플레이어들은 타르타로스에서 힘을 길러 올림포스의 군대와 대적하게 된다. 암흑제국과 신성제국에서 숭배를 하는 신인 악신, 그리고 미궁의 여러 성좌들이 뉴월드 플레이어들을 도와준다는 설정이었다.

　적이 뚜렷한 전쟁! 메인 퀘스트를 제외하고 모두 플레이어들끼리 싸웠을 뿐이었다. 그러나 그들이 힘을 합친다면? 그 시너지는 엄청날 것이다.

'퀘스트도 잔뜩 줘야겠군.'

뉴월드 플레이어의 고인물들은 이미 미궁에서 도달할 수 있는 랭크의 한계까지 온 상황이었다. 타르타로스를 이용한다면 엄청난 성장이 가능할 것이다. 무한 부활에 무려 경험치 10배 이벤트였으니까.

"나, 나는 지혜와 전쟁의 여신 아테나. 타락한 제우스에게 맞설 용사들이여 잘 왔다! 그대들은 타르타로스에……."

"대사 안 외웠냐?"

"지혜의 여신이라며. 야, 엎드려."

마법소녀들이 아테나를 갈구고 있었다. 아테나는 초보 플레이어들을 이끌어주는 NPC 역할이었다.

"죄, 죄송합니다!"

"죄송하면 신 생활 끝나냐?"

"아닙니다!"

아테나가 바닥에 엎드려 뻗쳤다. 단우천은 옆에서 흐뭇하게 웃고 있었다. 팀 라그나로크나 진우의 부하들이 NPC 역할을 하기로 했다.

진우는 기지를 둘러보았다. 기지도 순조롭게 확장되고 있었다. 지금까지 등장한 그 어떤 도시보다도 거대했다. 건물 대부분은 우주에서 제작 후 함선을 이용해서 이곳으로 가지고 왔다. 이곳에서 조립만 하면 되니 도시 확장 속도는 어마어마하게 빨랐다. 훔쳐보던 올림포스 신들이 경악할 정도였다.

도시의 중앙에는 거대한 신전이 있었다. 올림포스 신전보다 더 웅장한 신전이었다. 진우는 신전에 들어가 보았다.

'그럴듯하군.'

성좌들의 석상이 신전 안에 채워져 있었다. 총지배인을 시작으로 아르카나, 허영 등 군주급의 존재들이었다. 중앙에는 진우의 석상이 세워져 있었다. 검은 안대를 쓰고 있는 위엄 넘치는 모습이었다. 신전 안에는 마족들이 악신의 신도복을 입은 채 대기하고 있었다.

유나가 다가왔다.

"기본 시설은 모두 완성하였습니다. 나머지는 뉴월드 플레이어들에게 맡기면 될 것 같습니다."

"오픈일에 맞출 수 있겠군."

"네, 조금 아슬아슬했습니다."

도시 건물은 바퀴벌레 일족들이 모두 나서서 수고를 해줬다. 바퀴벌레 일족들을 전쟁에 투입하는 건 진우로서도 꺼려졌다. 신의 세계가 모두 잡아먹힐 수도 있었기 때문이다.

진우가 박살 내고 싶은 것은 올림포스 신들뿐이었다.

'일단 NPC로 쓰고는 있지만……'

도시 경비대나 도시 상인들 같은 자잘한 NPC는 모두 바퀴벌레 일족들이었다. 올림포스 신들이 도시로 쳐들어온다고 해도 함락당할 일은 없었다.

"개발부에서 제한은 어디까지 푸는지 알고 싶다고 합니다."

"모두 풀어."

"모두 말입니까? 알겠습니다."

뉴월드 플레이어들은 제약을 받아왔다. 이를테면 우주에서 다른 행성의 거주민을 건드려서는 안 된다든가, 같은 소속끼리는 PK가 불가능하다든가 하는 그런 제약이 있었다.

이건 전쟁이었다. 차원의 미래가 달린 진짜 전쟁이었다. 어느 정도의 광기는 필요하지 않을까?

유나의 표정이 조금 굳었다.

전 차원에서 가장 사악한 존재는 누구일까?

마족? 아니었다. 유나는 인간이라 생각했다. 인간은 마족들을 실업하게 만들 수 있는 유일한 존재였다. 마계에서 가장 사악하다고 소문난 사탄도 고개를 저을 정도였으니까. 그런 사악한 존재가 어떠한 제약도 없이 죽지도 않고 무한히 부활한다?

"……이곳의 전사들에게는 잔혹한 이야기가 되겠군요."

아직 전쟁이 시작도 하지 않았음에도 유나는 벌써부터 적들을 불쌍하게 생각했다. 제한이 풀렸다는 소식에 마족들이 기겁한 것은 그때부터였다.

"뭐, 뭐? 이, 인간들의 제약을 푼다고?"

"……악신께서 진정으로 노하셨구나!"

"어이어이, 올림포스 녀석들, 큰일 났구만."

"그런 사악한 존재들이 제약도 없이…… 아, 아아…… 차, 차원이 멸망해 버릴 거야. 악신이시여……."

마족들은 겁에 질려 버렸다.

오픈 일이 되었다! 친구들은 벌써 뉴월드의 이야기로 뜨거웠다. 한세나는 이제 막 성인이 된 대학생이었다.

고등학교 시절 방송으로 접한 뉴월드는 그녀의 마음을 들뜨게 했다. 그러나 성인 게임이었기에 아쉽게도 성인이 될 때까지 기다릴 수밖에 없었다.

마침 대규모 업데이트에 맞춰서 성인이 되었다! 세나의 친구들은 그녀를 많이 걱정했다. 순둥이처럼 착했고, 매번 손해만 보는 성격이었기 때문이다. 손해를 볼 때마다 세나는 웃어넘겼다. 그녀는 소심하기도 했고, 타인에게 싫은 소리를 하는 것도 어려웠다.

'게, 게임은 처음인데…… 괜찮겠지?'

초보자들도 쉽게 적응할 수 있게 여러 아이템도 준다고 한다. 세나는 아르바이트를 해서 모은 돈으로 접속기를 샀다. 그녀는 떨리는 마음으로 뉴월드에 접속했다.

"안녕하세요? 세나핑크공주 님 아바타를 생성하겠습니다."

"아, 네! 가, 감사합니다."

"그렇게 긴장하지 마세요."

닉네임을 아무렇게나 지은 게 부끄러웠다.

아름다운 천사가 아바타를 만들어주었다. 그녀는 화려한 인상을 동경하고 있었다. 눈매를 고치고 머리카락을 금발로 하는 것만으로도 인상이 달라졌다.

"세계를 선택해 주세요."

업데이트 전까지 초보 플레이어들은 미궁에 전송이 되었지만, 지금은 선택할 수 있었다. 미궁에는 초보자들도 쉽게 적응할 수 있도록 튜토리얼 프로그램이 있었다.

신의 세계는 훨씬 자유로운 세계라고 한다.

그녀는 망설이다가 신의 세계를 선택했다.

"세나핑크공주 님, 부디 지금의 순수함을 끝까지 지켜주세요."

"네?"

천사의 알 수 없는 말과 함께 바로 신의 세계로 전송되었다.

"와!"

광활한 대지와 높은 산맥, 그리고 아름다운 호수가 눈에 들어왔다. 세나는 감탄했다. 멀리 보이는 도시도 굉장히 아름다웠다.

'뉴월드를 하길 잘했어.'

그녀는 소심한 자신에게서 벗어나 자유를 느끼고 싶었다. 벌써부터 가슴이 벅차올랐다. 그녀와 마찬가지로 뉴월드를 처음 시작한 플레이어들이 보였다. 대부분 이제 갓 성인이 된 이들이었다. 세나는 용기를 내어 먼저 인사를 건넸다.

"아, 안녕하세요?"

"네, 안녕하세요? 뉴월드 정말 끝내주죠?"

"그, 그렇죠?"

"아바타 예쁘네요! 같이 다닐래요? 제가 보호해 드릴게요. 저 사실 예전에 뉴월드 했었어요. 이번에 계정 새로 파서 키우는 데 제가 다 알려 드릴게요. 혹시 대학생이세요?"

남자와 이야기를 하는 건 처음이었다. 세나는 곤란한 표정이 되었다. 남자는 끈질기게 달라붙었다. 몸을 훑어보는 눈빛이 징그러웠다.

두드드드드!

거대한 도시 쪽에서 무언가 다가왔다. 세나는 고개를 갸웃하며 그것을 바라보았다. 거대한 마차였다. 마차를 끄는 건 말이 아니었다. 녹색 팬티만 입고 있는 근육질의 사내였다.

"아……."

충격적인 비주얼에 세나의 정신이 혼미해졌다. 마차가 세나의 앞에 멈추었다. 근육질의 남자는 이제 막 접속한 초보자들을 바라보았다.

"뉴 월드에 잘 왔다. 나는 초보자들을 교육하고 있는 남자는 한손검이다. 나를 따라온다면 정예 병사로 만들어주마."

"나, 남자는한손검?"

"최상위 랭커……."

이미 그의 이름은 유명했다. 방송에서 보인 모습은 그만큼 대단했다. 마차에는 커다란 간판이 붙어 있었다.

'정예 신병육성', '최단기 하드 트레이닝', '살아남는 자가 강한 것이다! 신개념 배틀로얄 교육법'.

초보자들은 남자는한손검의 비주얼과 마차의 문구 때문에

뒤로 주춤 물러났다. 세나도 마찬가지였다. 너무 위험해 보였다.

"흐음, 애송이들뿐이로군. 자기 자신을 극복하고 싶지 않은가! 새로운 자신을 발견할 기회이다!"

남자는한손검의 목소리는 마치 천둥 같았다. 초보자들은 남자는한손검의 시선을 피했다. 남자는한손검이 실망하며 고개를 저을 때였다.

"새로운 자신……?"

"호오."

세나는 고민했다. 저자를 따라가면 소심한 자신을 바꿀 수 있지 않을까?

"저, 정말 그렇게 될 수 있을까요?"

"그렇다. 너는 자질이 있군."

세나가 남자는한손검에게 한 발자국 다가가자 초보자들이 움찔했다. 인사를 나눴던 남자가 다급히 입을 뗐다.

"아, 안 돼요! 저, 저자에게 무, 무슨 짓을 당할지 몰라요! 아, 악명이 엄청나다고요. 변태가 부, 분명합니다!"

남자는한손검이 그를 바라보았다. 그는 움찔했지만 물러나지 않았다. 어느 게임이든 초보자는 보호받게 마련이었다. 뉴월드 : 미궁도 그러했다.

그러나 그는 신의 세계가 어떤 곳인지 몰랐다.

남자는한손검은 그를 바라보지 않았다. 오로지 세나에게 시선이 집중되어 있을 뿐이었다.

"소녀여, 이름이 무엇인가."

"세, 세나핑크공주입니다."

"좋은 이름이군. 역시 자질이 있어."

남자는한손검이 아공간에서 단검 하나를 꺼내 바닥에 던졌다. E랭크 단검이었다.

"달라지고 싶다고 했나?"

"……네."

"단검을 들어라."

세나가 주춤거리다가 단검을 들었다. 남자는한손검이 손가락으로 남자를 가리켰다.

"저자를 죽여라."

"네? 주, 주, 죽이라고요?"

"그래. 심장에 단검을 박아 넣어라. 그 단검은 네 신체 능력을 높여준다. 아주 쉬울 것이다."

"하, 하지만……."

단검이 마구 떨렸다.

"언제까지 패배자로 살 생각인가?"

"으읏."

"책임지지 않아도 될 자유가 눈앞에 있다! 저질러라! 그리고 책임을 외면해라! 이곳은 그런 곳이다!"

세나는 눈을 질끈 감았다. 남자는한손검의 말을 들으니 신기하게도 떨림이 줄어들었다. 그녀는 초점이 없는 눈빛으로 남자를 바라보았다. 그에게 다가갔다.

"자, 잠깐……."

남자는 뒤로 넘어졌다. 주변에 있는 초보 플레이어들은 외면했다. 남자 플레이어들에게는 굉장히 거들먹거렸고, 여자 플레이어에게는 징그럽게 달라붙었기 때문이었다.

"이, 이건 불법이야! 나, 난 초보 플레이어라고!"

"자유에 초보와 고수 같은 건 없다."

남자는한손검이 그렇게 말했다.

세나는 비명을 내지르며 단검을 앞으로 강하게 뻗었다. 남자의 가슴에 단검이 박혔다.

푸수숙!

피가 뿜어져 나오더니 남자의 육체가 무너졌다. 아바타가 바스라지며 사라졌다.

"아……."

세나는 얼굴을 감싸 쥐었다.

공포? 두려움? 아니었다. 짜릿했다.

손이 덜덜 떨릴 만큼 짜릿했다.

"아아!"

[충성의 그림자(총지배인, 지구)가 그녀를 눈여겨봅니다.]

[몽환과 회귀의 악마(릴리스, 마계)가 그녀에게서 여왕이 될 자질을 발견합니다. 그녀에게 기술 '매혹'을 하사합니다.]

황홀에 젖은 세나의 모습에 남자는한손검이 고개를 끄덕였다.

"어떤가."

"뭔가 다, 달라진 것 같습니다."

"달라진 게 아니다. 그것이 네 안에 있던 본래의 너다."

"본래의 나……?"

"마차에 타라."

세나가 마차에 올랐다. 주변에 있던 플레이어들도 고개를 끄덕였다.

"이게 자유……."

"그래, 이런 걸 원했어."

무엇엔가 홀린 듯 초보 플레이어들도 마차에 탑승했다. 마차가 향한 곳은 도시가 아니었다. 도시 외곽에 있는 척박한 곳이었다. 남자는 한손검이 고안한 최단기 랭크업 코스. 무한히 부활하는 아바타의 특성을 이용한 잔혹한 배틀로얄!

그것은 사람 자체를 바꿔놓는 악마의 코스였다. 저승정복단과 그를 따르는 전사들이 초보자들을 그곳으로 납치해 오기 시작했다.

"왜 안 오지?"

초보자 플레이어들의 교육을 맡기로 한 아테나는 아무도 없는 연무장에서 고개를 갸웃했다. 손에 깨알 같이 적어놓은 컨닝 페이퍼가 아까워지는 순간이었다.

진우는 각종 지표를 보며 고개를 끄덕였다. 타르타로스 공략은 순조롭게 이루어지고 있었다. 타르타로스를 공략하면서 뉴 월드 플레이어들의 정체되었던 랭크 역시 크게 올라가고 있었다. 제임스딘과 가짜 회귀자들의 활약도 컸다.

타르타로스는 심연 그 자체였다. 절망과 두려움 같은 감정을 불어넣으며 영혼을 심연으로 끌고 가는 어둠이었다. 그러나 뉴 월드 플레이어에게는 통하지 않았다.

[타르타로스의 미로가 절망을 부여하려 합니다. 주부식칼이 절망을 튕겨냅니다. 짜릿한 손맛! 그녀는 학살에 재미를 느끼고 있습니다!]

[타르타로스의 미로가 모두가 두려워할 괴물을 소환합니다. 고간미사일이 기뻐합니다. 와! 돈이다! 저 괴물은 새로운 소재가 될 것 같습니다!]

모든 것이 유희였기 때문이다. 플레이어는 두려움을 몰랐다.

"도시 주변에 정찰대가 나타났습니다."

"드디어 움직였군."

"조금 이르군요. 아직 타르타로스 공략이 끝나지 않았습니다."

마침 저승정복단이 그쪽에 가 있다고 한다. 진우는 올림포스 전사들의 수준을 볼 겸, 직접 가보기로 했다.

도시에서 나와 정찰대가 있는 곳으로 향했다. 인근 마을의 근처에서 휴식을 취하고 있는 상태였다.

진우는 언덕 위에서 그들을 관찰했다.

[B]불멸의 전사
'올림포스를 위하여!'
넥타르를 마셔 불멸의 힘을 얻은 전사. 여러 번 죽음을 맞이해
도 다시 부활한다. 그들은 피와 장기 대신 하얀 넥타르 기운을 흘
린다. 부활 숫자가 한계에 이르면 흉폭한 괴물로 변한다. 괴물이
되면 모든 랭크가 한 단계 상승하게 된다.

제우스가 자신할 만했다. B랭크에 이르는 전사들이었다. 그
것도 죽어도 여러 번 다시 태어나는 전사. 마지막에는 괴물로
변하기까지 했다. 괴물이 죽으면 그 영혼은 저승에 가겠지만,
제우스는 그전에 많은 피해를 줄 수 있을 거라 생각한 것 같았
다.
'쓸어버릴까?'
진우가 잠시 고민하고 있을 때였다. 마을 사람의 복장을 한
여인이 허겁지겁 뛰어왔다.
"도, 도와주세요!"
"무슨 일입니까?"
전사들이 자리에서 일어나며 여인에게 다가왔다. 전사들은
영웅심이 넘쳤다. 신에게 선택받은 전사라는 자부심이 하늘을
찌르고 있었다. 전사의 품에 여인이 안겼다. 전사의 얼굴이 단
번에 풀어졌다. 그만큼 여인은 매혹적이었다.

"괴, 괴물이 사, 사람들을……!"

"아레스 님의 축복을 받은 이 갈라우스가 있으니 걱정 마십시오! 어디입니까?"

여인이 쩔뚝거리며 안내하자 갈라우스가 그녀를 부축했다. 향긋한 향기에 칼라우스의 콧구멍이 벌렁거렸다.

갈라우스와 전사들은 그녀를 따라 숲속 깊은 곳으로 갔다. 진우는 그 광경을 보다가 고개를 갸웃하고는 따라갔다.

"저, 저 동굴이에요. 저 동굴로 마을 사람들을 끌고 갔어요!"

"저희가 구해 드리겠습니다!"

"고마워요."

갈라우스와 전사들이 동굴 안으로 들어갔다. 죽어도 죽지 않으니 그들은 용감했다. 동굴 안에는 거대한 거미가 있었다. 그들은 거미와 사투를 벌였다. 거미는 B랭크에 이르는 그들이 쉽게 상대할 수 없을 정도로 강력했다.

진우는 여인에게로 시선을 옮겼다. 여인은 진한 미소를 그리며 동굴을 바라보고 있었다.

'뉴월드 플레이어가 분명한데…….'

이름이 세나핑크공주였다.

왜 저렇게 이름 지을까? 진우는 도저히 알 수가 없었다.

갈라우스와 전사들이 동굴 밖으로 나왔다. 그들은 피투성이가 되어 있었다. 독에 당하기는 했으나 죽지는 않은 모양이었다.

"미안합니다. 마을 사람들은 없었어요. 이미 잡아먹힌 것 같습니다."

"아…… 그런……."

세나가 비틀거리자 갈라우스가 잡아주었다.

"일단 저희와 함께 마을로……."

푹!

"어?"

갈라우스의 목에 큰 바늘이 꽂혔다. 세나가 꽂아 넣은 것이
었다. 그는 비틀거리다가 주저앉았다.

푸쉭!

"무, 무슨!"

"윽!"

숲 쪽에서 날아온 바늘이 전사들의 목에 꽂혔다. 전사들은
거미의 독에 몸이 무뎌진 상태라 피할 수 없었다. 바늘에는 강
력한 마취독이 발라져 있었다. 전사들이 몸을 부르르 떨다가
기절했다.

숲에서 초보자 장비를 찬 플레이어들이 나타났다. 그들의 얼
굴에는 비열한 미소가 가득했다. 세나 역시 마찬가지였다.

"그렇게 쉽게 사람을 믿으니 그 꼴이 되지."

세나가 옷을 거칠게 벗자 노출이 있는 검은 타이즈 복장이
드러났다. 몸에 달린 쇠사슬과 어울리며 야릇하지만 카리스마
있게 느껴졌다.

"멍청한 올림포스 놈들……. 아! 누님, 수고하셨습니다."

"그래, 빨리 묶어라."

"넵!"

플레이어들이 전사들을 포박했다. 아직 기절하지 않은 갈라우스가 눈을 부릅뜨며 세나를 바라보았다.

"도, 도대체…… 무슨 짓……."

"고마워. 덕분에 값비싼 거미를 잡을 수 있었어."

"하, 함정……?"

갈리우스가 허망한 표정이 되었다. 초보 플레이어들이 환한 표정을 지으며 거미 사체를 가지고 나왔다.

저 거미에는 높은 금액에 거래되는 소재가 엄청 많았다. 세나는 가리우스를 바라보며 진한 미소를 지었다.

"크흑! 사악한 년! 우, 우리를 어쩔 셈이냐."

"너희는 죽여도 죽지 않더군. 미끼로서 최고이지 않아? 저 산에 인간과의 교미를 좋아하는 전갈이 살던데…… 교미를 할 때 약점이 드러난다더군."

"허, 허억! 이, 이, 악마!"

하하하!

갈라우스의 말에 세나와 주변에 있던 플레이어들이 웃었다.

"뭐, 뭐가 웃기지?"

"우리는 악신의 신도이니 악한 게 당연하잖아."

"아, 악신……. 아, 안 돼!"

플레이어들이 전사들의 무장을 홀딱 벗겼다. 그들의 무장은 꽤 좋은 것들이었다. 감정 스킬을 가진 플레이어가 환한 미소를 그렸다.

"호오, 이건 30만 원 정도에 팔 수 있겠군요. 와! 누님, 이건 100만 원도 가뿐하겠는데요? 엇! 이놈의 앞니가 크리스탈입니다."

"그것도 뽑아. 음, 전리품은 공평하게 나누자."

"에이, 그래도 누님이 다 하셨는데."

"우리는 한 팀이잖아."

세나의 말에 플레이어들이 감동했다.

"크흑! 역시 암흑의 세나핑크공주……. 누님 평생 따르겠습니다!"

이렇게 보면 참 훈훈한 광경이기는 했다.

세나는 잠시 갈라우스를 바라보았다. 죄책감이 들어서일까? 갈라우스는 한 줄기 희망을 담은 눈빛으로 그녀를 바라보았다. 하지만 희망은 곧 깨지고 말았다.

"전갈을 잡은 후에 타르타로스에 미끼로 넣어보면 어떨까? 돈을 받고 대여해 주면 좋을 것 같지 않아?"

"오, 누님! 그것도 좋을 것 같군요!"

역시 세나핑크공주! 굉장히 좋은 생각이었다!

플레이어들이 전사들을 질질 끌고 갔다. 진우는 멍한 표정으로 세나와 초보 플레이어들을 바라보았다. 그들은 B랭크보다 한참 낮은 초보들이었다. 그런데 B랭크 전사들을 농락해 버렸다. 그들의 가슴에는 금빛 뱃지와 검은 뱃지가 달려 있었다.

'저승정복단 배틀로얄 우수 졸업생', '우수한 악신의 신도'.

진우는 침을 꿀꺽 삼켰다.

'이제는 돌이킬 수 없어.'

어쩌면 자신이 타르타로스보다도 어둡고 티폰보다도 더 거대한 악을 깨워 버렸는지도 몰랐다.

전쟁이 다가왔다. 전쟁이 다가올수록 긴장감이 흘러야 했지만 도시는 굉장히 평화로웠다. 그냥 평소의 뉴월드였다.

수많은 뉴월드 플레이어가 웃으면서 타르타로스에서 사냥을 했고, 주변 지역을 정찰하며 괴물들을 잡아 왔다. 괴물이 돈이 된다고 판단되면, 바로 우르르 몰려가 씨를 마르게 했다. 심지어 맛있게 생긴 괴물 같은 경우에는 요리가 되어버렸다. 도시 안에 노점상도 들어서기 시작했다.

'큰 거미 다리 튀김 팝니다!'

'거대 메뚜기 구이 팝니다! 맥주랑 먹으면 꿀맛!'

숙박업도 성행했고, 음식은 큰돈이 되었다. 뉴월드 플레이어는 장비 다음으로 음식에 돈을 많이 썼다. 살찔 걱정 없이 마음껏 먹을 수 있었기 때문이다.

음식이 큰돈이 되자 뉴월드 플레이어들은 괴물들뿐만 아니라 들판에 있는 동물들을 마구 잡았고, 그것마저 부족해지자 먼 곳으로 원정까지 가게 되었다. 드넓은 바다를 발견하자 뉴월드 플레이어들이 마구 몰려들었다.

바다는 먹을 것도 많았고 괴물들도 많았다. 물론 괴물들이 가장 맛있었다. 도시에서 바다까지의 거리는 꽤 되었지만 그들에게는 우주선이 있었다. 우주선은 우주의 혹독한 환경에서도 견딜 수 있게 제작되었다. 마력 실드를 전개하고 약간의 개조를 거치니 바다에서도 충분히 활용이 가능했다.

뉴월드 플레이어들의 협동력은 대단했다. 처음에는 채집이나 채굴 같은 것을 즐겨하는 생산 길드들이 투입되었다.

"모두 준비됐지?"

"흐흐, 오늘은 뭐가 잡히려나!"

"저번에 뿔 달린 고래가 꽤 괜찮게 팔리던데……"

그들은 운석을 채굴하며 많은 노하우를 습득했다. 우주선과 우주선 사이에 마력 실드를 이용해 큰 그물을 만들고 바로 바닷속으로 들어갔다. 바다 깊은 곳까지 쓸고 지나가며 모조리 긁어모았다. 괴물들은 별미 중 별미였다.

신의 세계라 그런지 물고기 맛도 굉장히 좋았다. 도시에 횟집들이 등장했고, 굉장히 맛있는 물고기가 잡히기 시작했다.

[올림포스 신들만 먹을 수 있는 '신의 물고기'의 숫자가 크게 줄어들어 멸종 위기 상태입니다.]

[올림포스 신전에서 전쟁을 준비하던 포세이돈이 경악합니다. 바다로 이동하고 싶지만 현재 트리아이나를 이용해 넥타르를 만드는 중입니다!]

신의 물고기는 포세이돈이 바다 깊은 곳에서 황금만을 먹여 키운 물고기였다. 뼈와 비늘이 모두 보석처럼 빛났다. 이곳 주민들은 신의 물고기를 잡게 되면 모두 기겁하며 풀어주고 바로 포세이돈에게 사죄의 기도를 올렸지만 뉴월드 플레이어는 달랐다. 아예 서식지까지 쳐들어가 씨를 말렸다. 뉴월드 플레이어들은 신의 물고기를 보석 물고기라 불렀다.

신의 물고기를 잡다 보니 심해 깊은 곳까지 도달했다.

"음, 많이 줄어들었네."

"또 젠되겠지. 그냥 다 잡자."

신의 물고기뿐만 아니라, 바닷속 인어들이 먹고 사는 주식들까지 모조리 쓸어갔다. 심해 바닥에 있는 빛나는 산호들까지 순식간에 사라졌다. 한 번에 거대한 우주선 수십 대가 쓸고 지나가니 버텨낼 재간이 없었다. 뉴월드 플레이어들은 바다형 행성들을 그렇게 쑥대밭으로 만든 전력이 있었다.

우주선들이 심해까지 쓸어버릴 때였다.

"어? 저게 뭐지?"

"도시?"

"오, 설마 새로운 던전인가?"

심해에서 궁전을 발견하게 되었다! 거대한 구체에 둘러싸여 있는 궁전이었다.

심해도시 아틀란티스. 포세이돈이 기거하는 곳이었다.

바닷속 온갖 보석으로 만들어진 포세이돈의 궁전이 있는 도시였다. 포세이돈의 정예 부대가 도시를 지키고 있어야 했지만, 현재 전쟁 준비로 이동한 상태였다. 심해 깊은 곳에 있어 제우스조차 쉽게 침입할 수 없었기에, 포세이돈은 완전히 방심하고 있었다. 뉴월드 플레이어들은 궁전을 관찰했다.

[갑작스러운 침입에 포세이돈이 깜짝 놀랍니다.]

"저건 돈이 되겠군."

"길드 연합에 연락하겠습니다."

연락하자마자 도시에 있던 수백 대의 우주선들이 날아올랐다. 바로 바닷속으로 들어가 아틀란티스 궁전으로 이동했다. 거대한 고래들이 등장했지만 우주선에 비하면 너무나 작아 보였다.

콰가가가!

마력 빔은 바닷속에서도 위력이 줄어들지 않았다. 마력빔을 맞은 고래들은 채집선에 의해 수집되어 사라졌다.

길드 연합장을 맡고 있는 자는 우주에서 해적으로 이름을 날렸던 플레이어였다. 대장은 현재 저승정복단에 있었고 부대장인 그가 연합장이 되어 길드를 이끌고 있었다.

그의 이름은 '돌격약탈맨'이었다.

"저 구채가 결계 같은 걸로 보입니다!"

"뚫고 들어가!"

"네!"

우주선이 아틀란티스의 거대한 결계를 뚫고 안으로 들어갔다. 안에는 지상과 비슷한 환경이 조성되어 있었다. 포세이돈에게 선택받아 화려한 생활을 즐기던 사람들이 멍하니 우주선을 바라보았다.

"저건……?"

"뭐지? 하얀 고래?"

"포세이돈 님이 데려온 건가?"

아틀란티스 시민들이 멍하니 우주선을 올려다보았다. 아직까지는 위기감을 찾아볼 수 없었다. 근심 걱정 없는 평화로운 생활을 아주 오랫동안 영위해서였다.

길드연합장 돌격약탈맨은 아름답게 빛나는 도시를 보며 비릿한 웃음을 머금었다. 그의 주변에 있는 간부들도 마찬가지였다. 아틀란티스는 굉장히 먹음직스러웠다.

"음, 요즘 기대되는 신입이 있다던데?"

"네! 세나핑크공주와 그녀의 부대입니다. 뉴월드에 접속한 지 얼마 안 된 뉴비들이라 개개인의 무력은 약한 게 흠이긴 합니다."

돌격약탈맨은 고개를 끄덕였다. 세나핑크공주의 활약상은 들은 적 있었다. 정찰대를 생포해 와서 나약한 올림포스 놈들의 정보를 알려주었다.

나약한 올림포스 전사들을 계속 죽이다 보면 괴물이 되는데, 그 괴물은 여러모로 유용했다. 많은 기운이 담겨 있는 보석을 품고 있었기 때문이다.

"무력이라……. 음, 그녀의 부대에 최신형 마장기를 빌려주도록."

"네! 알겠습니다!"

돌격약탈맨이 손짓하자 부하가 버튼을 눌렀다. 모든 우주선에 통신이 이어졌다.

"그 무엇보다도 사악한 악신의 신도들이여! 우주를 정복한 최강의 전사들이여! 악신의 보호 아래 우리는 이 나약한 땅의 정복자로서 소환되었다!"

돌격약탈맨이 주먹을 불끈 쥐었다. 그러자 푸른 불꽃이 뿜어져 나왔다.

"신도들이여! 보이는 모든 것을 약탈해라! 이곳의 모든 NPC들은 악신께 제물로 바친다!"

돌격약탈맨이 약탈을 선언했다!

지이잉!

우주선이 열리기 시작했다.

파아아아!

우주선에서 수많은 마장기들이 뿜어져 나왔다.

콰앙!

마장기들이 바닥에 떨어지자 주변 건물이 박살 나며 먼지가 피어올랐다. 멍하니 보던 아틀란티스의 시민들이 드디어 상황 파악을 하고 비명을 질렀다. 그들의 눈에는 마장기가 괴물처럼 보일 뿐이었다.

"괴, 괴물!"

"괴물이다! 도, 도망쳐!"

"포, 포세이돈이시여!"

['아, 아틀란티스가……!' 포세이돈이 경악합니다!]

아틀란티스에 착지한 마장기들이 주변을 스캔했다. 건물은 모두 값비싼 금속, 보석으로 지어졌다. 마장기들이 움직이며 건물들을 바로 해체하기 시작했다. 최신형 마장기에 탑승한 세나핑크공주가 혀로 입술을 핥았다.

"후후, 맛있어 보이는 것들 천지로군."

"누님! 어떻게 할 깝쇼? 다른 부대처럼 바로 채굴에 들어가는 게……."

"아니, 경쟁자가 많다. 우리는……."

세나핑크공주가 탄 마장기의 팔이 올라갔다. 손가락으로 정면에 있는 거대한 궁전을 가리켰다.

"저것부터 턴다!"

"끼요요옷! 흥분되는군요!"

세나핑크공주의 마장기 부대가 질주하기 시작했다. 건물을 마구 부수며 순식간에 궁전 앞에 도달했다. 궁전수비대가 나오긴 했지만 마장기의 상대가 될 수는 없었다.

궁전의 문은 굳게 닫혀 있었다. 세나핑크공주의 마장기가 손을 들자 팔이 분리되더니 마력 빔커터가 등장했다.

지이이이잉!

빔커터를 궁전의 문에 가져다 대자 스파크가 튀겼다. 단단한 금속으로 제작되어 있지만 빔커터 앞에서는 무력했다. 금속으로 이루어진 운석조차 가볍게 자르는 것이 바로 저 빔커터였다.

덜컹!

문이 박살 나며 바닥에 떨어졌다. 안쪽에서 비명 소리가 들렸다. 마장기들이 궁전 안으로 들어갔다. 궁전 안은 굉장히 비싸 보이는 보석들로 꾸며져 있었고, 신분이 상당히 높아 보이는 여인과 여러 사람들이 있었다.

"나, 나는 포, 포세이돈의 아내 암피트리테이다. 오, 올림포스의 신들이 무섭지 않느냐! 무, 물러가거라!"

바다의 여왕, 포세이돈의 아내 암피트리테가 그렇게 외쳤다. 당연히 전혀 소용없는 이야기였다.

쿠웅! 치지지직!

세나핑크공주의 빔커터가 암피트리테의 옆에 꽂혔다.

"꺄악!"

"어, 어머니!"

그녀의 자식들이 넘어진 그녀를 부축했다. 세나핑크공주의 마장기가 그들을 쳐내고 암피트리테를 강하게 붙잡았다.

"꺄아악!"

"어, 머니! 사악한 악적들아. 하, 하늘이 두렵지 않느냐! 오, 올림포스 신들께서 가만히 두지 않을 것이다!"

['내, 내 궁전, 내, 내 아내가⋯⋯?!' 포세이돈이 기절하기 일보 직전입니다. 트리아이나를 잡았지만 넥타르를 만드느라 권능이 소진되어 이동이 되지 않습니다! 이 모든 것이 악신의 계략? 포세이돈은 그렇게 생각합니다!]

하하하! 크하하! 호흐흐!

마장기에서 웃음소리가 뿜어져 나왔다. 마장기들의 뒤로 박살이 나고 있는 도시의 풍경이 펼쳐졌다.

쾅아아앙! 쿠웅!

아틀란티스는 불바다가 되었다. 지금까지 단지 포세이돈의 마음에 들었다는 이유로 호화스러운 생활을 해왔던 시민들은 처절한 비명을 지르며 도망쳤다. 그러나 마장기에서 뿜어져 나온 그물에 모두 잡혀 버렸다.

"보물은 어디 있지? 포세이돈이라면 보물창고 하나쯤은 있겠지?"

세나핑크공주가 웃음을 참으며 물었다. 목소리에는 많은 흥분이 깃들어 있었다.

"그, 그런 건 모, 몰라요."

"그래? 모른단 말이지."

주변에 있던 마장기들이 암피트리테의 자식들을 붙잡았다. 암피트리테의 자식들이 두려움에 떨며 비명을 질렀다.

"사, 살려주세요!"

"까아아악!"

자식들을 잡고 있는 마장기들의 손에 점점 힘이 들어갔다.

"말하지 않으면 네 자식들이 펑 하고 터질 거야. 아주 볼만하겠군."

"그, 그런! 어, 어째서 이렇게 사악한 짓을 하는 건가요!"

"재미있으니까."

재미? 단지 그것 때문에?

암피트리테의 눈에 절망이 새겨졌다. 저들은 말이 통하지 않는 사악한 존재들이었다. 몸이 파르르 떨렸다.

"마, 말하면 노, 놓아줄 건가요? 물러나 주실 건가요?"

"약속하지."

세나핑크공주가 그렇게 말하자 암피트리테는 눈물을 흘리며 손을 휘저었다. 그러자 궁전의 바닥이 열리며 포세이돈의 보물창고가 모습을 드러냈다. 포세이돈이 약탈하다시피 한 지고의 보물이었다.

"오! 대박이다!"

"캬아! 우린 이제 부자다!"

세나핑크공주의 부하들이 기뻐했다. 암피트리테는 부들부들 떨면서 입을 뗐다.

"이, 이제 됐죠? 이제 놓아주세요."

"싫은데?"

"네?"

세나핑크공주가 그렇게 말하자 암피트리테의 표정이 멍해졌다.

"하, 하지만…… 야, 약속을……."

"악신의 신도가 왜 약속을 하는 줄 아나?"

세나핑크공주의 입가에 진한 미소가 그려졌다. 그와 동시에 도시에서 비명 소리가 들려왔다.

암피트리테는 침을 꿀꺽 삼켰다.

"약속을 깨기 위해서야."

"아, 아아……."

암피트리테는 동공이 마구 흔들렸다.

비틀!

결국 극심한 두려움에 혼절했다.

"모두 가져간다."

"네! 누님!"

"캬아! 누님을 따라다니니 꿀이 뚝뚝 떨어지네요!"

마장기들이 보물을 모조리 긁어모았다. 그리고 암피트리테와 그녀의 자식들까지 모두 포박했다. 포세이돈의 보물들은 굉장했다. 지금껏 벌어온 게 푼돈으로 느껴질 정도였다.

"누님, 대학등록금은 그냥 갚겠는데요?"

"전셋값도 마련할 수 있을 듯?"

"오오! 취업 안 해도 될 듯?"

아틀란티스를 쑥대밭으로 만든 것치고는 소소한 발언이었다. 암피트리테와 그녀의 자식들, 그리고 아틀란티스의 시민들이 모두 우주선에 실렸다. 귀한 대접을 받던 이들이었지만 지금은 화물칸에 짐처럼 여겨지고 있었다. 이들은 모두 악신의 제물로 바쳐질 예정이었다.

암피트리테는 우주선 안에 있는 감옥에서 창밖을 바라보았다. 아틀란티스는 올림포스 신전보다도 아름답다고 자부했던 곳이었다. 그러나 지금은 그렇지 않았다.

건물들이 모조리 박살 났고, 순식간에 허허벌판이 되었다.

저들은 너무나 탐욕스러웠다. 아틀란티스의 모든 것을 긁어갔다. 결국 아틀란티스 깊은 곳에 있는 결계석까지 모습을 드러냈다.

"저럴 수가……!"

"안 돼!"

저 사악한 존재들은 신성한 결계석까지 건드리기 시작했다. 결계석은 태초의 바다에 존재했던 신성한 기운이 뭉쳐 있는 보석이었다. 사악한 존재가 탑승한 거대한 괴물들이 결계석을 뽑아버렸다.

콰가가가!

아틀란티스를 보호하고 있던 결계가 사라지며 바닷물이 밀어닥쳤다.

[악신의 신도에 의해 아틀란티스가 멸망하였습니다! 굉장히 빠른 멸망속도입니다! 암피트리테와 자식들이 악의 도시로 끌려갑니다! 포세이돈이 망연자실합니다. 제우스가 그를 위로해 줍니다.]

[아직 전쟁 준비가 덜 끝났지만 어쩔 수 없습니다! 제우스가 결단을 내립니다!]

포세이돈의 도시, 올림포스 신전만큼이나 찬란했던 아틀란티스가 그렇게 역사 속으로 사라져 버렸다.

타르타로스 공략이 완료되었다. 제임스딘과 가짜회귀자들이 먼저 미로를 통과해 미로 끝에 포탈석을 설치했다.

미로 끝에는 아무것도 없는 어두운 공간이라고 한다. 진우는 로브를 눌러쓰고 타르타로스 입구 쪽으로 가보았다.

긴 노점상들이 들어선 거리가 펼쳐졌다.

"타르타로스 꼬치 팝니다!"

"드셔보세요! 타르타로스 내장구이! 싸게 팝니다!"

"타르타로스 육회 팝니다. 독맛이 찌릿찌릿합니다! 풀 피라도 한 시간 안에 사망 가능!"

활기가 넘쳤다. 타르타로스의 괴물들은 공포의 상징이었다. 뉴월드 플레이어들은 그런 괴물들을 요리해서 먹고 있었다. 가장 눈에 띄는 건 타르타로스 독술이었다. 갑옷을 입은 플레이어들이 한곳에 모여 독술이 든 잔을 원샷했다.

"빨리 먹고 던전 돌죠. 으억!"

"컥!"

"쿨럭!"

입과 콧구멍에서 피가 콸콸 뿜어져 나오더니 그 자리에 쓰러졌다. 그대로 죽음을 맞이한 것이다. 아바타가 바스라지며 반쯤 사라질 때였다.

샤라라라!

하늘에서 신성한 빛이 내려오며 그들을 비추었다.

벌떡!

아바타가 다시 생성되며 벌떡 일어났다. 그들은 몸이 개운한지 미소를 머금었다.

"캬! 역시 타르타로스 독술이 최고라니까. 한 방에 죽으니까 딜레이도 없고."

"다시 가죠! 탱커님, 이번엔 잘 좀 해봐요."

"아, 죄송요."

그들은 아무렇지도 않게 다시 타르타로스로 향했다. 타르타로스 괴물들은 온갖 상태 이상을 걸어오는 것으로 유명했다. 메두사의 석화의 저주 같은 것도 있었다. 워낙 강력한 저주라 포션값이 엄청 들었는데, 뉴월드 플레이어들은 간단한 방법으로 해결했다. 그냥 죽는 것이다. 죽고 다시 태어나면 상태 이상 효과가 모두 풀리고, 체력과 마력이 가득 찬 상태가 된다. 그래도 타르타로스 안에서는 아바타 생성이 잘 안 되니 이렇게 밖으로 나와 죽고 있었다. 그건 최소한의 양심이라고 볼 수 있었다.

'천계가 열심히 해주고 있군.'

지구의 영혼들을 보충한 덕분에 천계에는 자원이 넘쳐나고 있었다. 현재 천계는 풀가동 상태였다. 정상적인 상황이라면 아바타가 사라지기 전에 살려낼 수 있게 되었다.

"자자! 괴물 한 마리 올라옵니다!"

타르타로스 입구에서 그런 목소리가 들려왔다. 진우는 입구 쪽으로 이동했다. 입구에서 뉴월드 플레이어들이 거대한 괴물을 꺼내왔다. 엄청나게 거대한 문어였다. 심연 속에 사는 크라켄이었다.

크라라라!

크라켄이 몸을 일으키며 위압감을 내뿜었다. 그러나 뉴월드 플레이어들에게는 소용이 없었다.

"자자! 빨리 드세요! 산 채로 먹어야 맛있습니다! 초고추장은 옆 상점에서 구입해 주세요!"

"와사비도 있나요?"

"물론입니다."

뉴월드 플레이어가 빔 소드를 들고 크라켄에 달려들었다. 크라켄이 당황하며 후퇴하려 했지만 뉴월드 플레이어들이 훨씬 빨랐다.

서걱! 푹찍! 우적우적!

뉴월드 플레이어들이 거대한 크라켄의 다리를 잘라서 초장에 찍어 먹었다. 마법사들은 구워서 먹기도 했다.

술을 파는 상인들이 모여들었다. 한몫 챙길 기회였다!

"자! 눈알주 갑니다!"

큰 덩치의 사내가 거대한 집게로 크라켄의 눈알을 뽑더니 커다란 그릇에 넣었다. 그리고 그 위에 독한 술을 마구 뿌렸다. 뉴월드 플레이어들이 빨대를 가지고 와 그릇에 있는 술을 마시기 시작했다.

"크으! 좋군! 식도가 타들어 가는 느낌!"

"와! 진짜 몸에 불이 붙네요!"

"이거 마시면 불빛이 없어도 잘 보여요. 미로 깊숙이 들어가려면 반드시 마셔야 해요."

진우는 잠시 그 광경을 바라보았다. 뉴월드 플레이어들은 뭐든지 일단 죽이고 입에 넣고 봤다. 아귀도 저 정도는 아니었다. 심지어 바퀴벌레 일족들은 뉴월드 플레이어들을 동족으로 여기고 있었다.

"메두사 님, 여기 세 잔 주세요!"

"네! 잠시만요!"

메두사는 상점에서 아르바이트를 하고 있었다. 독한 술이 가득 담긴 잔을 향해 뱀 머리카락이 입을 벌리더니 석화의 독을 뿜어냈다.

'메두사의 은밀한 액체! 독니 석화주!'

꽤 비싼 값에 팔리는 독니 석화주였다. 헤라클레스도 자주 마신다고 한다.

"음······."

진우는 크라켄 회무침을 먹어보았다.

"괜찮네."

톡 쏘는 맛이 괜찮기는 했다. 일반 사람이 먹으면 아마 독 때문에 죽을 것이다. 뉴월드 플레이어들도 처음에는 죽었지만 지금은 독 내성 스킬이 생겨 버렸다.

'도대체 얼마나 먹었으면······.'

독 내성이 생길까?

이러다 모든 플레이어가 만독불침이 되게 생겼다.

진우는 고개를 설레 젓고는 포탈을 열었다. 단번에 타르타로스의 미로 끝으로 이동했다. 그 무렵, 올림포스의 군대가 드디어 도시를 향해 이동하기 시작했다.

전쟁! 본격적인 전쟁이 벌어지려 하고 있다!

그건 너무나 즐거운 이벤트였다!

진우는 타르타로스의 미로 끝으로 이동했다. 미로는 타르타로스의 가장 깊은 곳인 타르타로스의 심연과 연결되어 있었다. 한 치 앞도 보이지 않는 어둠이 진우를 반겨주었다. 마치 세상의 모든 어둠을 모아놓은 것 같았다. 우주보다도 훨씬 어둡게 느껴질 정도였다.

그 어떤 존재라도 이곳에 들어온 순간 온몸이 굳어버릴 것이다. 어둠이 스물스물 다가오며 영혼까지 잠식해 들어갔기 때문이다. 그러나 진우에게는 소용이 없었다.

어둠이 꿈틀거리며 진우의 몸을 붙잡았다. 영혼 안으로 파고드는 순간이었다.

퍼엉!

그대로 터져 버렸다. 진우의 영혼은 타르타로스의 심연조차 감당할 수 없을 정도였다. 진우에게 닿은 어둠이 연쇄폭발하며 터져 나갔다.

'일단 내 것으로 만들어야겠군.'

진우는 권능을 일으켰다. 권능이 타르타로스를 잠식했다.

[타르타로스가 악신에게 굴복하였습니다!]
[이제 타르타로스의 모든 것을 통제할 수 있습니다.]

[SSS]타르타로스
'이곳에 들어온 자여, 절망하라.'

태초의 어둠이 생겨난 곳. 이곳에 들어온 모든 존재는 어둠에 잠식당하여 움직일 수 없다. 아무것도 보이지도, 들리지도 않는 어둠의 공간이다. 이곳에 들어온 자들은 육체와 모든 능력을 빼앗기고 정신만 남아 있게 된다. 영원불멸한 신들이 가장 두려워하는 생지옥이다.

[SSS]능력 흡수 : 타로타로스에 수감된 자들의 능력을 사용할 수 있다.

'좋은 곳을 얻었네.'

아주 좋은 수용소였다. 그러나 약간 허술한 면이 있었다.

진우는 대량의 강화석을 꺼냈다. 강화석을 권능으로 녹이고 타르타로스를 끝까지 강화했다. 강화를 한계까지 하니 '[SSS+] 악신의 타르타로스'가 되었다. 이제 진우의 허락 없이 누구도 이곳에 들어올 수도, 벗어날 수도 없을 것이다.

파앗!

진우가 마력으로 불빛을 만들자 주변이 환해졌다. 타르타로스에서는 오로지 진우만 불빛을 만들 수 있었다. 주변을 비춰

보니 거대한 거인들이 진득한 검은 돌 같은 것에 속박당해 있었다.

"티탄족이군."

얼굴은 모두 일그러져 있었다. 정신이 온전히 남아 있었기 때문이다. 얼마나 오랫동안 이곳에 갇혀 있던 걸까? 짐작도 되지 않았다.

그들 가운데 가장 거대한 자가 있었다. 빌딩을 보는 것처럼 거대했다. 가장 큰 특징은 거세를 당한 흔적이 있다는 점이었다.

"우라노스."

과거 하늘을 지배했던 신이었다. 크로노스의 낫에 의해 거세를 당한 이력이 있었다. 엄청난 고통이었을 것이다. 우라노스가 패배한 이유를 아주 잘 알 수 있었다.

크로노스의 모습을 찾아봤지만 그는 타르타로스에 없었다. 타르타로스에 있는 것은 우라노스와 티탄족, 그리고 여러 괴물들뿐이었다.

우라노스의 눈동자가 간신히 진우 쪽으로 움직였다. 그의 거대한 눈에서는 눈물이 뚝뚝 흘러나왔다.

"괜찮나?"

진우가 따뜻한 말을 건네니 흘러나오는 눈물이 더욱 많아졌다. 손가락을 튕겼다. 그러자 우라노스의 입과 코를 막고 있던 검은 돌들이 떨어졌다.

"커헉! 허억!"

우라노스가 긴 숨을 들이켰다. 검은 돌이 얼굴을 반이나 가리고 있어 그는 숨조차 제대로 쉬지 못했다.

"크, 크허허헝."

우라노스가 오열했다. 얼마 만에 보는 빛인지 몰랐다. 얼마 만에 숨을 쉬는 건지 기억조차 나지 않았다. 우라노스에게는 진우가 구세주로만 보였다.

우라노스는 본능적으로 진우에게서 타르타로스보다 더욱 어두운 영혼을 느꼈다. 타르타로스가 새벽의 여명처럼 느껴질 정도였다.

'개기지 말자.'

바로 그렇게 생각했다.

"사연이 많아 보이는군."

"크흑, 저는 진짜 억울합니다."

"그래?"

"제 아내인 가이아와 조금 다투었을 뿐인데…… 가이아, 그 여편네가 갑자기 자식들과 편 먹고 저를 이 지경으로 만들었습니다."

역시 막장이었다. 우라노스와 가이아가 다투었는데, 가이아가 자식들을 데리고 우라노스를 담갔다는 이야기였다.

다툰 이유는 우라노스가 북쪽의 신들에게 추파를 던졌기 때문이었다. 자업자득이라고도 볼 수 있었지만, 그래도 거세를 한 건 너무한 것 같기는 했다.

"가, 가이아와 크로노스에게 보, 복수할 기회를 주신다면…… 영원불멸한 충성을 맹세하겠습니다."

"지금은 제우스와 다른 신들이 지상을 지배하고 있고, 가이아와 크로노스는 없었어."

"그, 그렇군요. 제, 제가 찾아보겠습니다!"

진우는 고개를 끄덕였다. 타르타로스에 오랜 기간 갇혀 있던 우라노스는 고분고분했다. 이곳에서 유일하게 나갈 수 있는 희망은 오로지 눈앞에 있는 진우뿐이었다.

한번 속하게 되면 영원히 벗어날 수 없었다. 타르타로스의 어둠에 영혼이 모두 물들었기 때문이다.

다만, 진우가 타르타로스의 지배자가 되었기에 지상으로 소환할 수 있었는데 그것이 유일한 탈출이었다. 말을 듣지 않는다면 다시 역소환할 수 있었다.

"좋아. 꺼내주지."

"가, 감사합니다."

"음, 그리고 그것도 달아줄게."

"허억, 그, 그게 가능합니까?"

"아마도."

김대진 박사에게 부탁하면 가능하지 않을까?

우라노스가 감동으로 물들었다. 그는 그 자리에서 영원한 충성을 맹세했다.

[올림포스 신들과 그들의 군대가 쳐들어왔습니다.]

[전쟁이 시작되었습니다.]

"생각보다 빨리 왔군."

전쟁. 상당히 재미있을 것 같았다.

전쟁이다! 나약한 올림포스 놈들이 쳐들어왔다.

도시는 전쟁 덕분에 매우 들떠 있었다. 이번 전쟁에서 뉴월드 플레이어를 지휘하는 사령관은 남자는한손검이었다.

남자는한손검은 도시의 성벽 위에 서 있었다. 그는 혼자가 아니었다. 그의 주변에 저승정복단, 그리고 팀 라그나로크도 저마다 폼을 잡으며 함께 서 있었다.

"많군."

남자는한손검은 저 멀리 보이는 군대를 바라보았다. 숫자가 짐작이 되지 않을 정도로 많았다. 도시 앞 넓은 대지를 모두 채울 정도였다. 그런 수많은 전사들 가운데에 빛을 뿜어내고 있는 존재들이 보였다.

바로 올림포스 신들이었다. 제우스와 포세이돈 옆에 어색한 표정으로 굳어 있는 여인도 보였다.

잼식이었다. 제우스와 포세이돈은 잼식에게 자신들의 위용을 뽐내고 싶어했다. 형제라서 그런지 그런 부분은 기가 막히게 통했다.

뉴월드 플레이어들보다 저쪽의 숫자가 압도적으로 많았다.

그러나 두려워하는 자들은 하나도 없었다. 모두 입가에 웃음을 머금은 채 기뻐하고 있을 뿐이었다. 최대의 이벤트였기 때문이다!

남자는한손검이 검을 들었다. 그러자 도시에서 수백 대에 달하는 전함이 도시 위로 날아올랐다. 그 광경을 바라보고 있는 뉴월드 플레이어들이 감탄했다.

"캬아! 대박."

"이게 바로 과학기술이다. 올림포스 촌놈들아."

"당황한 거 보이죠? 끝났죠?"

"시작하기도 전에 끝나게 생겼네."

예상외로 싱거워질 수도 있을 것 같았다. 전사들의 숫자가 아무리 많아 봤자 전함을 당해낼 수 없었기 때문이다.

둥! 둥! 둥!

바다이 울렸다. 올림포스의 전사들이 진격하기 시작했다. 수천만이 넘는 전사들이 동시에 진격해 오는 모습은 장관이었다. 올림포스가 택한 것은 정면돌파였다. 이 정도 숫자 앞에서 전술 따위는 무의미했다.

"올림포스를 위하여!"

"돌격!"

엄청난 함성이 들려왔다. 주변이 크게 흔들릴 정도였다.

[전 함대 명령 대기 중.]

남자는한손검의 귀에 통신이 들려왔다. 그는 몰려오는 전사들을 바라보다가 들고 있던 손을 앞으로 뻗었다.

[전 함대 마력 입자포 발사합니다!]

[3, 2, 1, 발사!]

콰가가가가가!

수백 대의 함선으로부터 마력 입자포가 발사되었다. 마력 입자포가 발사되는 충격파만으로 대지가 갈라지고 구름이 사라졌다. 마력 입자포가 굉장한 열기를 뿜어내며 올림포스 전사들에게 뻗어갔다. 올림포스 전사들에게 엄청난 피해를 입히기 직전이었다.

포세이돈이 빛나는 창을 들었다. 바닥에서 거대한 물이 치솟더니 두터운 보호막이 되었다.

치지지지직!

마력 입자포와 보호막이 닿자 그대로 폭발하며 거대한 수증기가 생겼다. 올림포스 전사들이 피해를 입기는 했지만 경미한 수준이었다.

포세이돈의 권능은 대단했다. 괜히 올림포스의 3대 주신이 아니었다. 제우스가 함대를 향해 번개를 쏘아 보냈다.

콰가가가가!

제우스의 번개가 마력 실드를 가볍게 뚫으며 수백 대의 함대를 휘감았다.

치이이잉……! 덜컥!

마력 엔진의 출력이 약해지더니 완전히 꺼져 버렸다.

[마력 엔진 다운!]

[기동 불능! 추락합니다!]

[와! 대박!]

추락하는 함선 안에 있던 승무원들은 어째서인지 기뻐했다. 함대가 모두 바닥으로 추락했다. 대지가 파이며 먼지가 치솟았다. 뉴월드 플레이어는 추락한 함대를 보며 환호를 내질렀다.

"와! 스케일 미쳤다!"

"제우스 새끼 번개 썼죠? 쫄았죠?"

"이래야 전쟁이지!"

제우스의 번개는 마력 엔진을 모두 정지하게 만들었다. 마력 엔진에 대해 연구를 한 티가 났다. 역시 괜히 이곳을 지배하는 신이 아니었다. 마장기도 번개 때문에 마력이 모두 방전되어 움직이지 않았다.

"캬! 밸런스 패치 지리네!"

"운영자가 뭘 알긴 아는 듯!"

"그냥 끝나면 재미가 없지."

뉴월드 플레이어들이 다시 들뜨기 시작했다. 남자는한손검이 고개를 끄덕이며 검을 들었다.

"악신의 신도들이여! 달콤한 경험치가 눈앞에 있다! 죽이고 죽이고 또 죽이자! 악신께서 함께하신다!"

"우아아아아!"

"가즈아!"

도시의 문이 열리지는 않았다.

쿵! 쿵! 쿵!

그 대신 도시를 굳건하게 방어하고 있던 성벽이 흔들렸다.

콰앙!

성벽이 모두 무너졌다. 성벽을 부순 건 뉴월드 플레이어들이었다. 뉴월드 플레이어들이 모두 환한 웃음을 지으며 무기를 들고 있었다.

"경험치와 아이템들이 밀려온다!"

"크으! 돌격!"

뉴월드 플레이어들이 올림포스 전사들을 향해 달려들었다.

콰앙!

전함에 있던 플레이어들도 모조리 뛰쳐나왔다. 올림포스 전사들은 긴장했다. 자신들의 숫자가 훨씬 많았음에도 분위기가 이상했기 때문이다.

웃고 있었다. 아주 환한 웃음을 지으며 달려오고 있었다.

진형도 제대로 유지하고 있지 않았다. 아주 무식한 돌진이었다.

올림포스 전사들이 화살을 들었다. 아레스의 권능이 깃든 화살이었다.

"발사!"

엄청난 숫자의 화살이 발사되었다. 하늘을 가리며 진한 그림자가 생길 정도였다. 뉴월드 플레이어들은 멈춰 서서 화살을 바라보았다.

올림포스 전사들은 그 모습에 고개를 갸웃했다. 겁먹은 표정이 전혀 아니었기 때문이었다. 뉴월드 플레이어들은 하나같이 모두 두 팔을 벌렸다.

"하하하!"

"화살비가 내려와!"

"캬아! 영화에서나 보던 장면이다! 이거 맞아보고 싶었어!"

화살비를 피하지 않았다. 오히려 모두 공격 범위에 적극적으로 들어갔다.

퍼퍼퍼퍼퍽!

화살이 뉴월드 플레이어들을 벌집으로 만들었다. 올림포스 전사들이 당황해서 진격을 잠시 멈추었다.

"뭐, 뭐지."

"미, 미친 건가?"

그렇게 생각할 수밖에 없었다. 아직 그들은 뉴월드 플레이어들에 대해 잘 알지 못했다. 그들은 전함이나 마장기를 연구하느라 바빴기 때문이다. 정작 제일 중요한 것을 놓치고 있었다. 벌집이 되어 쓰러진 뉴월드 플레이어들을 향해 빛이 내려왔다.

벌떡!

빛이 닿는 순간 모두 상쾌한 웃음을 지으며 일어났다.

"와! 진짜 재밌네요."

"님 눈에 화살 꽂혔음. 하후돈인 줄. 억, 그거 먹지 마요!"

"쩝쩝, 괜찮네요. 초장 찍어 먹으면 될 듯."

광기가 충만했다. 멀쩡하게 부활한 모습을 보자 올림포스 전사들이 당황했다. 자신들처럼 넥타르를 마신 걸까? 그렇게 생각할 수밖에 없었다.

화살은 통하지 않았다. 올림포스 전사들이 무기를 꺼내 들었다. 마구 달려오는 뉴월드 플레이어들을 향해 무기를 휘둘렀다.

서걱!

뉴월드 플레이어의 팔이 전사의 검에 의해 잘려 나갔다.

"오! 잘렸네. 좋은 검인가 보다."

"주, 죽어라!"

전사가 검으로 뉴월드 플레이어의 배를 찔렀다. 뉴월드 플레이어는 눈을 깜빡이며 배를 바라보다가 전사에게로 시선을 옮겼다.

방긋!

환하게 미소 지었다. 전사가 당황하며 몸을 빼려 했지만 뉴월드 플레이어가 더욱 달라붙었다. 그대로 전사의 목에 단검을 쑤셔 넣었다.

"커헉!"

전사가 쓰러졌다가 다시 부활했다. 넥타르의 힘 덕분이었다. 그러나 여전히 뉴월드 플레이어는 그의 몸에 찰싹 붙어 있었다. 웃으면서 전사의 몸에 단검을 마구 쑤셔 박았다.

"하하하! 엄청 빨리 살아나네!"

"미, 미친! 떼, 떼어줘!"

전사가 주변의 동료에게 도움을 요청했다. 주변의 동료가 달라붙어 있는 뉴월드 플레이어를 향해 무기를 휘둘렀지만 소용없었다.

전사는 소름이 끼쳤다. 끔찍했다. 도저히 떨어지지 않았다.

"커헉! 아, 안 돼! 으악!"

그렇게 달라붙어 몇 번이고 죽이자 전사의 몸이 부풀더니 늑대의 형상을 한 괴물이 되어버렸다. 전사에게 달라붙어 있던 뉴월드 플레이어가 환호를 내질렀다.

"나왔다! 님들! 여기 괴물 나왔어요!"

"오! 대박!"

"빨리 채취하죠!"

주변에 있던 뉴월드 플레이어가 괴물에게 달려오더니.

푹찍! 푸식! 퍼억!

그대로 이빨을 모조리 뽑아버리고 가죽을 벗겼다. 환한 미소를 머금으며 괴물의 내장을 뽑아내기까지 했다.

"내장 꿀맛이에요! 소곱창보다 더 맛있어요!"

"생간도 괜찮던데."

"기름장에 찍어서 캬아!"

올림포스 전사들은 기겁했다. 뉴월드 플레이어들이 내장을 둘둘 말아 주머니에 넣고 있었기 때문이다.

"미, 미친……."

"도, 도대체 어떻게 저런……."

올림포스 전사들의 동공이 마구 흔들렸다. 저들은 인간이 아니었다. 인간의 탈을 쓴 사악한 괴물들이었다. 지금까지 경험하지 못한, 아니, 감히 상상조차 해보지 못한 사악함이 이곳에 있었다.

"맥주 팝니다! 말린 크라켄도 팔아요!"

"앗! 하나 주세요."

전장임에도 불구하고 상인들이 돌아다녔다. 상인들은 태연하게 음식을 팔고 있었다.

"아, 힘드네."

"죽여 드릴까요?"

"네, 아무래도 자살은 조금 그렇네요. 제가 기독교라……."

"아! 그렇군요."

뉴월드 플레이어가 지친 기색이 있는 플레이어의 목에 단검을 쑤셔 넣었다. 털썩하고 쓰러지더니 생생한 모습으로 부활했다. 도저히 이해할 수 없는 광경이었다.

포세이돈과 제우스, 그리고 다른 올림포스 신들은 그 광경을 보며 경악했다. 잼식만이 고개를 끄덕일 뿐이었다.

'평소의 뉴월드네.'

잼식에게 있어서는 너무나 익숙한 광경이었다.

포세이돈이 제우스를 바라보았다.

"혀, 형제여, 저, 저 미친 존재들은 도대체……."

"저 광기…… 저 사악함……. 이, 인간일 리가 없어! 이, 일단 멀리 떨어뜨리도록 하게!"

"알았네!"

포세이돈이 빛나는 삼지창을 들었다. 그러자 어마어마한 해일이 뿜어져 나오며 뉴월드 플레이어들을 휩쓸어 버렸다. 해일에 의해 온몸이 찢겨 나갔지만 곧 다시 부활했다.

"와! 대박! 워터파크보다 더 끝내주네!"

"개재밌어요."

"엄청 시원하네."

뉴월드 플레이어가 반짝이는 눈동자로 포세이돈 쪽을 바라보았다.

"한 번 더!"

"한 번 더! 한 번 더!"

"한 번 더 해줘!"

"포세이돈은 해일을 뿌려라!"

뉴월드 플레이어들 모두 그렇게 외치기 시작했다. 포세이돈은 당황했다. 이번에는 더욱 큰 해일을 만들어서 쓸어버렸다. 도시에 영향이 갈 정도로 엄청난 해일이었다.

"우아아아!"

"님들, 저 서핑함."

"오, 어떻게 했어요?"

"방패 주워서 해봐요!"

해일 위에서 놀고 있었다. 해일이 지나가고 뉴월드 플레이어들이 다시 일어났다. 포세이돈 쪽으로 몰려가서 계속해서 '한 번 더'를 외쳐댔다.

"아, 아니 뭐 이, 이런 놈들이……."

포세이돈은 당황했다. 뉴월드 플레이어는 제우스가 번개로 공격해도 기뻐했다. 광기 섞인 환호만 울려 퍼질 뿐이었다.

남자는한손검은 전장의 상황을 지켜보았다. 파도 때문에 진격이 제대로 이루어지고 있지 않았다. 이럴 때를 대비해서 만들어놓은 것이 있었다.

"그걸 써야겠군."

남자는한손검이 신호를 보내자 세라핑크공주와 여러 플레이어들이 거대한 방패를 들고 나타났다.

"꺄아아악!"

"사, 살려줘요!"

"아, 아버지! 살려주세요!"

방패에는 암피트리테와 그녀의 자식들이 붙어 있었다.

세라핑크공주가 비릿한 웃음을 머금으며 방패를 때리자 암피트리테가 더욱 큰 비명을 내질렀다.

남자는한손검의 입가에 진한 미소가 그려졌다.

"이것이 바로 포세이돈 패밀리 실드."

해일을 막을 최고의 방패였다! 세라핑크공주와 뉴월드 플레이어들이 포세이돈 패밀리 실드를 들고 진격하기 시작했다. 포세이돈이 암피트리테와 자기 자식들을 알아보고는 멍한 표정이 되었다.

"아……"

쩽그랑! 삼지창이 바닥에 떨어졌다.

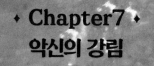

✦ **Chapter7** ✦
악신의 강림

암피트리테는 바다의 신 네레우스의 딸이었다. 네레우스는 50명의 딸이 있는데, 그중에서 가장 아름다운 것이 바로 암피트리테였다. 포세이돈은 새로운 바다의 지배자로 군림한 이후, 네레우스의 모든 친인척들을 아틀란티스에 머물게 하고 극진하게 대접했다.

자신의 많은 자식들과 친인척들, 그리고 포세이돈이 특별히 고른 친한 인간들만이 아틀란티스에서 호화스럽게 살아갈 수 있었다. 포세이돈은 그들에게 영원불멸한 쾌락을 약속했다. 안타깝지만 그 약속은 이제 지킬 수 없게 되었다.

포세이돈 패밀리 실드. 포세이돈의 자식들이 방패에 딱 달라붙어 있었다. 그리고 친인척들도 마찬가지였다. 일부러 가장 반짝이고 매끄러운 방패에 보기 좋게 매달아놓았다. 포세이돈은 바람이라는 개념 자체가 없었지만 자식들은 끔찍하게 아꼈다.

제우스는 자신의 아들을 이번 전쟁에 참전시켰다. 하지만 포세이돈은 그렇게 하지 않았다. 아틀란티스에서 절대 나오지 말라고 말하기까지 했을 정도였다.

포세이돈 패밀리 실드를 들고 있는 뉴월드 플레이어들이 돌격했다. 올림포스 전사들이 우왕좌왕하다가 얼떨결에 화살을 쏘았다.

"까악!"

"으악!"

암피트리테와 자식들의 몸에 화살이 박히자 비명이 터져 나왔다.

"뭐 하는 짓이냐!"

포세이돈이 화살을 쏜 전사에게 달려가더니 그대로 주먹을 휘둘렀다. 전사의 몸이 앞으로 튕겨 나가며 바닥을 굴렀다. 갑자기 자신들을 공격한 포세이돈 때문에 전사들이 혼란스러워했다.

세나핑크공주는 씨익 웃었다.

'생각보다 효과가 좋군.'

효과가 상당히 좋았다. 방패에 달린 암피트리테와 그녀의 자식들은 신이기 때문에 기본적으로 불멸이었다.

포세이돈이 인간과 낳은 자식들도 넥타르를 마셔 몇 번 정도 죽어도 괜찮았다. 방패로 써먹기에 딱 좋았다. 뉴월드 플레이어들은 눈치가 빨랐다. 모두 재미있는 듯 그 광경을 바라보았다.

"우리 탱커 장난 아니네."

"하하! 물속성 방패인가."

"그러게요. 흐흐, 상태혼란 효과도 있는 듯."

포세이돈 패밀리 실드를 두른 소수의 뉴월드 플레이어 때문에 전사들이 진격할 수 없게 되었다. 화살을 날리면 쏜살같이 달려가 일부러 방패를 들이밀었다. 조금이라도 진격을 하려고 하면 방패를 바닥에 내려쳐 비명을 쥐어 짜냈다.

아레스나 다른 신들의 공격 역시 마찬가지였다.

"커헉!"

"꺄악! 그, 그만!"

"아, 아파요. 아빠!"

포세이돈의 몸이 부들부들 떨렸다. 자식들의 비명이 귓가에 계속 맴돌았다. 그렇지만 다가갈 수도 없었다. 포세이돈이 움직이려고 하면.

스윽!

세나핑크공주와 뉴월드 플레이어들이 무기로 방패를 긁었기 때문이다.

"머, 멈춰라! 모두 멈춰라!"

다급한 포세이돈의 명령에 올림포스 전사들이 더 이상 진격하지 못했다. 혼란에 빠진 전사들이 죽어 나가기 시작했다. 괴물이 되자마자 해체되기 시작했다. 뉴월드 플레이어는 악귀 그 자체였다. 죽어도 죽지 않고 잔혹한 방법으로 전사들의 사기를 꺾었다.

이대로는 안 된다. 제우스는 포세이돈의 눈치를 보다가 아스트라페를 들었다. 뉴월드 플레이어들을 향해 강렬한 번개를 쏘아 보냈다. 뉴월드 플레이어는 찌릿찌릿한 감각에 환호를 질렀지만 방패에 붙어 있는 이들은 아니었다.

"끄아아아악!"

"꺄아아악!"

전신이 타들어 가는 고통은 굉장했다. 포세이돈이 눈을 부릅뜨며 제우스를 노려보았다.

"물러나지 마라! 진격하라!"

제우스는 그렇게 외쳤다. 직접 그렇게 시범을 보여주니 전사들은 다시 진격하기 시작했다.

포세이돈이 제우스에게 달려와 멱살을 잡았다.

"제우스! 뭐 하는 짓이냐!"

"혀, 형제여 진정하게. 어차피 암피트리테와 네 자식들은 불멸이 아닌가! 그…… 반신들은 저, 저승를 지배하고 나서 되살리면 되는 거고…… 이번 한 번만 눈을 딱 감고 참아 보게나."

"지, 지금 그걸 말이라고……! 네, 네 자식들은 뒤에 빠져 있으면서……!"

"크, 크흠. 그건…… 주, 중요한 순간에 내보내려고……."

제우스의 자식들은 뒤로 빠져 있는 상태였다. 포세이돈의 눈빛에 살기가 감돌자 제우스는 깊은 한숨을 내쉬었다.

"아, 알겠네. 모두 진격시키도록 하지. 그럼 됐지? 저 외신의 군대는 악귀 그 자체야. 이 이상 밀려서는 안 되네. 모두 다 신의 세계를 위한 일일세."

"크흑……."

"아레스와 다른 신들도 가담할 터이니 금방 끝날 걸세."

제우스의 말에 포세이돈은 간신히 물러났다.

암피트리테가 간절한 눈으로 포세이돈을 바라보고 있었다. 아끼는 딸아이가 피눈물을 흘리고 있었다.

포세이돈은 이를 악물고 외면했다.

'미안하오. 크흑, 이, 이, 사악한 놈들……'

다시 올림포스 전사들이 진격했고, 제우스와 올림포스 신들도 전장에 내려섰다. 포세이돈은 여전히 어찌할 바를 모르며 가만히 있을 뿐이었다. 그의 멘탈은 이미 붕괴되었다.

남자는한손검은 만족했다. 포세이돈 패밀리 실드가 무력화되긴 했지만, 포세이돈을 이탈시킨 것만으로도 충분했다.

'세나핑크공주…… 대단한 전략가군.'

포세이돈 패밀리 실드는 세나핑크공주가 제안한 전략이었다.

"와, 제우스네."

"대박! 번개 개멋지다."

"드디어 레이드인가!"

뉴월드 플레이어들이 제우스와 올림포스 신들을 향해 벌떼처럼 달려들었다. 제우스가 번개를 쏘아 보내자 순식간에 천 명이 넘는 뉴월드 플레이어가 터져 버렸다.

강력한 신의 권능 때문에 부활이 조금 딜레이가 되기 시작했다. 아레스와 헤르메스 역시 강력한 힘으로 뉴월드 플레이어들을 쓸어버렸다.

"와, 사기네. 광역 스킬이 딜레이도 없어."

"역시 보스네."

"멋지다."

"천천히 공략해 보죠!"

뉴월드 플레이어들은 굉장히 신이 나 있었다. 신들의 입장에서는 정말 지긋지긋했다. 그래도 올림포스 전사들의 진격 속도가 점점 올라가고 있었다. 남자는한손검이 저승정복단, 그리고 팀 라그나로크를 바라보았다.

"저들도 진심으로 왔군. 우리도 간다."

남자는한손검이 성벽을 내려왔다.

콰앙!

바닥에 한쪽 무릎이 닿자 충격파가 휘몰아쳤다. 히어로 랜딩이라고 이름 붙혀진 자세였다. 남자는한손검 뒤로 저승정복단과 팀 라그나로크 역시 내려섰다.

남자는한손검이 자리에서 일어나며 비장한 표정으로 적들을 바라보았다.

"오늘 저녁은 저승에서 먹는다. 가자!"

죽는다는 의미는 아니었다. 저승는 언제든 놀러 갈 수 있으니 말이다. 남자는한손검과 팀 라그나로크가 전장에 합류하니 밀리던 상황이 반전되었다.

저승정복단의 무력은 말할 것도 없었다. 저승에서 많은 것을 배워 훨씬 더 업그레이드되어 있었다. 거대한 빔소드를 들고 미친 듯이 날뛰는 남자는 한손검, 그리고 녹색 증기를 내뿜으며 분신술을 쓰는 딸기팬티는 단연 압권이었다.

"후후…… 드디어……!"

메두사가 쓰고 있던 안경을 벗어 던지며 미소 지었다. 메두사를 바라보는 것만으로도 전사들이 모두 돌이 되었다. 넥타르가 부여한 불멸은 오히려 독이 되었다.

'우, 움직이지가 않아.'

'으, 으아악!'

돌이 된 채로 정신만 멀쩡했다.

"눈을 가려라!"

올림포스 전사들이 눈을 감았다. 혹독한 수련을 한 덕분에 눈을 감고도 웬만큼 싸울 수 있게 되었다. 자신들의 숫자가 많으니 메두사를 상대할 수 있을 것 같았다. 그러나 그건 오산이었다.

그녀의 눈빛이 빨갛게 달아올랐다. 뱀 머리카락도 마찬가지였다. 비명을 지르자 석화의 빔이 뿜어져 나갔다.

"지금이다!"

세라핑크공주가 그걸 보고는 외쳤다. 그녀의 외침에 포세이돈 패밀리 실드를 든 전사들이 석화의 빔 쪽으로 집결하더니 방패를 들었다.

"꺄아아악!"

"으, 으아아악!"

반짝이는 방패에 빔이 반사되며 사방으로 뿜어져 나갔다. 불규칙적으로 난사되는 빔은 그야말로 재앙이었다. 주변에 있던 올림포스 전사들이 모조리 돌이 되어버렸다. 그냥 돌이 아니었다. 부서지기 쉬운 돌이었다. 사지가 박살 나며 바닥에 처박혔다. 부활은 이루어지지 않았다. 돌 상태로 생명이 멈춰있는 것과 마찬가지였기 때문이다. 넥타르의 훌륭한 카운터였다.

"와! 메두사 누님 장난 아니네."

"가랏! 석화광선!"

"어? 저기 뭔가 온다!"

하늘에서 무언가 떨어져 내렸다. 거대한 날개를 지닌 거인이었다. 거인이 검을 휘두르자 수천의 올림포스 전사들이 갈려 나갔다. 제우스는 그 모습에 움찔했다.

"티, 티폰……! 아, 아레스! 헤르메스! 티폰을 막아라!"

티폰을 보자 겁에 질린 제우스가 올림포스 신들을 그쪽으로 투입했다. 도시로 진격하던 올림포스 전사들이 방향을 틀어 티폰에게 향했다.

'이, 일단 도시를 어떻게든 함락시키면……!'

제우스가 아스트라페를 들었다. 무리하게 번개의 힘을 모아 도시로 쏘아 보냈다. 이 정도라면 도시를 쑥대밭으로 만들기 충분했다. 그러나 번개를 막아선 자가 있었다.

"소용없다!"

쿠웅!

근육질의 남자, 헤라클레스였다. 헤라클레스가 번개를 몸으로 막아냈다.

"헤, 헤라클레스?"

"제우스! 내가 돌아왔다!"

"아, 아니 갑자기 가출하더니……."

헤라클레스의 모습은 심상치 않았다. 몸에 무언가 기계장치 같은 게 달려 있었다. 빛을 내는 벨트가 굉장히 인상적이었다. 그가 귀에 달린 통신기에 손을 가져다 대었다.

"팀장님."

[음, 그런 상황이군. 좋다! 승인한다.]

"네! 감사합니다!"

헤라클레스가 한 손을 위로 들었다. 제우스가 움찔하며 아스트라페를 휘둘렀다. 번개가 헤라클레스에게 닿았지만.

지이이잉!

오히려 벨트에 있는 게이지가 폭발적으로 채워졌다. 헤라클레스가 들었던 손을 내리면서 다른 손과 교차시켰다. 리드미컬한 움직임이었다.

뉴월드 플레이어들은 그 광경을 바라보며 눈을 빛냈다.

"저, 저 포즈는……!"

"저건……!"

"아, 아아……."

그곳에 남자의 로망이 있었다.

"변신!"

벨트에서 마력이 뿜어져 나오더니 검은 타이즈와 함께 부분 갑옷들이 채워졌다. 금빛으로 반짝이는 헬멧이 씌워지자 그의 주변에서 빛이 뿜어져 나왔다.

제우스는 주춤거리며 물러났다.

"변신이라고……?"

제우스는 멍한 표정으로 그렇게 말했다. 하지만 아직 끝난 게 아니었다.

"합체!"

도시에서 커다란 로켓이 날아올랐다. 하늘 위로 날아온 로켓이 분해되며 마장기 파츠들이 뿜어져 나왔다. 헤라클레스가 공중에 살짝 뜨는 순간, 마장기 파츠가 그의 몸에 달라붙었다.

철컥! 쿠웅!

마장기 파츠들이 몸에 합쳐졌다. 벨트에 표시된 게이지가 폭주하며 돌파하더니 푸른색으로 물들었다. 헤라클레스가 두 팔을 펼쳤다. 압도적인 마력이 뿜어져 나가며 주변에 폭풍을 만들어냈다.

"이것이 변신합체, 헤라클레스EX."

이것은 김대진 박사가 고안한 대 제우스용 병기 헤라클레스EX였다. 헤라클레스의 육체 능력과 신의 권능을 극한까지 끌어 올려줌과 동시에 번개를 흡수하여 동력원으로 삼을 수 있었다.

헤라클레스가 손을 뻗었다. 그러자 허리춤에 있던 갑주가 열리더니 손잡이가 눈앞으로 날아올랐다.

"라이트닝 소드."

손잡이에서 번개가 치솟았다.

"올림포스의 만행을 내 손으로 끝내겠다."

라이트닝 소드와 아스트라페가 충돌했다. 하늘이 어두워지며 천둥벼락이 주변에 떨어졌다. 아스트라페의 힘이 헤라클레스에게 흡수되며 그가 더욱 강력한 힘을 발휘할 수 있게 해주었다.

퍼억!

헤라클레스가 주먹으로 얼굴을 치자 제우스가 크게 뒤로 넘어졌다.

"커헉!"

제우스도 절대 약하지 않았지만 헤라클레스의 힘은 상식을 초월한 상태였다. 개조와 합체변신을 통해 제우스를 압도하고 있었다.

제우스는 여전히 멍한 상태인 포세이돈을 바라보았다.

"혀, 형제여. 도와다오."

"제우스?"

제우스의 간절한 말에 포세이돈의 눈빛이 간신히 돌아왔다.

"……용서하지 않겠다! 외신……!"

포세이돈은 분노에 물들었다. 자신의 아내와 자식들을 비명지르게 한 외신, 그리고 저 악귀 같은 놈들을 절대로 용서하지 않을 것이다!

'바다의 힘으로 모조리 쓸어버려 주마!'

그렇게 다짐하며 바닥에 떨어진 삼지창을 주우려 했다.

"어?"

앞에 놓여 있어야 할 삼지창이 없었다. 포세이돈은 당황하며 주변을 두리번거렸다. 그러다가 삼지창을 끙끙거리면서 옮기고 있는 아름다운 여인을 발견했다.

잼식이었다. 그는 아주 힘겹게 삼지창을 들고 도망치고 있었다. 포세이돈이 손을 들자 삼지창이 더욱 무거워졌다.

"그건 신밖에 들 수 없는 것이오."

"으, 으윽! 하, 하하, 하, 한번 들어보고 싶었어요."

잼식은 그렇게 말하며 눈치를 살폈다.

'대군주님! 어, 어디 계시나요! 도와주세요!'

포세이돈의 삼지창을 가져간다면 분명 전황이 크게 바뀔 것이다! 하지만 삼지창은 더 이상 움직이지 않았고, 포세이돈은 잼식에게 다가오고 있었다.

잼식이 진우에게 간절하게 기도를 하자 응답이 있었다.

[악신이 이재미(잼식)를 신으로 인정합니다.]
[이재미(잼식)이 불행의 여신이 되었습니다.]

[A]불행의 여신
불행이 늘 곁에 맴돈다. 용기 있게 극복하도록 하자.

"어?"

방금까지 굉장히 무거웠던 포세이돈의 삼지창이 가볍게 들려졌다. 휘둘러 보니 깃털처럼 가벼웠다.

"오, 오오!"

"아, 아니 그, 그런……."

잼식이 환하게 웃으며 포세이돈을 바라보았다.

포세이돈을 향해 삼지창을 강하게 휘둘렀다.

파아아아!

물줄기가 뿜어져 나가며 포세이돈을 휩쓸었다.

잼식은 바로 달리기 시작했다.

"자, 잡아라!"

정신을 차린 포세이돈이 소리치자 올림포스 전사들이 잼식을 쫓아왔다.

"으아아아아! 살려줘!"

삼지창을 들고 뛰어오는 잼식은 눈에 아주 잘 띄었다.

뉴월드 플레이어가 그 모습을 보며 환호했다.

"이, 이재미가 포세이돈의 삼지창을 훔쳤다!"

"대박! 과연 히든 히로인!"

"장미에는 가시가 있는 법이지!"

올림포스 전사들과 포세이돈이 잼식의 바로 뒤까지 따라왔다. 뉴월드 플레이어들이 잼식을 구해주기 위해 달려갔지만 올림포스 전사들이 더 빨랐다.

잼식이 잡히기 직전이었다. 전장의 가운데에 누군가 조용히 등장했다. 어떤 전조도 없이 오래전부터 그곳에 있었다는 듯 그렇게 나타났다.

검은 기류에 휩싸여 있는 남자였다. 그가 등장하자 주변 온도가 급격히 내려갔다. 진격하던 전사들도, 티폰과 대적하던 올림포스 신들도, 뉴월드 플레이어들도 모두 멈춰 섰다.

강렬한 존재감에 도저히 눈을 뗄 수가 없었기 때문이다.

"아, 악신이시여!"

메두사가 그를 알아보고 그렇게 말하자 악신이라는 단어가 순식간에 주변으로 퍼져 나갔다. 올림포스 신들은 진우가 등장하자 주춤거리며 뒤로 몇 걸음 물러났고, 올림포스 전사들은 두려움에 물들었다.

진우는 주변을 살펴보았다.

'도대체 무슨 상황인 거지?'

잼식이 포세이돈의 삼지창을 든 채 멍하니 자신을 바라보고 있었고, 그의 뒤에 포세이돈과 전사들이 서 있었다.

헤라클레스는 마장기와 하나가 되어 제우스의 목을 움켜쥐고 있었다. 티폰은 아레스의 상반신과 하반신을 반쯤 분리한 상태였고, 헤르메스는 바닥에 처박혀 있었다. 포세이돈의 식구들이 붙어 있는 방패도 보였다.

'음⋯⋯. 개판이구만.'

어떻게 이렇게 된 건지 이해가 되지는 않았지만 개판인 건 확실했다. 그래도 그렇게 밀리지는 않은 모양이었다.

제우스가 헤라클레스의 손아귀에서 빠져나왔다. 그는 올림포스 최고신답게 튼튼했다. 다급히 아스트라페를 들고 진우를 향해 겨누었다.

잼식이 진우의 앞으로 후다닥 다가왔다. 삼지창을 진우에게 내밀면서 눈물을 펑펑 쏟고 있었다.

"고생했다."

"끄윽…… 끄윽……."

진우는 포세이돈의 삼지창 트리아이나를 손에 쥐었다. 황금빛으로 빛나던 트리아이나가 검게 물들었다.

"쓸 만하군."

진우는 강력한 권능을 느낄 수 있었다. 모든 차원의 바다가 느껴졌다. 나쁘지 않은 기분이었다.

포세이돈은 경악했다. 트리아이나와 연결이 끊어졌기 때문이다. 제우스도 놀라기는 마찬가지였다.

진우는 슬쩍 뒤를 바라보았다. 모든 뉴월드 플레이어들이 눈을 빛내며 자신을 바라보고 있었다. 빨리 메인 이벤트를 시작하라는 눈빛이었다.

'하긴 도중에 맥이 끊기면 안 되지.'

화려한 연출을 보여줄 차례였다. 진우는 트리아이나를 들었다. 진우의 주변으로 폭풍이 몰아쳤다. 거대한 회오리가 생기며 하늘까지 치솟았다. 트리아이나가 진우의 기운을 감당하지 못해 파르르 떨리며 붉게 달아올랐다.

진우와 제우스의 눈이 마주쳤다.

이것은 제우스에게 주는 아주 큰 선물이었다.

콰앙!

진우는 트리아이나를 바닥에 찍었다. 거대한 지진이 일어났다. 대지가 뒤틀리며 올림포스 전사들을 휩쓸었다. 그러나 그것이 끝이 아니었다.

두드드드드드!

대지 저 깊은 곳에서부터 강렬한 진동이 느껴졌다. 불길한 진동이었다.

"무슨……"

제우스는 갑자기 밀어닥친 불길함에 소름이 끼치는 것을 느꼈다. 그는 자신의 손을 내려다보았다. 손이 자신도 모르게 덜덜 떨리고 있었다.

콰가가가!

진우가 서 있는 대지가 물결치더니 거대한 무언가가 솟아올랐다. 너무 커서 티폰이 어린아이처럼 보일 정도였다.

그 거대한 몸에서 검붉은 불꽃이 뿜어져 나왔다.

하늘이 비명을 질렀다. 제우스는 저 존재를 알고 있었다.

"우라노스……"

제우스는 망연자실한 표정으로 그의 이름을 입에 담았다. 제우스와 모든 올림포스 신들은 두려움에 물들었다. 올림포스 전사들은 전의를 상실했다.

태초에 존재한 하늘의 신 우라노스. 그가 지상에 악신의 하수인으로서 강림하였다!

진우는 우라노스의 어깨 위에서 모두를 내려다보았다.

콰가가!

대지가 또다시 뒤집혔다.

"크아아아!"

"제우스! 우리가 돌아왔다!"

분노에 물든 티탄족이 모습을 드러냈다. 커다란 박수 소리가 들려왔다. 뉴월드 플레이어들이 환호를 내지르고 있었다.

"우라노스? 티탄? 개쩐다!"

"와! 스케일 미쳤다!"

"이게 진짜 신의 전쟁이지!"

"크큭, 제우스 넋 나간 거 봐라."

우라노스가 거대한 손을 뻗는 순간 구름과 공기가 그의 손으로 빨려 들어왔다.

"내가 바로 하늘의 신이자⋯⋯."

빛을 뿜어내는 거대한 창이 우라노스의 손에 들려졌다.

"너희들의 몰락이다!"

우라노스가 그렇게 외치며 앞으로 창을 뻗었다.

"우아아아!"

"가즈아!"

"돌격!"

기쁨의 함성이 들려왔다! 뉴월드 플레이어들이 전속력으로 달리며 우라노스를 스쳐 지나갔다. 티탄들이 뉴월드 플레이어를 바라보다가 자세를 낮추고는 두 손을 뻗었다.

뉴월드 플레이어들이 마치 짜기라도 한 것처럼 티탄의 손 위에 발을 올렸다.

"동지들이여! 우리가 그대들과 함께하겠네!"

"오오! 티탄 아저씨 멋지잖아!"

"가랏!"

타아앙!

티탄이 강력한 힘으로 뉴월드 플레이어를 던졌다. 끔찍한 악귀들이 소나기가 되어 올림포스 전사들에게 쏟아져 내리기 시작했다. 그것은 화살비를 뛰어넘는 인간 미사일이었다.

올림포스 전사들은 전의를 상실한 상태였다. 팀 라그나로크, 티탄, 그리고 우라노스를 보고 제정신으로 있을 수 있는 사람은 아무도 없을 것이다. 그러나 그들보다 더욱더 두려운 존재들이 있었다. 바로 뉴월드 플레이어들이었다.

그들은 죽어도 죽지 않고 언제나 환한 웃음을 머금고 있었다. 일상적인 대화를 하며 미친 짓을 서슴없이 했다.

평범함과 광기가 동시에 느껴졌다. 그 이질적인 모습은 올림포스 전사들을 두려움에 빠뜨렸다.

휘이이잉! 퍽!

뉴월드 플레이어들이 올림포스 전사들 가운데 떨어졌다. 바닥과 충돌하며 곤죽이 되어버린 이들도 있었지만, 곧 벌떡 일어났다.

"다, 당황하지 마라!"

"치, 침착하게 상대해!"

올림포스 전사들 가운데에는 반인반신도 있었다. 그들은 어떻게든 두려움에 빠진 전사들을 통제하려 했다. 그러나 그럴 수 없었다. 뉴월드 플레이어들이 주변에 빼곡한 올림포스 전사들을 보자 씨익 웃었다. 각자 아공간에서 무언가를 꺼냈다. 불안정한 상태의 소형 마력 엔진이었다.

뉴월드 플레이어들이 마력을 불어 넣으니 소형 마력 엔진이 붉게 달아오르며 마구 흔들렸다.

"악신을 위하여!"

"악신은 위대하시다!"

소형 마력 엔진이 그대로 터져 버렸다. 마력 빔의 위력과 맞먹는 폭발이 일어나며 주변을 쓸어버렸다. 자폭했던 뉴월드 플레이어들이 다시 살아나며 크게 웃었다.

"와 이거 개꿀잼이네."

"한 번 더 할래요?"

"오, 남는 거 있나요?"

"네."

사방에서 마력 엔진이 폭발했다. 올림포스 전사들은 정신을 차릴 수가 없었다. 다시 살아난 뉴월드 플레이어 한 명이 기발한 방법이 떠올랐는지 주변을 살펴보았다.

그는 일반 올림포스 전사보다 훨씬 단단한 반인반신의 전사를 찾기 위해 주위를 두리번거렸다.

"앗! 찾았다! 저놈 좀 잡아줘요."

"이놈이요?"

"네!"

반인반신의 전사 하나가 뉴월드 플레이어들에게 붙잡혔다 몸부림쳤지만 소용없었다. 뉴월드 플레이어들이 그의 힘줄과 근육을 끊어버렸기 때문이다.

"크, 크윽! 무, 무슨 짓이냐."

반인반신의 목소리는 두려움이 가득했다. 그는 제우스의 피를 이은 자로서 올림포스 전사들에게 영웅으로 추앙받고 있었지만, 그런 건 아무 의미 없었다.

뉴월드 플레이어가 반인반신에게 다가가더니 엉덩이 쪽에 소형 마력 엔진을 달았다. 소형 마력 엔진에는 조금 길게 생긴 분사 장치가 달려 있었다. 그가 무엇을 하려는 지 알아차린 다른 뉴월드 플레이어들이 환호했다.

"이런 생각을 하시다니 대단하네요!"

"캬! 기대된다."

"오오! 재미있겠다!"

뉴월드 플레이어들이 반인반신 주변으로 몰려오더니 둥글게 둘러쌌다. 올림포스 전사들은 턱을 덜덜 떨며 그들이 무슨 짓을 벌이는지 조심스럽게 바라보고 있었다.

"자! 갑니다! 3, 2, 1! 발사!"

반인반신의 엉덩이에 붙어 있던 소형 마력 엔진이 동작하기 시작했다. 분사구를 통해 많은 에너지가 방출되자 반인반신의 몸이 공중으로 떠오르기 시작했다.

처음에는 천천히 공중에 뜨는가 싶더니.

피이이이이잉!

그대로 엄청난 속도로 하늘 위로 치솟았다. 흡사 로켓을 보는 것 같았다. 소형 마력 엔진이 아름다운 푸른 궤적을 만들어냈다. 계속 치솟다가 속도가 느려지는 순간이었다.

콰아아아앙! 타다다다다!

화려하게 폭발했다. 마력이 사방으로 퍼지며 아름다운 불꽃을 만들어냈다. 반인반신의 기운도 섞여 있어서인지 더욱 화려했다. 마침 우라노스 덕분에 하늘이 어두워져서 불꽃이 아주 잘 보였다.

"예쁘다."

뉴월드 플레이어 중에는 커플도 많았다. 커플들이 서로의 몸을 끌어안으며 로맨틱한 불꽃을 감상했다.

"와! 신화에 나온 대로 별자리가 되어버렸네!"

"폭발해 버렸지만요."

"소원을 빌까요? 아! 그건 별똥별인가……."

"우리도 하죠!"

전장에 때아닌 불꽃놀이 열풍이 불기 시작했다. 뉴월드 플레이어들이 반인반신을 집요하게 찾아다니기 시작했다. 일반 올림포스 전사의 육체로는 소형 마력 엔진의 출력을 감당할 수 없었다. 공중에 치솟기 전에 부서졌기 때문이다.

수많은 불꽃이 공중에 펼쳐졌다. 진우는 우라노스의 어깨 위에서 불꽃놀이를 바라보았다.

'낭만적이기는 한데……'

다양한 색깔로 하늘을 물들이는 불꽃은 아름답기는 했다. 그러나 진우의 뛰어난 시력과 청력을 지니고 있었다. 공포에 질린 반인반신이 보였고, 폭발음에 묻힌 비명도 들렸다.

'괜찮겠지.'

잔혹했지만 이것도 전쟁의 일부였다.

진우는 잠시 불꽃놀이를 즐겼다. 도시에 있는 황금의 여성회 회원들도 밖으로 나와 낭만적인 불꽃을 바라보았다.

제우스와 포세이돈의 멘탈은 이미 박살 나 있었다.

강대한 정신력을 지닌 신이었지만 이런 미친 광경을 감당할수 없었다. 너무나 사악해 정신이 오염되어가는 것을 느낄 지경이었다.

불꽃놀이가 끝나자 진우는 다시 아래를 내려다보았다.

"우라노스, 쓸어버려."

진우가 명령하자 우라노스가 거대한 검을 휘둘렀다. 태초에하늘과 땅이 갈라졌던 것처럼 공간이 갈라지며 올림포스 전사들이 사라졌다.

제우스도 공격에 휩쓸려 중상을 입었다.

콰가가가!

저 너머에 있는 산맥이 폭발하며 소멸해 버렸다. 포세이돈은멍하니 그 광경을 바라보다가 바닥에 털썩 주저앉았다. 올림포스에 남아 있는 헤라와 다른 신들도 마찬가지였다.

한 번 검을 휘두를 때마다 수만에 이르는 올림포스 전사들이 가루가 되어버렸다. 뉴월드 플레이어들도 휩쓸려 버렸지만, 오히려 그걸 즐기고 있었다.

'저승에 영혼들이 많아지겠군.'

진우는 그렇게 생각하며 우라노스의 어깨 위에서 바닥으로 내려왔다. 그가 손짓하자 팀 라그나로크가 뒤로 물러났다. 지친 기색이 가득한 아레스와 헤르메스가 진우를 바라보았다. 진우가 천천히 그들을 향해 다가가자 아레스가 주춤거리며 일어났다.

"나, 나는 제우스의 아들로 올림포스 12신 중 하나이다! 그, 그대에게 혀, 협상을 요청한다!"

아레스가 그렇게 외쳤다. 헤르메스는 눈치를 살피다가 하늘로 도약했다. 도망치기 위함이었다. 진우는 멀어져 가는 헤르메스를 바라보았다. 날개가 달린 신발을 신고 있었는데 꽤 좋아 보였다. 손에 들고 있던 삼지창을 헤르메스를 향해 던졌다.

"커억!"

헤르메스의 몸이 꿰뚫리며 삼지창과 함께 바닥에 꽂혔다. 진우가 손가락을 까딱이자 삼지창과 헤르메스가 진우의 앞으로 날아왔다.

진우는 손을 뻗어 타르타로스의 입구를 열었다. 타르타로스를 상징하는 검은 문이 나타나자 헤르메스가 몸을 덜덜 떨었다.

"서, 설마…… 타, 타르타로스……."

"신들은 죽여도 죽지 않으니 어쩔 수 없지."

"아, 아, 안 돼!"

타르타로스의 문이 열리자 헤르메스가 안으로 빨려 들어갔다. 아레스가 그 모습을 보더니 움찔했다.

영원한 어둠 타르타로스. 아레스도 타르타로스가 어떤 곳인지 아주 잘 알고 있었다.

"혀, 협상을……. 저, 저번에 말했던 제, 제안은 아직 유, 유효하, 합니까?"

"음, 생각을 좀 해봐야 할 것 같은데?"

두려움이 가득한 아레스의 목소리에 진우는 미소를 지으며 대답했다.

아레스가 눈동자를 굴렸다. 그는 시력이 굉장히 좋았다. 저 멀리 도시에서 붉은 장갑을 끼고 있는 아테나가 보였다. 아테나는 전장을 바라보다가 안도의 한숨을 내쉬고 있었다.

'나, 나도…… 아테나처럼……'

아레스는 제우스에게로 시선을 옮겼다.

돌아가지 않는 머리를 억지로 굴렸다.

'아, 악신…… 저 악신에게 붙는다면……'

이미 올림포스는 끝났다. 그리고 다른 지역의 신들도 저 악신을 당해낼 수 없을 것 같았다. 아레스는 아테나와 마찬가지로 올림포스를 배신하기로 마음먹었다.

아레스가 힘겹게 서 있는 제우스에게 다가갔다.

"아버지, 제게 좋은 생각이 있습니다."

"아레스?"

푸욱!

"커헉!"

아레스가 제우스의 등에 검을 찔러 넣었다. 제우스의 무릎이 꿇려지며, 손에 들린 아스트라페가 바닥에 떨어졌다.

아레스의 검도 아스트라페 수준은 아니지만, 신의 무기라 부를 만했다. 후유증이 남을 만한 상처가 제우스의 몸에 새겨졌다.

"아, 아레스, 무, 무슨 짓이냐."

"아버지가 했던 것처럼 할 뿐입니다."

"그, 그건……."

[아레스가 제우스의 왕위를 찬탈하였습니다! 아레스가 올림포스의 주신으로 등극합니다.]

제우스도 그의 아버지인 크로노스를 몰아냈다. 대대로 이루어진 패륜이었다. 결국, 제우스도 똑같이 당해 버렸다.

뉴월드 플레이어도 그 광경을 바라보고 있었다.

"와, 저거 완전 개자식이네."

"망설임 없이 찔러 버리네."

"크흐, 연출 봐. 좋다. 이게 스토리지!"

"새로워서 좋긴 하네요!"

모두 흥미진진한 표정이었다. 아레스가 아스트라페를 들고 진우의 앞으로 다가왔다. 진우 앞에 무릎을 꿇고 아스트라페를 두 손으로 들어 진우에게 바쳤다.

"저 올림포스 12신이자 제우스의 정당한 후계자 아레스가 악신께 영원한 충성을 맹세합니다. 충성의 증거로 아스트라페와 올림포스를 바칩니다."

[아레스가 올림포스와 아스트라페를 바쳤습니다! 아레스가 악신께 충성을 맹세하였습니다.]

진우도 설마 아레스가 이렇게까지 할 줄은 몰랐다. 진우는 고개를 설레 저으며 아스트라페를 받아들었다.

치지직!

아스트라페 역시 트리아이나와 마찬가지로 검게 물들었다. 그와 동시에 강력한 번개의 힘이 느껴졌다. 진우가 가볍게 아스트라페를 휘두르자 번개 폭풍이 몰아치며 올림포스 전사들을 쓸어버렸다.

"아, 아아……."

"도망쳐!"

"으아아악!"

올림포스 전사들이 모두 도망치기 시작했다. 뉴월드 플레이어들이 도망치는 올림포스 전사들을 끝까지 추격해서 학살했다.

"제, 제가 선봉에 서겠습니다! 신의 세계를 통일하는 데 저를 써주십시오!"

아레스가 깊게 고개를 숙이며 그렇게 말했다. 진우는 미소를 지으며 아레스를 바라보았다. 진우는 그의 충성을 받아들일 생각이었다.

물론, 충성은 충성일 뿐이었다. 그의 최후는 변함없이 똑같왔다.

"이건 유용하게 쓸게."

"저, 저는 이제 무엇을 하면 됩니까?"

진우가 타르타로스의 문을 손가락으로 가리켰다.

아레스의 얼굴이 새파랗게 질렸다. 고개를 천천히 저으며 뒤로 물러났다.

"저, 저는 모, 모든 걸 바, 바쳤습니다."

"그래, 잘 받았어."

"그, 그럼……."

"그건 그거고 이건 이거고."

"으, 으아아악!"

아레스가 도망치기 시작했다. 신답게 빠른 속도였지만 그는 자신의 운명에서 도망칠 수 없었다. 타르타로스의 문에서 검은 촉수가 뿜어져 나오며 아레스의 온몸을 속박했다.

아레스가 바닥에 넘어졌다.

질질질!

타르타로스의 문을 향해 질질 끌려갔다.

"아, 안 돼! 으아아악!"

처절한 비명을 남긴 채 아레스가 타르타로스로 사라졌다.

"캬아! 역시 악신!"

"이래야 악신이지."

"패륜아 참교육 꿀맛이네."

뉴월드 플레이어들은 시원한 스토리라고 생각하면서 즐기고 있을 뿐이었다. 진우는 제우스와 포세이돈을 바라보았다. 둘은 도망칠 생각을 하지 못했다. 진우에게 아스트라페가 있는 이상, 도망치는 건 불가능하다는 걸 알고 있었다.

진우는 먼저 포세이돈에게 다가갔다. 그의 눈빛은 깊은 절망과 분노로 물들어 있었다.

"크흑, 어, 어떻게 이렇게 사악한…… 짓을……."

"네가 먼저 했잖아."

"하지만……. 그, 그건……."

포세이돈이 잼식을 납치해서 벌어진 일이었다. 진우가 올림포스에 찾아왔을 때 정중히 사과하고 잼식을 돌려보내 줬다면 이런 사태는 벌어지지 않았을 것이다. 자신은 평화를 사랑하니까 말이다.

진우는 포세이돈의 목을 잡았다. 활짝 열린 타르타로스의 문 안에 잠시 넣어놓고 시계를 바라보았다.

30초 정도가 지난 시점에서 포세이돈을 빼냈다.

[포세이돈의 모든 권능을 흡수하였습니다.]

타르타로스가 포세이돈의 권능을 흡수하여 진우에게 건네주었다. 아레스나 헤르메스 같은 경우에는 권능이 미약해서 체감이 잘되지 않았는데, 포세이돈 같은 경우에는 권능이 상승한 게 느껴졌다.

"커헉, 으억!"

바닥에 주저앉은 포세이돈이 검은 액체를 토해내며 부르르 떨었다. 이제 그는 일반 신보다도 못한 랭크가 되었다. 진우는 포세이돈을 메두사가 있는 쪽으로 던졌다.

바다의 신이 바닥을 구르며 메두사 앞으로 굴러왔다. 그녀는 석화의 저주를 막는 안경을 쓰고 있었다. 바로 돌로 만들어 버린다면 분이 풀리지 않을 것 같았기 때문이다.

"메, 메두사……."

"여전하시네요."

"미, 미안하네. 내, 내가 잘못했어."

포세이돈이 눈물 콧물 다 흘리며 빌었다.

메두사가 빙긋 웃었다. 포세이돈이 어색하게 따라 웃는 순간이었다. 메두사가 살짝 안경을 벗으며 포세이돈의 그곳을 바라보았다.

지잉!

석화의 빔이 포세이돈의 사타구니에 닿았다.

가루가 되어 바닥에 떨어졌다.

"메두사 누님……."

"윽, 가루가 되어버렸네."

"아프겠다."

뉴월드 플레이어는 모처럼 웃지 않고 인상을 찡그리며 고개를 설레 저을 뿐이었다. 이제 포세이돈은 이제 바람을 피울 수 없는 몸이 되어버렸다. 그와 메두사의 밤은 아주 길 것이다.

진우는 제우스에게 다가갔다. 그 주위를 티폰과 티탄이 둘러싸고 있었다.

제우스 역시 타르타로스에 잠깐 담갔다가 뺐다.

"내가 졌소. 모, 모든 걸 가져갔으니…… 자비를……. 시, 신의 세계에서 지, 지내려면 내, 내가 남아 있는 편이 조, 좋지 않겠소? 그, 나, 나는 부, 북쪽의 신들과 아, 안면이 있소. 그러니……."

아직도 분위기 파악을 하지 못한 것 같았다. 티탄과 티폰이 사나운 사냥개가 되어 진우의 명령을 기다리고 있었다.

백과사전을 꺼냈다. 제우스는 힘을 모두 잃어 신이라고 부르기에도 힘든 지경이 되었다. 그 덕분에 자유로운 수정이 가능했다.

[제우스의 정보를 수정합니다. 모든 감각이 고통이 되고 극도로 민감해진다. 고통의 한계가 없어진다.]

설정을 수정하고 백과사전을 덮었다. 바로 적용되었다.

시원한 바람이 제우스의 몸에 닿았다.

"으, 으아악! 크억!"

바람이 피부에 닿자 발작을 일으켰다. 몸에 두른 옷의 감촉도, 바닥에 닿은 신체 부위도 모두 고통으로 다가왔다. 제우스는 바닥을 뒹굴었다. 그럴수록 고통만 심해질 뿐이었다.

진우는 티폰과 티탄을 바라보았다.

"마음대로 하도록."

티폰과 티탄이 제우스에게 다가갔다. 그는 불멸이니 고통받을 시간도 영원했다.

'다른 신들이라······.'

올림포스 신들 이외에 신들이 있다는 말이었다. 아스트라페의 정보에 '오딘'이라는 이름도 언급되어 있으니 별로 새삼스러울 건 없었다. 전장 정리는 우라노스와 뉴월드 플레이어들에게 맡기고 진우는 올림포스 신전으로 이동했다.

올림포스 신전에 있던 결계는 진우에게 아무런 영향을 줄 수 없었다. 아주 정당한 절차에 의해 올림포스를 넘겨받았기 때문이다. 남아 있던 신들이 침을 꿀꺽 삼키며 진우를 바라보았다. 아름다운 여신인 아프로디테가 요염하게 진우 쪽으로 걸어왔다.

"어서 오세요. 외신······. 아니, 올림포스의 새로운 주신이시여. 사랑과 미의 여신 아프로디테가 인사 올립니다."

아프로디테가 진우에게 정중하게 인사를 했다. 인사를 하는 모습조차 굉장히 요염했다.

아프로디테는 무방비한 진우를 바라보며 미소지었다.

그녀에게는 매혹의 권능이 있었다. 아무리 강한 힘을 지니고 있어봤자 매혹의 권능에서 벗어날 수 없었다. 아니, 강한 힘을 지니고 있을수록 더더욱 그러했다.

'이건 기회야.'

아프로디테가 진우를 향해 매혹의 권능을 사용하였다.

[아프로디테가 악신에게 매혹의 권능을 사용하였습니다. 무지개 반사가 작동합니다.]

매혹의 권능이 아프로디테에게 반사되었다! 반사된 매혹의 권능은 더욱 강력했다.

"아……."

아프로디테의 얼굴이 붉게 달아올랐다. 그녀는 도저히 진우에게서 눈을 뗄 수 없었다.

아프로디테가 다소곳하게 자세를 고쳤다.

진우는 그녀를 바라보며 살짝 웃었다.

"음, 목이 마르군."

"자, 잠시만요!"

진우가 그렇게 말하자 아프로디테가 바로 달렸다. 그녀가 애지중지하며 보관하고 있던 최고급 술을 가지고 왔다. 술의 신 디오니소스에게 뜯어낸 술이었다.

술을 아름다운 잔에 담아 진우에게 건네주었다. 손수건으로 진우의 입가를 닦아주기까지 했다. 불안한 눈빛으로 지켜보고 있던 숲과 순결의 신 아르테미스가 경악했다.

"그 발랑 까진 아프로디테가…… 저, 저렇게……."

아프로디테가 수줍은 소녀가 되었다! 아르테미스의 눈빛이 흔들렸다. 그녀는 제우스와 포세이돈의 최후를 봤을 때보다 더욱 동요하고 있었다.

북쪽의 신들이나 다른 지역의 신들에게 악명이 자자한 아프로디테였다. 아프로디테에게 당한 신들이 이 광경을 보면 아마 기절할지도 몰랐다.

털썩!

디오니소스는 벌써 기절했다.

곧 모든 신들이 진우 앞에 나타났다. 올림포스의 주인은 이제 진우였다. 그들의 선택지는 많지 않았다. 진우에게 자비를 구하거나, 타르타로스에서 영원한 고통을 받거나, 둘 중 하나였다. 아프로디테는 완전히 진우에게 빠져 버려 황홀한 표정이었지만 다른 신들은 달랐다.

악신. 태초의 어둠 따위와는 비교도 되지 않은 암흑이 그들의 눈앞에 있었다. 아르테미스와 다른 신들은 침을 꿀꺽 삼켰다. 보는 것만으로도 영혼이 박살 날 것 같았다.

눈앞에 있는 악신은 타르타로스의 심연에 봉인되어 있는 태초의 신 우라노스와 강인한 티탄족과 괴물을 부하로 부리고, 온갖 잔혹한 짓을 웃으면서 하는 불사의 군단을 거느리고 있었다. 저승뿐만 아니라, 타르타로스도 그의 손에 들어와 있으니 반항은 무의미했다.

'그에게 복종할 수밖에 없어.'

아르테미스는 그렇게 생각했다. 다른 신들도 그녀의 생각과 다르지 않았다. 지금 그들이 제우스와 포세이돈처럼 고통받지 않고, 아레스와 헤르메스처럼 타르타로스에 들어가지 않은 이유는 진우의 자비 덕분이었다.

진우는 잔뜩 굳어 있는 신들을 바라보며 웃었다. 그는 평화를 사랑했다. 되도록이면 평화롭게 갈등을 해결하고 싶었다. 대화로 말이다.

"인상 좀 풀지?"

진우의 말에 아르테미스와 다른 신들이 간신히 입꼬리를 올렸다. 표정이 괴상해졌지만 굳어 있는 것보다는 보기 좋았다. 아프로디테만은 여전히 황홀한 표정을 지으며 진우를 바라보고 있었다.

"한 자리 비는군."

이곳에 있어야 할 올림포스 12신 중 하나가 비어 있었다.

그의 미소가 점점 옅어지자 신들의 얼굴이 새파랗게 질리기 시작했다. 눈치를 보다가 아르테미스가 살짝 손을 들었다.

"저…… 그…… 헤, 헤라는 부, 북쪽 세계로 도주를……."

"북쪽 세계?"

"네, 그, 그쪽에 아는 신이 있다고……."

"그렇군. 조금 더 말해줄 수 있나?"

진우가 묻자 아르테미스는 자세한 건 모르는지 입을 다물었고 눈치를 보던 디오니소스가 손을 들었다. 차라리 기절해 있었다면 마음이 편했을 테지만 정신이 들어버렸다.

그는 눈치가 빨랐다. 악신의 마음에 들기 위해 모든 걸 말할 자세가 되어 있었다.

"제가 그쪽 신과 교류가 있는데요. 그…… 미미르라는 거인이 있는데, 제가 만든 술을 좋아했거든요. 지금은 머리만 남아 있지만……."

"음, 그래서?"

"이, 이건 말하지 말라고 했는데……. 오, 올림포스의 진정한 주인이시니 말씀드리는 건데요. 제가 은근슬쩍 미미르에게 물은 적이 있는데, 글쎄, 크로노스가 그곳에 있다지 뭡니까?"

"크로노스가?"

크로노스는 제우스에게 쫓겨난 신이었다. 아레스가 제우스에게 그랬던 것처럼 말이다. 신화 속의 이야기와는 조금 다른 것 같았다.

"새턴이라고 이름을 바꾸고 북쪽에 머무르고 있다고 합니다. 헤라는 아마도 그를 찾아간 게 아닌지…… 제우스에게 쫓겨나기 전에는 꽤 사이가 좋았거든요."

다른 신들도 처음 듣는 이야기인지 놀란 표정이었다.

진우는 디오니소스가 마음에 들었다.

"음, 디오니소스라 했나? 너는 꽤 쓸모가 있군."

"하, 하하! 가, 감사합니다. 제가 술을 나눠주며 이것저것 들은 것도 많고 인맥도 꽤 됩니다. 하하!"

진우가 옆으로 빠지라고 손짓하자 디오니소스는 냉큼 옆으로 빠졌다. 디오니소스는 살았다는 표정이 되었다. 그와 동시에 다른 신들은 더욱더 표정이 굳었다.

"자기가 잘하는 걸 말하도록."

테메테르가 재빨리 손을 들었다.

"저, 저는 농사를 잘 짓습니다!"

"음, 농부인가?"

"비, 비슷합니다."

테메테르는 대지의 여신으로 식물과 농장물을 관리하고 있었다.

"네가 페르세포네의 어머니인가?"

"맞습니다. 그…… 제, 제 딸이 실례가 많았습니다."

"그렇군."

테메테르도 옆으로 빠지게 되었다. 그러자 모두 손을 번쩍 들었다. 진우가 아르테미스를 바라보자 그녀는 다급히 입을 뗐다.

"사, 사냥을 잘합니다."

"그건 별로 유용한 능력은 아닌 것 같은데."

"숲을 만들어낼 수 있고, 구, 궁술이 특기입니다."

"흐음……."

진우가 고민하자 몸이 덜덜 떨렸다. 타르타로스에는 절대 들어가고 싶지 않았다. 아르테미스는 무릎을 꿇었다.

"제 활을 올림포스의 주인께 바치겠습니다."

진우가 고개를 끄덕이자 그녀는 안도의 한숨을 내쉬었다. 아폴론도 그녀와 마찬가지로 충성을 맹세했다. 12신 중 마지막으로 헤파이스토스가 진우에게 고개를 숙였다.

"주신께서는…… 아스트라페, 트리아이나에 깃든 힘을 원하시는 게 아닌지……."

"그것이 무엇인지 알고 있나?"

"신의 세계에 흩어져 있는 가장 강력한 힘입니다. 여러 신들을 탄생시키고 신의 세계에 판도를 바꾼 절대적인 힘이기도 하지요."

마신의 힘이었다. 그것이 신의 세계에 무구 형태로 존재한다고 한다.

"저는 여러 무구들에 깃든 그 힘을…… 본래대로 되돌릴 수 있습니다."

"좋군."

헤파이스토스는 우직했다. 실력이 좋은 대장장이니 아주 유용했다. 올림포스의 모든 신이 진우에게 충성을 맹세했다. 자동적으로 헬리오스나 기타 다른 신들도 진우의 휘하에 들어오게 되었다. 자신에게 반항하는 신이 있는지 알아보기 위한 과정이었는데, 다행히 그런 신은 없었다.

역시 대화로 해결하는 게 가장 좋았다.

[올림포스를 완벽하게 정복하였습니다.]

[위대한 업적입니다! 악신이 올림포스를 정복함에 따라 모든 차원에 영향이 미칩니다. 단, 성소에 소속된 존재들은 영향을 받지 않습니다.]

[올림포스 신전이 악신의 신전으로 변경됩니다.]

뭐가 바뀌었는지 체감이 되지 않았다. 그냥 평소와 똑같았다.

진우는 일단 신들부터 처리하기로 했다.

"그럼······."

진우는 올림포스의 신들을 바라보았다. 거의 대부분이 도덕적인 개념이 없는 신들이었다. 자신의 욕심 때문에 인간들에게 저주를 내리는 게 제일 평범한 일이었다.

확실하게 교육을 시킬 필요성을 느꼈다. 아예 개념부터 바꿔야 했다.

"너희는 앞으로 철저하게 교육을 받게 될 거야. 그게 싫다면 타르타로스로 가면 돼."

진우의 말에 아무도 토를 달지 않았다. 일단 그들이 가진 신의 힘을 거두었다. 올림포스를 완전히 지배하고 있었기에 가능한 일이었다. 신의 힘이 사라지니 인간과 다름없는 상태가 되었다.

신들은 모두 절망에 빠졌다. 그들은 이제 불멸이 아니었다. 실시간으로 줄어드는 생명력을 느낄 수 있었다. 죽음에 대한 두려움이 그들을 잠식했다.

"시험에 통과하면 돌려줄 테니 열심히 하도록 해. 아! 죽지 않도록 조심하고. 죽으면 인간과 똑같이 심판을 받게 될 거야. 아마도 모두 지옥행이겠지."

진우는 부드럽게 웃으며 친절하게 설명해 주었다. 모두 얼굴이 새파랗게 질려 버렸다. 그동안 아무렇지도 않게 행한 악행들이 온몸을 짓누르고 있었다.

"아아! 당신 곁에 있으려면 당연히 마땅한 자격을 쟁취해야겠지요! 알겠습니다. 제 모든 것을 바쳐서 꼭 통과하도록 하겠습니다!"

아프로디테만이 그렇게 대답을 했을 뿐이었다. 공부와는 거리가 먼 그녀는 벌써 기대되는 모범생이 되어 있었다.

진우는 일단 그들과 함께 달 기지로 이동했다. 그리고 바로 총지배인을 호출했다.

"부르셨습니까? 주인님."

총지배인이 진우를 향해 공손하게 고개를 숙였다.

진우의 뒤에 있던 신들은 아직까지 총지배인을 얕잡아보고 있었다. 그들은 신의 힘을 잃었기에 총지배인의 진정한 힘을 알아보지 못했다. 아직까지는 그들은 신으로서의 자존심이 남아 있었다. 인간을 내려다보는 건 인간이 되었음에도 여전했다. 하긴 그런 막장 세계에서 할 거 다 하고 살았으니 당연한 것인지도 몰랐다.

"철저히 교육시키도록."

"알겠습니다. 다소 망가져도 괜찮습니까?"

"상관없어."

총지배인은 진한 미소를 그리며 고개를 숙였다.

"몸부터 영혼까지 완벽하게 환골탈태시키겠습니다."

총지배인은 듬직했다. 진우가 어깨를 두드려 주고 사라지자, 그가 허리를 폈다.

"후, 교육이라······."

"어쩔 수 없지요. 거기 인간, 네가 우리를 교육······."

아폴론과 아르테미스가 그렇게 말한 순간이었다.

두둥!

엄청난 위압감이 그들을 내리눌렀다. 자동적으로 무릎이 꿇려졌다. 고개마저 바닥에 처박힐 지경이었다.

군주급 존재인 총지배인의 기운을 감당할 수 있는 존재는 그리 많지 않았다. 그는 군주급이 되고도 훨씬 강해져 있었다. 그들이 신의 힘을 빼앗기지 않았더라도 지금처럼 무릎을 꿇었을 것이다.

콰아!

총지배인이 눈을 번뜩였다. 그러자 모두 피를 토하며 옆으로 쓰러졌다. 그는 고개를 설레 내저었다. 초창기 2기생보다도 훨씬 정신 상태가 안 좋았다.

"심각하군. 조교들 앞으로."

총지배인이 그렇게 말하자 뒤에서 규칙적인 발걸음 소리가 들려왔다.

척!

조교들이 총지배인 옆에 섰다. 너무나 절도 있어 마치 베일 것처럼 느껴졌다. 조교들은 김영훈과 2기생들이었다. 김영훈과 2기생들은 그들을 마치 오물 보듯이 바라보았다.

그러나 총지배인의 시선에 비하면 자비로웠다.

"너희들의 모든 것을 관리하게 될 조교들이다."

"모, 모든 것이라면……."

아폴론이 물었다. 총지배인이 그를 바라보자 머리가 바닥에 처박혔다.

"누가 질문을 해도 된다고 했지? 너희는 육체를 뒤집어쓴 쓰레기다. 현 시간부로 숨 쉬는 것부터 자는 것까지 통제한다. 숨은 5분에 한 번 쉰다."

조교들이 그들 앞에 다가갔다.

"숨 쉬지 않습니다. 1번 교육생, 열외."

"네? 저, 저는 아폴론인데요."

"1번 교육생, 열외합니다."

열외한 아폴론은 12번 비명을 지르고 12번 기절하고 나서야 다시 대열로 복귀할 수 있었다. 제3기 교육생이 탄생하는 순간이었다.

안타깝지만 총지배인의 교육은 타르타로스보다도 고통스러울 것이다. 다만, 교육 결과에 따라 끝이 날 수도 있는 지옥이니 열심히 노력하도록 하자.

신의 세계 관리는 굉장히 쉬웠다. 중간계나 다른 차원에 비하면 관리를 하는 것 같지도 않았다. 애초에 올림포스 신들은 인간이 어떻게 되든 신경조차 쓰지 않았다. 굶어 죽는 이들도 상당히 많아 진우가 식량을 풀 정도였다.

진우는 태양도 자동으로 운행할 수 있게 했고, 신의 이름 아래 행해지던 온갖 야만적인 일도 모조리 없앴다. 아름다운 미소녀, 미소년들도 마음 놓고 돌아다닐 수 있게 되었다.

사람들은 삶이 한순간에 윤택해지니 제우스와 기존 올림포스 신들을 벌레 취급하며 악신을 숭배하기 시작했다.

올림포스 신들을 숭배했던 국가는 모조리 사라졌고, 웅장한 조각상들도 파괴되었다. 올림포스 신들을 숭배했던 신전들은 모두 악신의 신전으로 바뀌었다.

그렇게 바뀌기까지 얼마 걸리지 않았다.

'이제 어느 정도 안정이 되었군.'

신의 세계는 꽤 넓었다. 북쪽에는 또 다른 세계가 있었고, 여러 신들이 존재했다. 북쪽 세계는 오딘이나 토르가 존재하는 곳이었다. 크로노스가 북쪽에 있는 이상 북쪽에 가보긴 해야 했다. 우라노스와 약속을 했기 때문이었다.

'급할 건 없겠지.'

당장 마신이 부활할 일은 없으니 천천히 생각해도 괜찮았다. 진우는 그렇게 생각하며 인터넷에 접속했다. 뉴월드의 이벤트도 마무리되었으니 반응을 살피기 위함이었다.

이번에는 뉴월드 플레이어들을 이용해서 진짜 전쟁을 했기에, 혹시라도 뉴월드의 실체를 의심하는 여론이 있지 않을까 염려되기도 해서였다.

진우는 게시물을 살펴보았다.

'음?'

게시물들의 내용은 진우의 예상과는 전혀 달랐다. 많은 것들이 바뀌어 있었다.

[제목: 역시 악신 신화가 제일 멋짐.]

[글쓴이: 신화속존재]

팬으로서 정말 만족했음. 악신을 이렇게 재해석해서 신화 속의 전쟁에 참여할 수 있다니!

뉴월드 세계관과 잘 융합시킨 것 같음. 어린 시절 악신 신화 만화를 보고 자란 나에게는 정말 로망이었음!

악신의 위엄을 제대로 살린 듯.

[작가 미상-아레스의 배신.jpg, 출처: 그리스-아테네국립고고학박물관]

제우스의 등에 검을 꽂는 아레스 연출은 박물관에 있는 그림보다 훨씬 더 비극적이긴 하더라.

[댓글 1,320]

-쿠키맨: 맞음. 절묘하게 잘 살렸음. 그리스로마신화에 나오는 하늘고래가 사실 플레이어의 함선이었다는 부분에서 감탄함. 개발자들 여러모로 신경 많이쓴듯.

└묵직한우라노스: 맞아. 우라노스의 부활은 끝내줬음.

-솟아나는힘: 사실 악신이라는 게 신들의 입장에서 악신이지 인간들에게는 축복인듯.

└금니: 악신이라는 명칭 때문에 학계에서도 계속 싸우잖슴.

-안토닝: 가장 유명한 그림 뭐더라, 그거 그리스에 있음? 여행 가려고 하는데.

└신화화속존재(글쓴이): ㄴㄴ. 교과서에 나오는 그거? 레오나르도

다빈치가 그린 '악신의 강림'이라면 루브르 미술관에 있음. 다른 유명한 악신 조각상은 영국 박물관에 있음.

└안토닝: 감사요.

'음······.'

그리스로마 신화가 완전히 바뀌어 있었다. 그리스로마 신화라고 부르기도 했지만 악신 신화가 훨씬 더 대중적인 이름이었다. 뉴월드 플레이어들도 그리스로마신화 세계를 박살 낸 게 아닌, 색다르게 재해석한 신화를 체험한 것이 되어버렸다.

'정보에 나와 있던 게 이것이었군.'

신의 세계는 모든 차원에 영향을 미치는 중심 세계였다. 모든 차원의 갈래가 신의 세계로부터 뻗어 나온 것이었다.

그런 세계의 일부를 지배하게 되었으니 그에 맞게 변경된 것이다. 진우와 성소에 속한 인물들만 본래의 역사를 알고 있었다. 아니, 어쩌면 그조차 변경된 것인지도 몰랐다. 우라노스와 크로노스를 거쳐서 제우스에 이르기까지 지배자가 바뀌었기 때문이다.

진우는 유나를 불렀다.

"그렇지 않아도 보고드리려고 했습니다. 그리스로마신화가 도련님의 이야기로 변경되었더군요."

"이걸 좋아해야 할지 말아야 할지······ 조금 그렇군."

"그 유명한 악신을 뵙게 되어 영광입니다."

유나가 웃으며 그렇게 말했다. 그녀는 악신 신화(그리스로마

신화)에 대한 자료들을 가지고 왔다. 박물관 자료나 논문부터 만화책까지 다양했다. 진우는 일단 읽어봤다.

[제목: 신나는 악신 신화]

[저자: 김한진]

악신 신화(그리스로마 신화)는 흥미로운 부분이 가득하다.

'악신의 강림'은 모르는 사람이 없을 정도로 대중적이다. 강간과 납치를 서슴지 않던 제우스와 포세이돈이 악신에 의해 몰락하여 영원한 고통을 받게 되었다. 통쾌한 이야기지만 그때 당시 시대상과는 맞지 않는다는 것이 여러 학자들의 의견이다.

악신의 행보는 놀랍도록 현대적이다! 악신이 가르쳤다고 알려진 도덕적인 규범, 악습 철폐, 법률 제정 등은 현대사회의 것에 비해서도 결코 뒤처지지 않는다.

……특히 악신이 다스리는 저승은 굉장히 놀랍다. 선을 행한 자는 천국에 올라 천사가 되고 악을 행한 자는 지옥에서 고통을 받는다. 깨끗하지 않은 영혼은 악신이 다스리는 다른 세계에서 윤회를 거친다. 영혼의 재판 과정은 지금 봐도 굉장히 체계적이고 정교하다.

……통쾌한 이야기와 현대적인 사상, 낭만적인 사랑까지.

'뮤지컬 페르세포네의 구애의 일부분.jpg'

(페르세포네가 하데스에게 구애를 하고 있다.)

악신교가 현대에 아직 남아 있는 원동력이 아닐까?

자료를 보니 그때 당시 시대상과 맞지 않는 여러 형태의 유물들이 발굴된다고 한다. 진우는 박물관에 있는 그림도 살펴보았다.

'불사의 군대'라는 제목을 단 그림도 있었다.

틴토레토-불사의 군대(1575년경), 출처: 런던 내셔널 갤러리

악신의 군대가 사람을 하늘로 올려 터뜨리는 모습이 적나라하게 그려져 있었다. 온몸에 화살과 검이 꽂힌 채 진격하는 모습도 있었다. 지옥도가 따로 없었다.

세계적인 명화로 취급받는다는 점이 진우의 정신을 멍하게 만들었다. 학교에서도 악신 신화에 대해 가르치고 있다고 한다. 무시무종한 존재인 악신이 저승에 도착해 페르세포네와 내기를 하고, 헤라클레스와의 결투를 거쳐 저승을 지배하게 된 이야기. 포세이돈의 여신 납치, 티폰과 우라노스, 여러 괴물들을 굴복시킨 이야기. 하이라이트인 신들의 전쟁까지. 어느 하나 생략된 것이 없었다.

악신의 이야기는 여러 영화나 만화, 드라마로도 제작될 정도로 유명했다. 예전 그리스로마 신화보다도 훨씬 더 사랑받고 있었다.

"이건 지금 그리스 아테네국립고고학박물관에 전시된 조각상들입니다."

"음……."

아테네국립고고학박물관은 예전과 달라졌다. 올림포스 신

들의 조각상이 있어야 할 자리에 저승정복단, 팀 라그나로크가 대신하고 있었다. 거대한 갑옷을 입고 있는 헤라클레스, 두 팔을 벌리고 있는 메두사, 검을 들고 있는 남자는한손검, 자욱한 연기에 휩싸여 있는 딸기팬티가 있었다.

물론, 이름은 약간 달랐다.

"……그대로 조각되지 않은 게 다행이군."

"그렇습니다."

가장 유명한 건 악신 조각상이었다. 다른 작품들은 우여곡절이 많았지만 악신 조각상만큼은 원본 그대로 아주 잘 보존되어 있다고 한다. 신화에 관심이 있는 사람이라면 꼭 실물로 보고 싶은 작품이었다.

유나가 더욱 놀라운 걸 말해주었다.

"게다가 지금도 계속해서 변하고 있습니다."

"지금도?"

"네, 기존에 있던 이야기가 변경되거나 신화에 대한 새로운 그림이나 자료가 발견되는 형식입니다. 최근에 발견된 그림은 '아프로디테의 사랑'이군요."

"음……."

유나가 검색해서 바로 보여주었다. 올림포스 신전에서 진우가 근엄하게 손을 들고 있었고 아프로디테가 그런 진우를 보며 무릎을 꿇고 있었다. 중세풍 그림으로 그려져 참으로 묘했다.

"다른 차원들도 영향을 받았더군요. 우주 세계에서도 고대 신화로 기록되어 있고, 중간계도 마찬가지입니다. 또 다른 지구는 말할 것도 없지요."

진우는 복잡한 기분이었다. 너무나 유명해지고 말았다.

to be continued ·